汶川

WENCHUAN
XIANGCUN JIYI

乡村记忆

周正 著

中国文联出版社

图书在版编目（CIP）数据

　　汶川乡村记忆 / 周正著 . —— 北京：中国文联出版
社 , 2023.12
　　ISBN 978-7-5190-5388-8

　　Ⅰ . ①汶… Ⅱ . ①周… Ⅲ . ①散文集—中国—当代
Ⅳ . ① I267

中国国家版本馆 CIP 数据核字 (2023) 第 256790 号

汶川乡村记忆

作　　者：周　正
责任编辑：张超琪　黄雪彬
责任校对：陈慧娟
装帧设计：成都惟文文化传播有限公司

出版发行：中国文联出版社
社　　址：北京市朝阳区农展馆南里 10 号　　　邮编：100125
网　　址：http://www.clapnet.cn
电　　话：010-85923091（总编室）　　　010-85923058（编辑部）
　　　　　010-85923025（发行部）
经　　销：全国新华书店等
印　　刷：成都市昇华印务有限公司

开　　本：710 毫米 ×1000 毫米　　　　　1/16
印　　张：18.5
字　　数：280 千字
印　　量：2000 册
版　　次：2023 年 12 月第 1 版
　　　　　2023 年 12 月第 1 次印刷
书　　号：ISBN 978-7-5190-5388-8
定　　价：75.00 元

乡关何处

张成明

如果我没记错的话，"乡愁"一词源于 2000 多年前中国第一部诗集《诗经》。由此可见，作为身负几千年农耕文明的民族，乡土、乡村、乡情、乡愁，历来是我们挥之不去的集体记忆和文化情结。特别是近年来，随着国家乡村振兴战略紧锣密鼓地加速推进，附着于乡村一脉的乡愁、乡情等词语，已成为公众热词。

"日暮乡关何处是，烟波江上使人愁。"那些春雨笼罩下炊烟缭绕的大小村落，不仅是我们世代相传的生产生活空间，还是我们追终怀远，寄托乡愁、延续乡情的重要依凭。然而，我们可以预料的是，随着时间推移，一些蕴含着中华文化神韵的传统村落将消失于异地搬迁或重建中。

因此，深入挖掘、认真梳理全省乡村历史文化，留下乡村记忆，重塑乡情乡愁，不仅是我们文化自信的培根固本之举，还是我省乡村文化振兴的一项基础性工作，也必将推动全省乡村文化创新性继承和创造性发展。

为乡村立传，为乡愁塑形，正是四川乡村文化艺术院启动《四川乡村记忆》这一全省首部乡村历史文化丛书的初衷。我们寄望于这部丛书以跨界写作的笔法、文学叙事的方式、图文并茂的文本，让乡愁有形可依、乡情有章可寻，从而助力全省乡村文化振兴。

　　我看青山多妩媚，料青山见我应如是。

　　聊此为序。

　　（作者系四川省县域经济学会名誉会长，四川乡村文化艺术院院长。）

目录

CONTENTS

汶川乡村记忆

目录

CONTENTS

汶川乡村记忆

永远的汶川

汶川，汶川，让人牵挂的汶川，永远屹立的汶川。

一

从哪里说起呢？汶川太过悠远，太过古老，太过沧桑，又太过坚强。哪里都想说，可哪里都说不透。

还是从文化说起吧。只有文化才把人和动物区别开来。人类繁衍到现在，永远不能绕开两个问题，为什么活和怎样活的问题。后一个问题容易解决。为什么活，涉及终极目标，却是人永远的追逐。就是说人永远要思索自身的问题。但非常遗憾，人类生存到现在，科技已经高度发达，但要给为什么活一个答案，却永远是绕道而行，永远是羞羞答答，遮遮掩掩。有很多解释，但并不让人满意。人从哪里来的？有人说人从猿猴来的，无独有偶，流传上千年的《羌族释比经典》，有几部史诗都谈到人从猴子进化而来。问题是猿猴又从哪里来的，再继续追问下去，就更加让人困惑了。

方法却总是有的，人在研究自身从哪里来的时候，有两个基本方法，一是类比的方法，一是考古的方法。没有这个考古，我们也不太相信希腊文明跟克里特岛、迈锡尼、特洛伊之间的关系。克里曼通过调查，认识到整个西方文明渊源于古希腊，而现在我们所知道的现代西方文明正是跟古希腊文化一脉相承。

绕了个圈子，话说回来。说那么多与今天要讲的话题有什么关系？关系是大大的有。

▲ 汶川县城　（张莞／摄）

汶川有文化，有特殊的文化，任何一个关于汶川的话题都是那么厚重，而要谈个一二三来，自己又总是那么战战兢兢。在考古的时候，汶川发现了阿尔遗址、姜维城遗址。而这两个遗址中，均发现了彩陶、黑陶。发现了磨制石器。证明在6000年前，这个地方的文明已经达到了相当程度。在北方，我们知道人类活动的线索和过程，知道有北京人、山顶洞人，知道蓝田人、龙山遗址、大汶口文化。而在南方呢？我们知晓元谋人。而长江上游的岷江流域，一直被认为是长江的源头，直到明代徐霞客后才改变了这个说法。学界长期所谓的江源文明，指的即是汶川及其周围地区的古代文明状态。

现在所谓的蜀文明、天府之国却没有相应的考古证明来作为支撑，如果有，也是三星堆、宝墩、金沙遗址。这些遗址均要晚于阿尔、姜维城了。近年来，以李绍明为代表的学者普遍认为整个蜀文明渊源于岷江上游。那为什么早期人类不普遍活动于成都平原呢？成都平原应当更适合人居吧？古代跟现代不同，那时的成都平原还没有完全形成，都江堰灌溉工程也还没有，成都平原乃一片沼泽之地，早期人类就生活在岷江周围的高山峡谷之中。只是后来气候逐渐变化，成都平原才更加适合人居了。古羌人便沿着岷江和龙门山向外迁徙。沿龙门山系迁徙的部分逐渐迁徙至现在的广汉、什邡一带。沿岷江迁徙的部分一直到成都平原、乐山及横断山脉的六江流域。古蜀有几个首领：蚕丛、鱼凫、柏灌、开明。蚕丛氏居于叠溪，后几个首领就一直带着他的子民内迁。

这是近年来学者考古发现的结果。

二

汶川的每一片土地，都是一段历史，都是一个传说，都是一个震撼。按什么顺序写呢，就按空间转换来写吧。

之所以说汶川永远，一是想说汶川历史悠久，二是想说汶川虽然经历了众所周知的特大地震，却永远坚持着，坚守着。

沿岷江一直向下，从龙溪到克枯，从雁门到七盘沟。再从威州到绵虒，从三江到水磨，从草坡到映秀，从卧龙到耿达，都是绵绵长长的山，莽莽苍苍的山。那山永远是那个高度，从姜维到红军，都爬过那些山，都留下了歪歪扭扭但是脉络清晰的足迹。姜维射箭之地叫姜射坝。孔明埋葬的地方叫扎山。红军留下了三个月的足迹，他们活动的范围包含了现今整个汶川。后人就把红军经过时搭建的桥叫红军桥。后来，虽然索桥变成了铁桥，又变成了水泥桥，但名字依然跟红军有关。

▲ 红军桥（图源于汶川县人民政府网）

这几条沟呀，有着大大小小的寨子，像一座座城市星罗棋布在汶川的土地上。这些寨子均依山取势，跟土地和山川混为了一个颜色。一点也不张扬和放肆，隐忍和含蓄地存在或不存在。寨子里住着的羌族人，穿羊皮褂子，蹬云云鞋，穿梭于寨子或攀爬在山坡。或隐或显的羌歌总是有隐隐的哀怨，生活总是那么自然或随和，选择和依靠自然的羌族，是什么让你吹如泣如诉的羌笛？你为什么唱歌总有淡淡的哀怨？曾经不可一世的强大，为什么从母体迁移而去的其他羌人大都生活于其他深山峡谷，而把属于羌的名字忘记？爱好和平崇尚和平的羌人，又是什么让你们偏安一隅，而显得那么超越和淡定？生活的那种态度，总显得随遇而安，总显得超脱和洒脱。历千年而屹立，用泥土或石头修建的碉楼，却又是那么坚韧，这是否又是你们韧性性格的表征？外面的阳光已经很炽热的时候，外面的步伐很快的时候，你们依然选择了不紧不慢的节奏，甚至有点我行我素，这是怎样一个民族哟。世俗是没有的，功利是没有的，理想仿佛也是没有的，你们不是生活在现代，仿佛生活在魏晋时期。而这又是一种大理想，是外面人花钱也买不来的安宁。所以，沿着岷江河，一直有向往和仰望的眼光望过来，有探询和追问的脚步走进来。这又是一个怎样的民族哟。

和山一样豪迈，和水一样绵长，和云一样悠远，和诗一样超越。这样的性格竟和这样的自然融为一体了。

知道羊吧，这个崇尚羊的民族，在《说文解字》里就在西戎牧羊的民族，在甲骨文里存在的唯一一个部族，这样一直像河一样流到现在和现代。只是一般的河，越流越豪迈，越流越茁壮，而这又是怎样的一条河呀，却越流越孱弱，弱到只剩一绺，可他依然倔强而固执地流淌下去。这样的民族，面对生养他们的土地，选择的是隐忍和含蓄，乐观和积极地面对生活，应对来自自然和社会的压迫。多次灾难和战争，并没有击碎这个积贫积弱的民族，他们反而顽强和坚韧地独立于一隅，这是否又是中华民族忍辱负重、热爱和平的一个缩影，这是否有点像我们熟知的蜜蜂，当外界把他们的劳动果实"掠夺"的时候，只要他们的身体活着，他们第二天又重新积聚起来，团结起来，依然按照昨天的方式，又选择重新筑巢，重新朴素地生活下去。对给予他们灾难的土地，他们并不怨天尤人，而依靠自己勤劳的双手，重新建立自己的家园。这又该是具有多么伟大的民族精神，这种精神又该是中华民族精神的一个缩影，一个典型。这古羌一支的后裔，顽强而独立地继承着古羌的衣钵。

这样的具有羊的性格的民族，像羊一样温顺，骨子里却和羊一样坚韧。如《史记·项羽本纪》里说"狠如羊"的笔触，司马迁是精深地理解羊的性格，而这种信仰羊的民族，有着和羊相似的性格。

阿巴白构在释比经典中唱："羌人的子孙呀，你为什么这样多灾多难，难道要遭灭顶之灾吗？"事实却证明着，有了羌自己的性格，有了外界的无私援助，在应对来自自然的灾难的时候，羌人依然选择乐观面对生活，而不对生养他们的土地提出过分要求。

正是有了这样的民族性格，羌人从来没有被任何困难压倒。即使遭到了灭顶之灾，羌人也会顽强地把苦水饮下去，让他们的血管里流淌着更加坚强、乐观和积极的血液。

还是沿着这条岷江，克枯至七盘沟再到映秀，一直流淌下去，古羌人或氐人或戈基人住或埋的"戈布"，又是这样清晰地沿岷江流淌下去，一直到成都，到乐山，到宜宾，甚至跨越河流和山峦，一直流到云南。时间也从春秋时期一直流淌到两汉时期，这是否又是一条线索，是否证明了古羌人迁移的线索？而这又是否证明了岷江上游的汉川及其周围羌人迁徙的脉络？

而这片古老的土地，面积不过几千平方千米。离现代大都市的距离也不过百十里路程，从古代过渡到现

▲ 羌碉 （周正／摄）

代，也只不过区区数十里的路程。一边是高楼、现代和快节奏，另一边却是碉楼、古代和泰然处世。空间距离很近，时间距离却仿佛很遥远。这是否又是一团疑云，遍布了过往客人迷离和猎奇的眼神？

一个羌，是一个见证。不管我们承认不承认，注意不注意，羌的山，羌的人像河一样永远流淌下去，奔腾不息。像星星一样，不管你注意或不注意，它都悬于天幕，眨巴着眼睛。

三

说了好久，也许你已经听累了。你以为我要说的是这个地方贫穷、落后、堕落……

我要说汶川，没有发生地震的时候，一年的国税收入达到好几个亿。即使大名鼎鼎的九寨沟也不能望其项背！阿坝州的重工业大都集中于汶川。只有10万人口的汶川，经济是发达的，文化是丰富的。如果用经济指标来界定汶川，是否它又在耕耘着富足？

只是5·12一震，才使得汶川喘不过气来。

可你又不能说它现代。这里又有三件活化石，一是动物活化石：熊猫；二是植物活化石：银杏、珙桐、水杉，单皇姑寺旁边的两棵银杏树，就让人感慨万千——哪里来的这么大的银杏树？三是民族活化石：羌族。现代和古代，这么矛盾地集中于汶川。

绵虒却是一个分界岭。绵虒以上，沿岷江河谷的周围，大山像垂垂老者，干瘪着嘴唇，历经沧桑，饱尝人间酸甜，那么坦然和淡定。绵虒以下，却婉约多了，山披绿色衣服，白云缭绕的山坡，翠竹掩映，泉水潺潺，绿树成荫，鸡鸣和犬吠隐隐约约，公路和住房时隐时现。大片大片的绿，大片大片的梯田，铺满整个河谷。一到四月，沿草坡到绵虒，尽是婆娑的野樱桃花野桃花；一到夏天，满眼都是野百合花，放肆地开着，争先恐后地开着。

坐在沿河谷的公路奔驰的汽车里，放眼望去，每个时节的岷江河谷都有自己的亮色，都展露着自己的个性。

时间突然就停滞了，山花突然被摧残了，永远把它受伤的心灵留在了岷江河谷。山忍不住呜咽着顺河谷塌了下来，尽情欢颜的绿树、野草、山花再也承受不住这样的重量，绿色被埋葬，花香被覆盖。整个岷江再没有了她昔日的容颜。山河呜咽，草木含悲。一条大江枯萎了它的脉搏，豪迈的奔腾停止了。满山的羊角花已是残花败柳了。

这年的玉米到成熟的季节也就只长了干瘪的壳，阳台上的"炮打四方"、仙人掌都到了开花的季节，还是那么无精打采。这样的日子，这样的山河，我怀疑时间停滞了，汶川就永远停留在那一瞬了。

时间却在不停地流，江水尽管羸弱了许多，泉流还是挤出了山石的重围，流出汪汪清泉，汇集成潭潭深涧，辗转绵延，终于又看见岷江奔腾的身影。

羊角花又开放的季节，是谁的声音在呼唤羊角花的名字，是谁的身影又倒映在山涧里，鸟儿又飞回来的时候，人们依然看见蓝天白云，依然看见炊烟缭绕，依然听到羌笛声声，尽管呜呜咽咽，缠缠绵绵。山河渐次苏醒了过来。苦难的脚步渐次走远，救扶的脚步正在跋涉，站立是有点让人晕眩，但有了搀扶，大山终于逐渐苏醒了过来，睁开了乜斜的眼睛。

再一次返回汶川的时候，我分明听见铲车的声音，我分明看见黄色的安全帽。忙碌而紧凑的身影穿梭在悬崖绝壁和破碎的山石上。灯火有点微弱，却通宵达旦地亮着。

汶川的街面，难得见十一二岁的小孩和七八十岁的老人。广州来的制服穿梭在大街上，目光炯炯有神。而每一个中年人的脸色，已不复停留在十多年前的黑色和倦容上。虽然稍显呆滞，却流露出坚毅和勇敢。大街上充满秩序。双河市场已经移到街面上来，鲜肉铺子、水果铺子、蔬菜铺子有序地排列起来。紧闭的店铺卷帘门次第打开了。又是五月的汶川，日子还是那么艰难地挺过来了。

十多年前的时候，惊慌失措的我们"逃"到街上的时候，砸得稀烂的卷帘门，歪歪斜斜的电线杆，冷清的大街。偶尔一个店铺开了门也把门虚掩着，随时准备逃命的状态，填满了整个大街，甚至大街上的流浪狗也是眼泪汪汪的，再也打不起一点精神。

街上的空地处，两块烂砖支起一口铁锅。虽然穿着整洁，武警战士的脸上还是写了一层厚厚的疲惫和苍凉。路边三五个人、十来个人组织在一起，背着不大的蛇皮口袋，相隔一点距离，匆忙地踏着步子，他们要一路走下去，直到走出地震的阴影。也许，这些人在行进的路途中，又遇到了余震、泥石流、塌方，他们中的一部分也许没有走出汶川，也许再也没有回到汶川。没有人阻止他们，当时那个情况谁也不知道不走是不是比走好一点。走也许就出去了，不走，也许就遇到了地陷或者塌方，遇到堰塞湖，遇到瘟疫，同样是遇到生命的威胁。在天上飞机没有来之前，我们在汶川，一天吃三片饼干或一杯稀粥。直到西线公路打通的时候，政府和志愿者送来了方便面和矿泉水，每两天可以分到一瓶矿泉水。西线公路随时在垮塌，我们当时知道地震没有把我们压在房子下面，但是不知道我们能不能够活着走出汶川。离开汶川的时候，铲车在路边待命，直到走出金川，沿途都有老百姓送鸡蛋和矿泉水。

而现在，"5·12"已经过去十五年，往事依然历历在目，一切都好像发生在昨天。

经历了地震的这些区域，汶川、映秀、都江堰、汉旺、彭州、

▲ 被泥石流冲垮的民居 （周正／摄）

崇州，每个地方的感觉都会不一样，家里面遇到亲人遇难与没有遇到这样的灾难又会大不一样，当灾难实实在在降临在自己头上的时候，才会有真正的切肤之痛。地震的阴影其实一直笼罩在灾区每个人的心灵之中，只是有深浅程度不同、显性与隐性的区别，愿意承认与不愿意承认的区别。有一点是相同的，我们看到天上的飞机时，灾区活着的个体没有不欢呼雀跃的，看到街面上英姿飒爽的士兵时，我们没有不肃然起敬的，看见沿途劳苦的工程人员、源源不断的物资送来的时候，我们没一个不泪流满面的。是在那一刻，让平时吊儿郎当的学生受到了教育，让衣来伸手的个体学会了感恩，让平时趋炎附势的个别官员得到了警醒。大家都受到了洗礼。这种洗礼会伴随人的一生，直至影响身边每一个活体。

汶川没被遗忘，汶川也不会遗忘周围那么多关注的眼神。接力赛一样，爱的力量会沿着时间的轨道传递开去。滚雪球一样，这种力量会变本加厉地积聚、积聚，永远积聚下去。

汶川啊，心灵深处的汶川，永远的汶川！

寻找你的乡村

　　关于乡村的记忆时时在梦中萦绕。或许这就是"羁鸟恋旧林，池鱼思故渊"吧，尽管你在一个叫威州的小城待的时间不足十年，在一个叫南充的城市待了四年，在一个叫南坝的小镇待了七年。那个时候看重户口，有朝一日跳出农门，有个"吃三两米""吃商品

▲ 威州镇　（张莞／摄）

粮"的居民户口是父亲对你最大的一个希望。你终于"不负众望"，在农村待了19年，考上大学，交了几百斤粮食给粮管所，就"正儿八经"地成了城里人，因为你的户口不在农村了。

但是对于农村的记忆是刻骨铭心的。父母至今还在农村待着，怎么也不愿意到你工作的地方来。"冠冕堂皇"的理由是会增加你的经济负担，城市里面喝水都要给钱。他们也不愿意成为你的"保姆"，说到城里来，每天还要"侍奉"你就不干。你也知道他们是闲不下来的人，即使在下雪的天气里，不能下地干活，父亲也要腰间拴了绳索，坐在凳子上，打起草鞋来。母亲则找了针线，把衣服补了，特别要为父亲缝补一件来年开春下田要用的大裤腿裤子。他们哪里习惯城里面成天泡在麻将堆里的生活，就是在城里面闲着，也会憋出他们一身的病。乡亲们都说你父母该是享福的人了，因为他们的两个儿子都在城里有"正经"的工作。母亲会笑着答应："表姊，说得好，享福呀。"其内心深处却时常装满了对儿子的牵挂，对孙子的念叨。两位不算老的老人见了你和弟弟回去，脸上总是堆满笑容，生怕"得罪"你们，以后不回生你养你的那个家了。既然不能"顺理成章"地把父母接到城里来"享福"，那么逢年过节，你都会赶一程一程的车子，回到那个生你的乡村。

回家的路途遥远、崎岖。先要坐汽车，然后坐火车，然后坐汽车，还要坐出租摩托车。每次回家，骨头都被车子抖松了，但是常常还会像很小的时候依恋父母一样，知道离老家的距离越来越近了，不久就可以见到时常期盼你们回家的母亲了，路边的景致也越来越熟悉了，心情反而绷得老紧。

待了好些天，重新轻轻地走在过去亲吻过多遍的山间的小路上，心里早就填满了心事。那个时候，冬天很冷，你们一群小孩穿得老薄，只在新年来的时候，父亲会为你和弟弟缝了崭新的灯草绒衣服，你和弟弟的脸上，写满了幸福的笑容，你们的身上，也盯满了其他和你们差不多大的小孩羡慕的眼神。你们两只手插在裤兜里，时不时掏出母亲给你们炒的葵花米。那个时候，你们不知道什么是忧愁。对于未来，也从来不会有什么憧憬。那是一个单纯的年龄，稚嫩的年龄，质朴的年龄，也是可爱的年龄。

周围一起长大的小时候的伙伴不容易聚在一起了。他们出去打工了，在年终的时候也不容易回家看看家里的孩子和父母。他们很忙，不能请假，如果有所耽搁，也就意味着来年要重新找工作，重新去"请"另一位老板来盘剥自己本来就很零星的收入。偶尔见到一两位儿时的朋友，发现相视难言，说什么好呢？问一问他们的情况，又好像在炫耀自己相对固定的工作，尽管这个工作像鸡肋。你往往一不小心就成了家长，就成了老师，就成了法官。你说什么都好像不对。所以你把烟递过去，把火打上，他把脸凑过来，就说一句，我们几个人中，就你"混"出来了。你说什么好呢，你明明知道他们出去打工，时运比较好的一年，能揣几万元钱回来，也就把老婆孩子带回来，把家里面的院子装饰一下，或者重新修一间城里面那种楼房。时运不太好，打牌又老输，那就可能去偷，去骗，去抢，老家也就懒得回了。小时候一起长大的朋友，好多都没有了音信，问你的父母，不知道。问他们的父母，还是不知道。

待了一些日子，觉得农村烦躁着呢。昔日村里最德高望众的老村长也不喜欢张口讲三国，在收工的时候也不唱采茶歌。现在已懒得和人计较长短，代表其招牌的长烟杆，已经变成了短烟杆，军大衣还是穿在身上，已经破败不堪了，全然没有了以前的威风和风趣。

那你回家收获了什么呢？你有时老想回到乡村找到儿时的乐趣。找到了吗？好像没有，你回家，以后就变成了例行公事，为了完成任务。你不回去，你老妈又得在田埂上翘首企盼一年，你有时候会觉得那是一种残忍。你父母亲养你，人家在鼾声如雷的时候，他们就起床了，为了打点你的行囊，为了装满一口袋的叮嘱。你读书的时候，一直个子小，在学校里会不会受到同学的欺负，你母亲非常担心，她时常要到学校来看你。你会看到她的眼神里写满了鼓励。你怎能让她生气呢，你在学校里表现很好，数学长期考满分，就是为了看到母亲的笑容。

母亲写满笑容的脸上，很快爬满了皱纹，尽管那个时候她很年轻。你读书读得越来越远，学费越来越贵。家里的负担越来越重，母亲的肩头就扛满了期盼、矛盾和责任。她想你长期在她身边，她又想你要有出息，于是就很矛盾了。在你长大的时候，母亲就老了。

你怎么不回去呢，你得看你的母亲，你的母亲得看看你。什么心事都可以和她说，但是你不能说，你说了害怕看到她担心的眼神，不过没有关系，可以肯定地说，这个世界最理解你的人就是你母亲，她会知道你的艰难。你会说你工作顺利，从来不撒谎的你撒谎说日子有滋有味。你母亲会说，我是知道的，城里面啦，没有农村安逸，你看猪肉又涨价了，你们吃的那个猪肉，没有油味，叫什么注水猪肉，哪里像我和你爸，鸡喂得有，猪喂得有，小菜种得有，我们日子比你过得安逸。母亲是为了让你对他们的身体和生活放心。

你离开你父母时，你父母把你当成了客人。这点钱你拿着，给你弟弟也拿了的，不要说我们当父母的不公平。你坚决不要你父母的钱，他们挣钱那么辛苦，卖鸡蛋卖粮食凑的。你母亲说，哪里卖鸡蛋，那些时候是这样，现在我们不交农业税了，日子比你好过。你还是不要你父母的钱，心想你父母送你读书，已经比邻居家的父母辛苦到哪里去了。你父亲说，拿着，不是给你的钱，我是给我孙儿的，长这么几岁了，也没有看到他几眼。你老婆会说我们这些大人不懂事的。那就收下吧。

你都觉得你啰唆了起来，怎么变得如此婆婆妈妈的了呢？他们的辛苦钱，你还是"心安理得"地揣在了身上，虽然数量不多，但是对你的教育却是潜移默化的。你会想你父母那么艰难挣了千儿八百块钱，却舍不得吃，也不去买穿，他们为了什么呢？

尽管不重要，但是你还是得说说。你老家的乡村在一个叫梁垭子尖山坪的地方，在一个所有地图上都找不到的小乡村。过去读乡土教材，看见上面写着一个叫梁垭子的地方，说是红军当年从这里经过，你莫名高兴了好些年，心想你的家乡终于可以和英雄、解放、伟大等词语联系起来，后来，你终于明白乡土教材里那个叫梁垭子的地方是跟你的老家没有多少关系的。

这算是一些关于乡村的记忆。像你们这些在农村长大的人，总有一个关于城市的梦想，总有一种关于乡村的情结。一开始你想逃离乡村，后来你去寻找乡村，最终可能你也没有找到你想要的乡村。

你继续去找。那是一个周末，才开始还好好的天，阳光明媚。你心情很好，于是你约了两个朋友去爬对面的山。那山呀，是有一定高度的，你以前去爬过，忘记了它是怎么样的，于是，又决定去爬。也许这个乡村跟你老家那个乡村不一样吧。

你很新奇，盘山公路爬满了整个山村，你们不需要赶路，绕盘山公路慢慢地行走。好像哪里都很新奇，比如，成片的狗尾草变得金黄，你们觉得这个地方应该留一张影。有个寨子后面，有两位羌族少女穿着云云鞋你觉得很新奇，你看见那棵柿子树上稀稀拉拉挂了几个果实，你觉得新奇，好像跟街上卖的不一样，你向那穿对襟服的羌族小姑娘讨要，她们伸手就摘了好些个，捧在你手里，你轻轻地呱柿子，感觉一股甜甜的乡村的味道。

继续走吧，这个叫万村的乡村，稀稀落落布满了土房。偶尔一个土房的旁边，会有一两棵苹果树，你很想伸手去摘这些还悬挂在树上的充满欲望的苹果。

看见周围有公鸡，你就会想，街上卖的鸡，一只只都不像乡村奔跑的鸡，它们耷拉着脑袋，长一身肥肉，你见了它们，想它们哪里是鸡，分明叫着肉鸡，跟鸡仿佛没有了多少关系。你小时候在农村，见到过鸡，养过鸡，那些公鸡围着母鸡打旋，那些公鸡为了一只母鸡，要斗得头破血流，你看见笼子里面的鸡，分明只长了一身鸡肉，什么事情都提不起兴趣，它们是在靠本能活着，什么事情于它们而言都无动于衷。好像跟你知道的鸡，印象中的鸡是两码事了。

你看到这些山野的鸡确实不一样，它们很鲜活，你看它的鸡冠，你看它的羽毛，精神抖擞。你居然还听到它们打鸣的声音。这些都久违了，你觉得好久没有听到过鸡叫了。偶尔到这山上来，你居然听到了鸡鸣，你于是手舞足蹈，像个孩子。

令你新奇的，不仅仅是鸡叫，你还在不经意间，看见锦鸡扑棱棱地就从你眼前飞过，你还听见那么三两声乌鸦单调得如同你工作单位上那口老态龙钟的大钟的声音，你真是太高兴了。你知道，有十多年你没有听到过乌鸦的叫声了，尽管那时你还待在乡村，尽管那时大家都不愿意听到乌鸦的叫声。但是现在，你却突然听到了它们，你的那种心情无以言表，你当时驻足倾听，仿佛见到了数年不见的朋友，仿佛听到了什么神奇的音乐，让你如此高兴。

晚上就住在一户羌民家中。你们纯粹就是他的什么亲戚，他给你拉家常，跟你讲他的儿子，给你讲他种了五亩土地。桌子上有瓜子，你随便抓来吃，水没有了，他们给你倒来，你感觉跟住宾馆不一样，就好像住在自己家里。你沿你的"新家"走那么一圈，有长长的回廊，像汉族的转角楼，你感到特别新奇。有屋顶花园，你觉得好像是深秋了吧，满园子怎么还争先恐后开满了花。你向下望去，下面是万家灯火，一座城市隐隐约约地藏在雾霭里，朦朦胧胧，明明灭灭，那种感觉就像一个轻纱般的梦境。

天亮了，听到整个村子里此起彼伏雄鸡的叫声，你起床了，看看后面偌大一座山体，满山的黄叶、红叶、绿叶，你得辞了你的新家，继续赶路，要去追赶那漫山的彩霞。

你给他们住宿费，他们坚决不要，说还要请你冬天到他们家来做客，杀年猪时请你吃没有注水的猪肉。

秋天远处的牛脑寨，像在天边，你得去看看。要得到结果，需要一个长途攀爬的过程。尽管是秋天，却有淫雨霏霏，你们顾不得那么许多了，就启程。露水、汗水、雨水早把衣服湿透了，你们顾不得那么许多，前面没有路了，你们还是不顾那么多，你们知道，为了一个目标，不应该给自己寻找一个借口找退路。

你们终于到了牛脑寨，天边的牛脑寨，阡陌纵横，密密匝匝的巷道的尽头，你看见一个小姑娘，穿红红的衣服，为你盛一碗热水，让你洗一把脸，她又去忙她妈妈做的事情了。你觉得她能干，跟你小时候一样，你会想，为什么你自己现在那样慵懒？

这个牛脑寨就在山的背后，很近，离你住的地方。为什么你总在寻找呢？你去攀爬，就会有一次体会。跟你老家的乡村是不一样的。远远看去，烟雾中的牛脑寨像一幅色彩深沉的油画，悬挂在你前面。你一定要多去爬爬牛脑寨，你对自己说。不需要永远寻找，你只要驻足，就能把你的乡村找到。

乡村离你很近，又是那样远。

又见樱桃

　　沿岷江的两岸，不是高高低低的山峦。用山或者山峦这样的词，不足以概括从汶川到都江堰的山。不错，是山，只是这样的山，如动物中的大象，苍凉、敦厚、厚重。春暖花开时节，满眼望去，尽是婆娑的肆意绽放的樱花。满山是，满坡是，满地是，满眼都是。给莽莽苍苍的群山铺满了亮色，杂陈了生机。

　　我习惯于穿梭在这河谷，尤其是二三月春暖花开的的时节。满眼的樱花，让我憧憬了两三个月过后的岷江河谷。沿途的小镇上，公路的两旁，一排排的，一群群的，天真中还嗲声嗲气带着稚气的，饱经风霜的脸上，系着围裙，顶着"一片瓦"的"那喷喷"，提着提篮，背着背篓。上面都盖了一层鲜活的樱桃树叶子，篮子里藏着的，背篓里装着的，不外乎都是樱桃。甜的樱桃、大的樱桃、红的樱桃。花几元钱买一小兜，看见小"那喷喷"的脸上写满了笑容，如买的饱满红润的樱桃。先不吃，只想一想这樱桃，嘴唇里面就生津了。如瘾君子发作了烟瘾一样的感觉。喷喷，这樱桃，有苹果的形状，有李子的大小，有桑葚的味道，有葡萄的色泽，唯一继承了樱桃的长的果蒂。喷喷，吃上两颗，那个味道，只能用叫作吃了甜樱桃的感觉，而再不能找一个合适的词来形容。

　　所以一到农历的四五月间，就是都江堰的闲人都要在河边去吃夜啤酒的时节。几个田螺下肚，两粒大虾已伴随着啤酒进了喉咙的时候，啧啧，汶川的樱桃该成熟了吧。是的，昨天王幺爸回来过周末，给我儿子带了一小口袋樱桃。啧啧，说着，几杯啤酒又灌下去了。你个龟儿子，铁公鸡，肥水不留外人田！樱桃提来下酒，怕是比这大虾巴适！那是没得说！话题也就转到汶川的樱桃上来了。要吃甜樱桃，非得到汶川去一趟不可。你知道这个樱桃，名气大了，价格也贵，包装也讲究。像某些明星，有了名气，就耍大牌，就小气了，轻易是难得见其真面目了。嗯，吃樱桃就那么几天时间，隔了夜的樱桃就没法吃了，所以即使路途很近，沿都江堰走上去二三十千米就到了汶川，但真正要吃上樱桃，非要自己亲自动身走一趟汶川才行。

　　所以，四五月间的汶川，满街是卖樱桃的，满街是买樱桃的，满街是吃樱桃的，满街是谈樱桃的。

　　只是，那年的五月，樱桃正要成熟的季节，那场灾难比冬天的寒霜还厉害，顷刻间漫山遍野的樱桃就凋落了，它们没有等到成熟的季节，就过早地凋落了。那年的五月，我也没有等上吃樱桃，也没有顾得上想樱桃，没有来得及看一看那披头散发的树，原来正是我熟悉的，去年吃过，前年想过，大前年就在盼望来年一定得吃个够的樱桃生长的树。躲过了这场灾难，已算是苍天有眼了，哪里还来得及去顾及马上就要成熟的樱桃。

　　真的就这样过去了。时间一长，就淡忘了，就像你忘记读书的时候，长期走在一起，长期说着话的同学，你以为他是你最好的朋友，结果毕业了，十年八年不见，你都觉得淡忘了你朋友的时候，他突然出现在你面前，你一定会丢下你手中的活，一定和他畅谈通宵，一杯杯的酒就灌了下去，哪去管老婆千叮咛万嘱咐的酒精中毒的话语。

正是汶川的樱桃，让你浮想联翩。

是哪一年呢？你和两三个朋友走在汶川的路上，路两边正是煽情的樱桃，藏在树叶丛中，如哪家含羞的羌族娉婷的"那啧啧"。那红透了的颜色，那滚嘟嘟的饱满的圆形，已经让你垂涎三尺了。你不轻易去摘几颗，你看见路边的形色匆忙的行人，哪个去摘一颗正要瓜熟蒂落的樱桃？

走在路途，有羌家的"那啧啧"正在摘樱桃，你只跑过去一看，人家就看见你贪婪的神色，已经明白八九分你心里面那一丁点的"小"。她开口了，嘴唇边挂满了豆角样的神色。你觉得清新、善良、纯洁，是樱桃给了你这样的感觉，还是这位"那啧啧"让你心绪起了波澜？你正在思索，像个学者的样子，"那啧啧"已捧了樱桃，放在你的手里。

那个味道，至今挂在嘴里。

突然一个电话。是一个老师的。很亲切地说话，我给你带了樱桃来。话没有说完，你就又想起了樱桃。想起了这个汶川的老师。像你父亲的感觉。那几年在汶川的时候，你们一起爬山，吃樱桃，有时候写一点"文学"。他年龄比你长了许多，喊你，周老师。你说，余老师，直接就喊周某某得了，他说你年纪小，然后是一番谦逊的话语。

你有很多缺点，在汶川的时候，你是有点像个老师一样，在文学沙龙上，你经常"指指点点"。不过，那些老师也并不介意你的自以为是。于是，时间一长，就有了好些文友，一起爬山，一起吹牛，一起吃樱桃。

只是这样的日子一去不复返了。你要吃樱桃，就要像都江堰那些闲人，非要亲自去趟汶川，才能吃到新鲜欲滴的樱桃。

突然的电话，让你久久地思索。

赶了车，见到余老师，见到甜樱桃的时候，你真的好像突然变得更傻了。话也很少。是的，那年从汶川出来，你很少再回汶川去，你也再没有见到余老师。逢年过节，倒是老革命余老师先给你打电话。你们是忘年交，因为写文章认识的，又成为朋友，地震后你骑个自行车满街遛，没有找到余老师，后托人多方打听，说余老师没有事，一家子也还好，地震后好些天了，在郫县租了房子，你的心也就稍稍地安稳了一些。

而真正见到余老师了，你们说了一些话，都不太去提及那个令人伤感的地震。你们相约，明天一起到郫县喝茶。樱桃，你提回了寝室，你吃一颗，甜甜的感觉，一点都没有变。

禹生汶川

这块崇尚英雄的土地，人们呼唤"神"，于是"神"就诞生了。

一

大禹神像矗立于威州穗威大桥一侧。进汶川县城的大门，就看见大禹神像高高耸立。站立于大禹神像前，我常久久不愿离去。大禹分明是人，不是神。你看他头戴斗笠，身披蓑衣，脚踏汶川的土地，两眼平视远方，目光如炬。左手执耒。斗笠、蓑衣、耒，哪样

▲ 大禹雕像 （余耀明／摄）

不是从生活中信手拈来的？只是时过境迁，斗笠、蓑衣、耒这些寻常物件，逐渐淡出了我们的生活。

时间从今天往前倒退40年，穿越至20世纪80年代。遇到下雨天，哪家的孩子不是戴着斗笠，脚丫子奔走在上学的路途中？斗笠，农家自己可以做，篾条从竹身上取来，哪家哪户，都围着一丛竹林。院子错落有致，穿插在田埂与田埂的空隙，头上戴着青瓦，烟囱里冒着青烟，飘飘缈缈。周围是几棵果树，再有一丛丛竹林。竹林里或有鸡鸣犬吠传来。

闲时砍来急时用。十冬腊月，不需要春耕夏锄秋收了，只需要冬藏了，会过日子的农家，把竹子砍几根，用竹刀把竹子划成篾条，起了几层，青篾是头层，黄篾是第二层，叫二黄篾，还可以起三层、四层。起几层篾，得看农人的手艺，手艺差的，只用青篾。有的农人还将篾条上匀刀。冬天划的篾条，称为腊篾。腊篾不长虫子，又绵绵软软，在农人的手里，变着戏法，就成了斗笠。多数人家将青篾拿来编筅篼，织背篓，打席子。青篾"经试"，耐用，农人舍不得拿来做斗笠，做斗笠用黄篾。

川东广安等地，也有用蓼壳做斗笠的。

雨水节过后，天晴锄地，下雨犁田。农人哪里有闲下来的工夫？实在累得不行了，找个遮雨的地儿坐下来，农人从屁股荷包里掏出叶子烟，裹上，塞进烟杆里，吧嗒吧嗒吸几口，过过瘾，解解乏。牛也乏了，给它喂点青草。

漫山遍野，此起彼伏，赶牛犁田的画面，布满了整个空间。从高处望去，到处是披蓑衣、戴斗篷的农人。牛在田里不慌不忙地走着，农人把稳犁头，喂、喂、喂的声音从画面中传来。

几十年过去了，恍若隔世，而今再也不易见到斗笠了。斗笠出现在了博物馆，出现在了展览馆。君不见，城里有的饭馆里，也将斗笠、蓑衣挂在墙壁上，装点门面。斗笠和蓑衣，80年代的农家标配，要逐渐成为非物质文化遗产了。

大禹神像，分明是农人打扮，哪里是富丽堂皇的神？

不过，古人创造了"神"字，也许这个"神"是存在的。不是可以出神入化吗？神存在于哪里呢？神大抵存在于凡人永远也达不到的空间和境界里。

眼前看到的大禹神像，是具象，是形象。具象才形象。塑造的神像，用雕塑方式完成，它的原型，都是雕塑家通过想象，通过具象化方式完成。它的原型，是人。神是人的想象空间。雕塑家在雕塑的时候，用到的图纸、材料是具体的事物，雕塑的成品，也是实实在在的事物。事物总有其型，也总有其形。它只不过是现实生活的某种折射，某种夸张，某种变形。雕塑家总不能脱离客观实际。雕塑的成品，大禹神像，跟普普通通的农人没有区别，再自然不过了。

不过，它比我们高大，比我们坚毅。站立于神像前，需仰视才能见其全貌。

实实在在的，它又不是日出而作，日落而息的农民。

站立于神像前，我常常想，为什么汶川被称为神禹乡邦？汶川的人民，为什么要世世代代纪念大禹？

二

关于大禹的记忆，是从小学四年级上历史课开始的，因为有故事，有传说，又是新开设的课程，大家都饶有兴致。第一课便是《大禹治水》。老师讲大禹三过家门而不入。其他的内容都还给老师了。但是，课堂上，老师播下了关于大禹的种子。到汶川以后，那时县城娱乐设施不像现在，每个人都可以自得其乐。于我而言，周末最好的去处，便是羌族图书馆。怯生生地走进图书馆，也不需要给工作人员多少解释，多少招呼，亮一下身份证，就可以选择一个角落翻书。翻书时，也不像现在到书店，你见到的多数书本都还没有开封，你只能看看书皮，甚至不能翻看书本的目录，你打开了书本，对不起，你得买。那些开封了的书，你可以随便翻，如果你还有兴致，你驻足一会儿，正看得有滋有味，对不起，书店的阿姨像警察，站在你面前，你像偷了她的东西一样，无地自容。

▲ 大禹像　（余耀明／摄）

图书馆的书，看，你随便看，没人干涉你。先是走马观花，看见图书馆里藏了不少名著，有的版本还比较古旧。图书馆里，还藏有关于汶川、关于羌族的书。印象中，在羌族图书馆里读到了《世代忠贞之瓦寺土司》，读到了汶川县政协文史委编的汶川县文史资料第一至七集。读到了1805年汶川县令李锡书编的《汶志纪略》，读到了中华民国时期汶川县长祝世德编的《汶川县志》。其中《汶志纪略·石纽山》中讲述了禹生汶川！祝世德诚惶诚恐，在《汶川县志·大禹志》中说，"稽之往册，实有明证"，关于大禹部分，"未敢稍有增溢"。原原本本照录了《石纽山》，只是改名为《大禹志》。我不知道，这是不是历史上第一本关于大禹的志。但是，可以肯定的是，汶川县，历史上留下两本志书，两本志书都记录了禹生汶川。历史上，李锡书、祝世德在汶川颇有政绩，赢得了老百姓的口碑。当然，像王元正、康栋，在汶川，也被百姓口耳相传，传其在汶川亲民、为民、便民。其中王元正留下了"山水间读书处"石碑，康栋被誉为草鞋县令。

两本志书，应是前人留给汶川人民宝贵的精神财富。嘉庆、道光时期，汶川县是什么样子，总会让我们好奇。幸好，有《汶志纪略》，让我们略知一二。中华民国时期汶川县有什么风土人情，《汶川县志》，至少是我们了解那个时期面貌的一个途径。

三

汶川县四围是山，除了偶尔读书，还可以爬爬山。特别是了解了一些大禹的知识以后，知道大禹出生在刳儿坪，就更愿意去了解石纽山、刳儿坪了。

时间是2006年11月4日。天气晴好。汶川哪儿有天气不晴好的道理？汶川处在高原的边缘，成天都是欢快着脸。要是下雨，也是趁人睡熟了，偷偷地下，悄悄地下。像猫的步子。

羊子邀约二根米、梦非、汉文、勇清、我等10人，去"考察"刳儿坪。我的心情，有点董湘琴《松游小唱》中"把行期约在九月九，走"的欢快和急切。我们穿着登山鞋，在高店村董村长（很不好意思，我只知道他姓董，而忘记了其名）的带领下，一路从瓦窑坪，浩浩荡荡向刳儿坪进发。

瓦窑坪是九层平地，地势缓和，山坡长有三棵古柏树，经验告诉我们，羌族聚居区有古柏，意味着曾经有羌人在此活动过。坪上仅剩羌民数户，据村长讲，过去他家也在此居住，后来成阿公路通了，也就把家搬到江边去了。瓦窑坪曾经有大弄天井造型的房子，土木结构，一幢竟有百十道房门。棕树、石榴树、苹果树点缀其间，时有三两声鸡鸣和炊烟缭绕，羌族姑娘和阿妈穿着民族服装坐于门口做云云鞋，见有生人来，忙于树上摘石榴数只，用衣襟统上，送到我们一群不速之客手里。

说是瓦窑坪，现在仅存瓦窑三两座，

▲ 羌族妇女 （余耀明／摄）

都已经坍塌，破败不堪，其中一处尚悬于壁上，窑壁却是石头垒成，顶成弧形，壁亦是弧形。顶上有烟囱。可见是座大窑，不是短期烧窑所致，历史上这里应该是一派繁华，数座大窑同时生产，有远近羌族瓦工聚集，所烧瓦片亦不止一处应用。

绵虒附近的羌族地区，房顶是人字形的，房屋比较分散，跟威州以上羌族地区有诸多不同。威州以上，羌族多聚居于半山腰，有大片土地和充足水源是其居住的必要条件。每个寨子由成百上千户羌民组成，每寨多为两三姓人家，寨子内部连成一体，每户人家都有三层房子，一层住牲畜，二层住人丁，三层是平台，是放粮仓处，晒场处，供白石神处，休息和娱乐处。层与层间，用独木梯上下。

从每户房顶，都可直接入另一家屋。第一层处亦互相沟通，遇有战事，可直接于一处躲避、抵抗或逃遁。房顶是平顶，下面铺有椽子、檩子、竹木棍、一种吸水草，顶上再用黄泥夯实。房顶上开有天窗，供通风通光通气通烟用。房屋和周围山体混为灰褐色。

绵虒以下，情况有所变化，羌族往往不再聚居于一个寨子里，也往往不以寨子相称，而以村称呼。房子与房子之间有距离，有很多汉式风格，可称羌族聚集区，每片领域里，住户相对集中，红白喜事，同村人等，方便集中。房屋不再垒石为屋，而以土木结构为主，多为一层，或者两层，猪牛羊圈和其他地方一样，单独成圈，与人居住的房屋有一定距离。房顶亦不复为黄土夯筑而成，而是由人字型房顶木制卯榫结构的青瓦盖成。

从房顶看，采用青瓦，似乎说明造瓦工艺古已有之，几处坍塌的古窑，存于何年何月，村长亦不复能说出个一二三来，对球体结构亦不能做解释。考察一行人员也只知道这个地方叫瓦窑坪，历史上这里有很多住户，如此而已。

这却是一个有意义的现象。瓦窑坪离绵虒镇（古寒水驿）区区数里，绵虒以下房屋结构迥异于威州以上，威州离绵虒，亦不过区区20余里，真是十里不同天也。绵虒以下，古来森林茂密，降水充足，如用平顶房，则容易渗漏，抑或其土质和威州以上寨子不同，上面寨子周围土壤具有黏性，一经夯实，房顶亦可承担粮仓重量，十数人跳锅庄，房顶仍安然无恙。绵虒以下森林覆盖广，雨水多，湿度大，用土木结构房屋，利于通风，把湿气赶走，不至于湿气长期旋于屋内。房顶亦是人字结构的青瓦，跟成都无异，主要是平房不利于沥水，古时又不如现在普遍应用钢筋混凝土，只好应用这种结构，好把雨水笕走。

一行十数人爬了数小时，一个也没有落下。村长开路，用刀割去荆棘，后面人等，还是累得气喘吁吁。村长边开路，边砍路，边等我们，经过岩盐洞，经过碱坪，经过小盐窝，经过大盐窝，终于到达刳儿坪。

村长把刳儿坪叫挎儿坪，相传涂山氏挎着儿子在地上耕种，因此得名。官方和史书称刳儿坪，意为剖开肚腹取儿。前说是母亲养儿辛苦，即使劳动，也把儿挎在身上。后说是神化大禹的出生，表明大禹在老百姓心目中的地位。无论哪种说法，都有可通处。

刳儿坪有 30 余亩较为平整的土地，现已退耕还林，但树木并未充分长起来。周围是山坡，郁郁葱葱长满了树。深秋时节，不同树等，色彩没有尽褪，从深绿到浅黄到深红，呈现出许多层次。从这里到山顶，当有上千米的垂直距离，到山脚，亦有好几百米高度。中间一块大平地。平地上存很多断壁残垣，亦不知是何朝代所留。坪上柏树数棵，核桃树数棵，苹果树数棵，星星点点点缀于大坪上，尚有房屋未毁，锅灶亦有，大门用篱笆隔住，只是不闻犬吠和鸡鸣声，有人在数天前住过，抑或半年前有人住过。山上有野物出没，野药隐藏，农闲时节，猎人和采药人上得山来，一待三两天，或者十天半月，带上干粮，夜半又有遮身之所，亦可遮风挡雨。据说古时罪人逃于此地，官府不复追究责任，让其隐于这样的房屋和山林中，而不复危害社会。

左侧山体一块巨石岩面，下可避风雨，围一块小滩，尚可见血迹斑斑，传说为洗儿池，是大禹出生时，母亲涂山氏为其洗浴之地。石上刻有"禹迹"二字尚依稀可辨。旁边有很多深痕，当不为自然风化所为，有人工雕刻痕迹。周围人等指指点点，尚存不同意见，哪里有字，是什么字，何时留刻，议论纷纷。

不过，马上鸦雀无声，以前史籍多记载此"禹迹"二字，对洗儿池也有记述。翻阅众多经典，却对散于刳儿坪上比"禹迹"更加神秘的东西只字不提。而令吾等众人震撼的远远不是只有传闻的洗儿池或刳儿坪本身。我们屏住呼吸,走一处惊叹一处,或卧或立的较大的石头上竟然有很多图形抑或文字。三角形、点形、圆形、方形、星形、刀形,鱼形的,鸟形的,说不清是什么形状的。大的小的、深的浅的、明的暗的、朝上的朝下的,互相呼应,自成体系。这些默默无闻的符号或文字,前朝典籍,独不记述,如果禹迹尚不完全可考,据我所知,好多地方都有禹迹或有大禹传说。光羌族地区,北川有,茂县有,理县有,汶川更有。独这样一些符号或者文字,却太神秘了。苏美尔人的楔形文字,被定义为一大发明。现在比较权威的意见是,世界最早的文字是埃及文字,离现在也只不过五六千年光景。回过头来看这样一些符号或者文字,它究竟说明了什么,究竟要向遗忘她的后人说明什么?当地羌人,历史典籍,就是羌族的百科全书释比经典都对此只字不提又是为什么?她是否是太过司空见惯了,但当地为什么没有相同的实物资料相佐证?这似乎又必须建立一些新的理论体系才能解释一下这样的现象。第一,羌族现在无文字,但是过去是否有文字?这样一些东西是否是古羌人的文字?第二,羌族有很多次迁移,据传现在居住于岷江流域的羌族是古羌一支的后裔,他们从西北而来,这样一些东西是否存在于他们迁徙来这里之前?也许这个解释有合理的成分,原因是现在没有人知道这些东西是什么。如果是后人所为,那典籍中,释比经典中应该有记录,羌人通过口耳相传,会对这些东西有所记忆。第三,这些东西刻在坚硬的石头上,深者六七厘米,大者长宽皆有三四十厘米,阴刻,笔法细腻,没有坚硬的石刻工具不行,没有精湛的雕刻技艺不行,这样的笔法说明应该离现在不会太久远。可是就有问题了。现代人恐不会在这些石头上成片成片地刻我们现代人都无法考证的符号。用现代观点看,即使甲骨文,也是笔法更加细腻，造型更加复杂，象形更加突出，而这些东西，符号特征则更加明显，更加简洁明了。从大小规则排列来看，应该具有记事功能。那就应该有文字的功效。但是我们看到已知中国最早的文字甲骨文比这个复杂得多，文字有越来越简化的发展趋势，但是这些简单的东西又只是一些符号和图形，更多的不用汉字的线条来表现。它应该比甲骨文出现的时间更早。第四，这次一行十数人唯一对一个石刻没有异议，那就是有石头上突出逼真地雕刻有女阴形象，这是否可以证明这些符号大概雕刻于母系氏族时期。母系氏族时期应该在夏朝之前，处于旧石器到新石器时期，离现在少说也有上万年历史，这个就要悠久于普遍认为的世界上最古老的埃及文字了，但是，这一时期的工具能够支撑他们在坚硬的石头上精雕细琢吗？我们的铁器，算得上能够在石头上雕刻的工具了，但是出现的时间相对很晚，出现在春秋战国时期，离现在不过两三千年光景。用历史教科书的观点看，这些雕刻在石头上的符号产生于铁器尚未发明之前，即使青铜，也是产生在殷商时代，离现在也只不过三四千年，那么这样一些东西究竟雕刻于何时代，给我们留下一团迷雾。不管怎么讲，都难以自圆其说，都会自相矛盾。

这些东西究竟是符号，还是文字？从大块版面、排列规则、每块石头上的东西又互相呼应来看，应该具有记事的功能，应该具有文字的特征。但笔者还要重复一下，如果是文字，那是什么人的文字？刻在这样坚硬的石头上，刻法非常细腻，那是使用什么工具刻的？这些我们真是不得而知。孔子说，四十而不惑，一群四十上下的人见到这样的东西，都惑了。

在羌族地区工作多年，令人震撼的东西太多了。发现于这里的原始文化，这里的考古发现，填补了相关领域研究的空白。营盘山和三星堆之间有没有什么渊源关系？如果西方定义中国文化为黄土文化，定义中国人祖宗生活在黄河流域，那这些山顶上的考古发现又说明什么问题？治理大江让中国必须产生一个领头人，这是中国为什么形成集权传统的原因。这是俄罗斯人的意见，影响全球。但现在经过实地考察，在5000年前，岷江流域的文明已经达到相当的高度了。明代以前，岷江一直被定义为长江的源头。这个地方土质并不疏松，老百姓要用坚硬的工具才能耕种。这些认识如果说是更加感性的，笔者作为汉族，有幸参加了"十五"期间国家重点课题《羌族释比经典》的收集整理和翻译工作，就会更加让我产生一种理性的思维。《羌族释比经典》自成体系，解释了天地的起源、火的起源，特别是解释火，热比娃竟跟希腊神话中普罗米修斯异曲同工，毫无二致。对铁的来历，《羌族释比经典》中也做了解释。如果其他很多宗教都带有外来的成分，《羌族释比经典》却是地道的羌民族原始宗教的典籍，在现在的羌族地区，还是普遍相信万物有灵，带有原始宗教的特点。《羌族释比经典》是羌族释比口耳相传，

▲ 羌族释比 （余耀明／摄）

口传心授，一代一代靠记忆传承下来的。这个古老的民族，她的神秘性、未知性，又因为现实和历史的原因让我们对其知之甚少。

太多的震撼，太多的感动。诗人羊子看到这些东西后哭了，我爬在石头上，倾听古人的智慧和声音，汗不敢出，话不敢说。

四

2007年冬，什邡搞了一个古蜀文明研讨会，邀请环龙门山的县市参加。我有幸与会。晚上聚餐时，同桌有北川代表谢新鹏等。谢老师曾著有《禹生北川》，我读过。桌上，与其辩论，我说，我会写一篇文章，证明典籍中已经告诉我们：禹生汶川。谢老师邀我去北川，说一见便知。其后，我去过北川几次，了解北川争大禹出生地的原因。可是，却不能再见谢老师了，他在5·12特大地震的时候，遇难了，陡生遗憾。微微有点发福，穿着稍旧的西装，头微微有点上抬，他踏实肯干的形象在我的头脑中挥之不去。

▲ 祭祀 （余耀明／摄）

　　我并没有失言，回到汶川以后，我从典籍入手，完成《禹生汶川刍论》《释比经典中〈颂神禹〉略读》。谢老师爽约了，一辈子爽约了。读了《禹贡》《大禹谟》等典籍，参加了几次汶川大禹祭奠活动，又查阅了一些资料，对大禹就多了一些了解。

　　现存关于大禹最早的记录是北京保利艺术博物馆 2002 年春天发现的遂公盨（又名豳公盨、燹公盨），青铜礼器，西周中期（距今2900 年）遂国的某一代国君"遂公"（遂国在今山东宁阳西北，传为虞舜之后，春秋鲁庄公十三年即公元前 681 年被齐所灭）所铸，证实了大禹及夏朝的确存在。

　　中国夏商周断代工程专家组组长兼首席科学家、中国社会科学院历史研究所原所长李学勤教授指出，铭文记述大禹采用削平一些山岗堵塞洪水和疏道河流的方法平息了水患，并划定九州，还根据各地土地条件规定各自的贡献。在洪水退后，那些逃避到丘陵山岗上的民众下山，重新定居于平原。由于有功于民众，大禹得以成为民众之王、民众之"父母"。铭文并以大段文字阐述德与德政，教诲民众以德行事。李学勤表示，铭文中所述"禹"是夏王朝的奠基人。没有大禹，便没有夏，更没有"华夏"。遂公盨的发现，将大禹治水的文献记载提早了六七百年，是目前所知年代最早也最为翔实的关于大禹的可靠文字记录，表明早在 2900 年前人们就广泛传颂大禹的功绩。表明夏为夏、商、周"三代"之首的观念早在西周时期就已经深入人心。

　　铭文内容：

　　天命禹敷土，随山浚川，乃差地设征，降民监德，乃自作配乡（享）民，成父母。生我王作臣，厥沫贵唯德，民好明德，寡顾在天下。用厥邵好，益干（?）懿德，康亡不懋。孝友，訏明经齐，好祀无（废）。心好德，婚媾亦唯协。天厘用考，神复用祓禄，永御于宁。遂公曰：民唯克用兹德，亡诲（侮）。

铭文记述了大禹采用削平山岗、堵塞洪水和疏导河流的方法，治平了水患，并划定九州，还根据各地土地条件的不同规定各自的贡赋。在洪水消退后，那些躲避洪水而逃到丘陵山岗之上的民众下山，重新定居平原之上。由于有功于民众，大禹得以成为民众之王、民众之"父母"。随后，铭文又以阐述德与德政，并教诲民众以德行事。

后来，较早关于大禹的记述是《尚书》。《尚书·禹贡》："禹敷土，随山刊木，奠高山大川。"《尚书序》："禹别九州，随山浚川，任土作贡。"大家知道，《禹贡》这篇文字，近世学者多以为晚出，《书序》更是被人怀疑。其文句与遂公盨铭文符同，特别是"随山浚川"全同于《书序》，令人惊异。

《尚书·益稷》中亦有："禹曰：洪水滔天，浩浩怀山襄陵，下民昏垫。予乘四载，随山刊木。……予决九川，距四海；浚畎浍，距川。"还有《诗·长发》："洪水芒芒，禹敷下土方。"所用词语，都互相类似。"随山"的"随"，意思是"行"，见《广雅·释诂》；"浚川"就是疏导河流；"差地设征"，"征"即贡赋，同于"任土作贡"。

在秦公簋中，亦有"禹迹"，叔夷镈、钟述及成汤伐夏，"咸有九州，处禹之堵（都）。"至于治水的事迹，乃是第一次发现。秦公簋等都属春秋，遂公盨则早到西周，成为大禹治水传说最早的文物例证。

东晋时期，成汉常璩在《华阳国志》中记录了大禹。兹列原文：

蜀之为邦，天文，井络辉其上；地理，岷嶓镇其域；五岳，华山表其阳；四渎，则汶江出其徼。故上圣，则大禹生其乡；媾姻，则黄帝婚其女。显族，大贤，彭祖育其山；列仙，王乔升其冈。而宝鼎辉光于中流，离龙、仁虎跃乎渊陵。开辟及汉，国富民殷，府腐谷帛，家蕴畜积。《雅》《颂》之声，充塞天衢，《中穆》之咏，侔乎《二南》。蕃衍三州，土广万里，方之九区，于斯为盛。固乾坤之灵囿，先王之所经纬也。

"故上圣，则大禹生其乡"这句话就把该说的都说了："禹"是"上圣"，古蜀地就是他的家乡。20世纪的《华阳国志》研究，除刘琳《华阳国志校注》、任乃强《华阳国志校补图注》两部专著外，还有1985年由四川人民出版社出版的刘重来《常璩与〈华阳国志〉》、2007年四川大学出版社出版的由汪启明、赵静合著的《华阳国志译注》、2008年巴蜀书社出版的由刘重来、徐适端主编的《〈华阳国志〉研究》等。刘琳《华阳国志校注》对"故上圣，则大禹生其乡"句注释说：

西汉人说"禹生于西羌"（陆贾《新语》《史记·六国年表》等）。至东汉，则有禹生于广柔县石纽乡之说。《蜀志·秦宓传》：秦宓言："禹生石纽，今之汶山郡是也。"裴松之注引谯周《蜀本纪》："禹本汶山郡广柔县人也，生于石纽，其地名刳儿坪。"又《续汉志》广柔县下刘昭注云："《帝王世纪》曰：'禹生石纽县，有石纽邑。'《华阳国志》曰：'夷人营其地，方百里不敢居牧。有过，逃其野中，不敢追，云畏禹神，能藏三年；为人所得，则共原之，云禹神灵佑之。'"今本《常志》脱此文。大禹画像（选自明弘治刻《历代古人像赞》)《史记·夏本纪》《正义》引《括地志》云石纽在汶川县西七十三里，《寰宇记》则云在汶川县西一百四十里，均指今理县境，然不能确指其处。至《旧唐书》又谓在石泉县（今北川县）。今一般所知之石纽山刳儿坪则在汶川县绵虒镇旁。总之都是附会。

刘琳先生这段注释搜集了较多的关于"禹生于西羌"的资料。其中《蜀志·秦宓传》应该是《三国志·蜀书·秦宓传》。

远古的资料当然未必都是可靠的，但是，作为历史研究，也不能就轻易地将所有的资料都否定。在这么多的资料前，"总之都是附会"这句结论的确是有些轻率。任乃强《华阳国志校补图注》对"故上圣，则大禹生其乡"句没有详细的注释，而是说，禹生于石纽，是指"汶山郡广柔县。"在《蜀志》的《汶山郡》部分，有：

> 汶山郡，本蜀郡北部冉、駹都尉，孝武元封四年置。旧属县八。户二十五万。去洛三千四百六十三里。东接蜀郡，南接汉嘉，西接凉州酒泉，北接阴平。有六夷、羌胡、羌虏、白兰峒、九种之戎，牛马、旄毡、班罽、青顿、毞毲、羊羖之属。特多杂药，名香。土地刚卤，不宜五谷，唯种麦。而多冰寒，盛夏凝冻不释。故夷人冬则避寒入蜀，庸赁自食，夏则避暑反落，岁以为常，故蜀人谓之作（氏）百石子也。宣帝地节（三）年，武都白马羌反。使者骆武平之。因慰劳汶山郡，吏及百姓诣武自讼：'一岁再役，更赋至重。边人贫苦，无以供给。求省郡。'郡建以来四十五年矣。武以状上，遂省郡，复置都尉。

在此段后，《华阳国志》的各种版本，皆是脱落。刘琳《华阳国志校注》在此注释说："各本此下皆脱，只有一些书引有一鳞半爪的佚文，见本书附录《佚文》。"在附录一《华阳国志佚文》，刘琳根据"《续汉志》蜀郡广柔县刘昭注"，补充有："（禹生石纽）夷人营其地，方百里不敢居牧。有过，逃其野中，不敢追，云畏禹神；能藏三年，为人所得，则共原之，云禹神灵祐之。

并说：《史记·夏本纪》《正义》引作'今夷人共营其地，方百里不敢居牧，至今犹不敢放六畜。'稍异。此是卷三汶山郡广柔县佚文。石纽详卷三'撰'注。

任乃强先生在整理《华阳国志》时，由于他"对西南地区的地理、历史十分谙熟，而又能运用文字、音韵、训诂的传统方法，其所考订，每能贯通历史文献、出土材料和实地情形，娓娓而谈，令人信服"。所以，他的《华阳国志校补图注》根据相应的古籍资料，对《华阳国志》文字佚失的情况做了必要的补充，使他的这个版本成为完整的、完善的本子。对"蜀志"的"汶山郡·广柔县"部分的脱落文字，任乃强先生是这样处理的：

广柔县郡西百里。（依《元和志》推定）有石纽乡，禹所生也。（据《水经注》卷三十六文补）夷人共营其地，方百里，不敢居牧。有过，逃其中，不敢追（《水经注》作"捕之者不逼"），云畏禹神；能藏三年，为人所得，则共原之，云禹神灵祐之。（此二十三字，为《郡国志·注》引《华阳国志》文。末句《水经注》作"大禹之神所佑也"）

对补充的"汶山郡·广柔县"这部分文字，任乃强先生有两条重要的注释。其一，关于广柔县的地理位置。广柔县故城，《括地志》《元和志》及《舆地纪胜》并云："汶川县西七十二里。"治书本之地理学者，应是今汶川县正西理县境内通化，晋时迁至今汶川羊店，隋代广柔改为汶川。

大抵今汶川县西南部，自瓦寺土司官寨以南，漩口以西，逾日龙关，巴朗山（斑烂山）包有小金县地，皆汉广柔县境。《水经》云："沫水出广柔徼外……与青衣水合，东入于江。"所言是今宝兴河。其源出夹金山，山以北为小金与汶川县境。广柔县以此山为边徼，故曰"广柔徼外"。又《樊敏碑》称其"滨近圣禹，饮汶茹污"。樊敏，汉嘉（旧青衣县）人；禹，广柔人。《史记正义》引《蜀王本纪》云："禹本汶山郡广柔县人也，生于石纽。"裴松之《秦宓传》注作"谯周《蜀王本纪》"，文同。又有"其地名刳儿坪"句。《水经》云："沫水出广柔徼外。"《郦注》云："县有石纽乡，禹所生也。"下文与《史记正义》引《华阳国志》文略同，其后《括地志》《元和志》皆肯定其说。《寰宇记》引《郡国志》同，又引《十道录》云："石纽是秦州地名，未详孰是。"大抵愈至近世，言禹生地者愈分歧。寿春、当涂、会稽、秦州，皆争言是禹生处。甚至于同在汶山郡界之《北川（石泉）县志》，亦称其为石纽禹穴，有摩崖大字。《常志》曾有此文，则为必然也。任先生的这两条注释，对大禹出生地的研究是很有帮助的。现今大禹文化研究者，多认为石纽在今汶川与北川一带。《华阳国志》所记"今夷人共营其地，方百里不敢居牧。至今犹不敢放六畜"极有意义。广柔，隋改汶川。这一片方圆百里之地属汉羌共营，人们自古"不敢居牧"。这里一则敬事夏禹，二则生态脆弱，不敢因居牧而破坏环境，所以古代未见严重灾难。而这，也正是大禹出生地的极佳证明。《华阳国志校注》和《华阳国志校补图注》两书在整理过程中对有关"禹"的史料进行的搜集、补充、注释，于大禹研究是很有帮助的，值得肯定。

▲ 禹王祠　（余耀明／摄）

　　传世文献多述及禹兴西羌，西汉陆贾《新语·术事》："大禹出于西羌。"《史记·六国年表》云："禹兴于西羌。"《史记索隐》称："皇甫谧曰：'孟子称禹生石纽，西夷人也。'传曰：'禹生自西羌'是也。"《吴越春秋·越王无余外传》云："鲧娶有莘氏之女……产高密，家于西羌，地曰石纽，石纽在蜀西川也。"《盐铁论·国病》亦云："禹出西羌。"北魏郦道元《水经注·沫水》广柔县条云："县有石纽乡，禹所生也。"南宋王象之《舆地纪胜》卷三十云："《禹贡》岷山在西北，俗谓之铁豹岭。禹之导江，发迹于此。"

　　近世学者亦多有记述大禹。早在 20 世纪 40 年代，顾颉刚先生在《古代巴蜀与中原的关系说及其批判》一文中指出："禹的问题，依我看来，同颛顼一样，是一个真传说而不是真史实。禹是何时何地的人物，我不敢答。但我敢说，治洪水是迫切的需要，开发水利是战国时极发达的技术，整理水道是战国时极详密的计划，在这些工作进行之下，禹的偶像自有日益扩大之趋势。""这个工程在什么时候开头，禹的传说就会在那个时候到达四川，也就会在那个时候在四川发扬光大起来。"顾先生在文中还引用闻宥先生的信说："我等此来，沿途皆沿岷江东岸而行高崖蔽日，绝壁摩天，狂风怒号，江流激吼，光景之奇，得未曾有。闻威州以上江水更急。在此自然环境之下，自宜产生若干民族英雄之传说，汶川一带夏禹故事之多正为当然之事。"近世学者多言禹生西羌。徐中舒先生认为"禹兴于西羌"说应是根据当时羌族内部累世相传的旧说，不过西汉人没有记载下来罢了。谯周作《蜀本纪》："禹本汶山郡广柔县人也，生于石纽。"汶川石纽有刳儿坪，相传为禹母剖腹生禹之地。羌人是夏民族的后裔，夏王朝的主要部族也为羌人，根据汉至晋500年间流传的羌族传说，没有理由否认夏即是羌。冉光荣《羌族史》认为大禹为羌人后裔。李绍明认为大禹与羌有着密切的关系，众多史籍均言"禹生于西羌"或"禹兴于西羌"。这应是中华民族的忠实记述。段渝认为，大禹生于岷江上游地区的事实"可谓信而有征"。

1805年，汶川县知县李锡书作《汶志纪略·石纽山》，讲述了把禹穴当作刳儿坪，这个说法是错误的，把石泉当作广柔，是错误的道理，同时认为汶川就是大禹的出生地。民国时期，汶川县令祝世德作《汶川县志》，收录此文，更名为《大禹志》，关于禹生汶川事，未敢稍作增溢。

以上诸论，皆是历史上一些关于大禹的记录。或可说明禹生汶川的道理。

五

大抵有这样一条线索，从历史文献记载来看，或言大禹兴于西羌。这在中国第一本信史，也是影响最大的一部史书《史记》中有记载，《史记·六国年表》中说："故禹兴于西羌，汤起于亳。周文王也以丰镐伐殷，秦之帝用雍州兴，汉之兴自蜀汉。"

逐渐递进，《集解》引皇甫谧云："孟子称禹生石纽，西夷人也，传曰禹生于西羌是也。"

再言禹生广柔石纽。《夏本纪》《正义》据皇甫谧《帝王世纪》说："（西汉）扬雄《蜀王本记》云：'禹本汶山郡广柔县人，生于石纽'。"

再言禹生汶山石纽。"禹生汶山郡之石纽，人不敢牧其地"。（晋《蜀志》陈寿）

直言禹生汶川。《正义》云："禹生于茂州汶川县，本冉駹国，皆西羌。"又引《括地志》云："茂州汶川县石纽山在县西七十三里。"《华阳国志》云："按广柔，隋改曰汶川。"《华阳国志》《益州记》《水经注》等志书中都有关于禹生汶川的记载。

或言禹生岷山。《青城记》中说："禹生于石纽，起于龙冢。龙冢者，江源岷山也，有禹庙镇山上，庙坪八十亩。"

今查《辞源》"石纽"条释文："在今四川省汶川县境。"

不妨再理一下西羌、广柔、汶川之间的关系。

据上述记载，或言禹生西羌，禹生广柔，禹生汶川，其实并不矛盾。

西羌与汶川的关系：西羌是一个大概念，指古代西夷地区，包含现今汶川。

广柔与汶川的关系：广柔县治汉代在今理县通化，晋时迁至今汶川羊店，隋代广柔改为汶川。

岷山，即汶山，古代岷汶音义同。

汶川县历史上第一本志书是《汶志纪略》，现存于汶川县档案馆，清朝嘉庆十年（1805），汶川县县令李锡书所修。离现在也有200余年的历史了。书中卷四，专门介绍古迹，用很大篇幅讲述禹生汶川的道理。民国汶川县令祝世德修书《大禹志》，对其中大禹生汶川事，未有增溢，并诚惶诚恐地说："余以为在或人未更新之有力证据时，应暂以此说为是。"

林林总总的正史或者野史，都记载大禹出生在石纽山的刳儿坪。

▲ 刳儿坪 （余耀明／摄）

石纽山又在哪里？刳儿坪又在哪里？李锡书说，禹生汶川，"稽之往册，实有明证"，意思是说有历史依据，也有现实证据。

史书说，"县南十里许，名飞沙关，山顶有石纽刳儿坪，相传即禹诞生处"。石纽山位于汶川城南绵虒高店村之后山。山势溜溜坡，盘盘路，巍巍山峦苍凉而古老，因山石扭曲而得名。飞沙关上，石刻"石纽山"三个大字，据传为李白所书。

刳儿坪，当地人现在叫挎儿坪，疑为音讹变，刳挎形近音近，久远流传，口语中略有变化，不足为怪。就如现在的威州，古为维州，维是姜维，曾经带兵驻扎在古城坪，维州因此得名，明代和东门口霸州相应，就改为威州了，也是音近讹变所致。

刳儿坪上，民国以前有禹王庙，又叫启圣祠，庙宇宏大，穿斗架房，青瓦飞檐。清时被焚，其后修复。前殿供大禹，禹王神像高约4米，身披玄衮，手捧玉圭，神采飘逸，十分庄严。神像前塑有一木轮马车，一匹高头雪白大马拉着木轮马车，似由一马夫扬鞭驱马前行。后殿供崇伯、圣母。布局严谨，风格古朴，给人以肃穆的感觉。圣母殿中塑有圣母端坐神像，圣母头缠纱帕，胸前围着缸钵花披，两眼平视前方，仿佛在观看大禹治理岷江水患。昔日殿内，香案红烛，青烟缭绕。烧香拜佛的善男信女，络绎不绝。（见民国《汶川县志》）"文化大革命"时期有毁，现存庙基和残存的寺庙。地势平坦，面积有几十亩。

不妨再列表。

历代关于大禹出生地的记载表

书名	著者	朝代	内容	关于大禹	解释
蜀王本纪	扬雄	汉	是书已遗失，仅见后人引文	禹本汶山郡广柔县人，生于石纽	
易林	焦延寿	西汉	是书十六卷，以一卦演为六十四卦，汉易之流为术数，自是书始	大禹生于石夷之野	
吴越春秋	赵煜	汉	是书文体，颇近小说家言，汉晋间稗官杂记之体	禹生于西夷，地名石纽	
蜀志	陈寿	晋	《三国志》其中一部	禹生汶山郡之石纽，夷人不敢牧其地	

（续表）

书名	著者	朝代	内容	关于大禹	解释
蜀本纪	谯周	晋	·	禹本汶山郡广柔县人，生于石纽，其地名刳儿坪	
水经注	郦道元	北魏	水经，旧题汉桑钦撰，然证以书中地理，实三国时人，其注为郦道元作	广柔县石纽乡，禹所生也	
华阳国志	常璩	东晋	所述巴蜀事，始于开辟，终于永和二年，见《四库全书》	石纽，古汶山郡也，崇伯得有莘氏女，治水，行天下，而生禹于石纽之刳儿坪	
括地志	萧德言 顾胤	唐	唐魏王命萧顾等撰，分计州郡，凡五百五十卷，序略五卷	石纽山在汶川县西七十三里	此以汶川旧志而言，云汶川县西，非汶川之石纽山乎
				广柔废县，在汶治西七十三里	
元和郡县志	李吉甫	唐	古地理书之存于今者，此为最古，今存四十卷，遗七卷半	禹，汶山广柔县人，生于刳儿坪。禹生处名刳儿坪，至县治五里	此指广柔县志而言，今飞沙关大邑坪一带是也
正义	孔颖达	唐	注疏之疏曰正义，谓论归一定，无复歧途也，易、书、诗、礼记、春秋皆有正义	禹名文命，字密，身长九尺二寸，西夷人也	

（续表）

书名	著者	朝代	内容	关于大禹	解释
青城记	杜光庭	唐		禹生于石纽，起于龙家，龙家者，江源岷山也	
寰宇记	乐史	宋	合与图所称，考寻始末，始于东京(今河南开封)，迄于四裔，并纪人物艺文，开方志之体	石纽村在县西一百二十里	此指汶山郡而言，今之茂县城是也，今刳儿坪，离茂州盖一百二十余里
				石纽村在今茂州汶川县北四十里	此指汶川旧志而言，与七十三里之说大致相同，盖山路参差，传闻异也
路史	罗泌	宋	是书纪上古之事多据纬书及道书，殆不足信	石纽汶山在西番界龙家山之原，鲧，汶山广柔人也，纳有莘氏女，岁有二月，以六月六日生禹于道之石纽乡，所谓刳儿坪，长于西羌，西夷之人也	
辞源		现代	乃现代公信力较强的一部辞书	石纽，在四川省汶川县境	

汶川地区众多关于大禹的传说说明了一个问题，汶川民众对大禹顶礼膜拜。而众多汶川禹迹表明禹生汶川不仅仅是传说，这些文物表明禹生汶川不仅仅见于书本，也见于石刻和考古发现。

▲ 羊皮鼓舞　（余耀明／摄）

从民间传说来看，汶川地区盛传，二牛抬杠的耕田方法是大禹传承下来的。用羌活鱼治疗风湿也是大禹传承下来的。汶川地区修建房屋的一种工具叫禹夹板，命名跟禹直接有关。

这些一代代传承下来的民间传说，反映了民间对大禹的记忆。为什么这个地区一直盛传这样的传说？可能跟禹生汶川有直接关系。汶川羌族同胞跳萨朗，舞步称禹步。汶川羌族地区释比，作法事时要跳羊皮鼓舞，力量主要集中在腿部，多以单腿单脚跳跃，前后左右轮番交替，这是对传说中大禹步伐的深刻记忆。

《释比经典》对《大禹治水》也有记录。雁门释比袁祯祺（已故）传唱有释比经，汉语翻译为《颂神禹》："先有天，后有地，后有人分男女……水有源，树有根，羌族根源说分明，羌族英雄是大禹，开山治水数第一，疏通九洲九条河，用去时间十三年，头次路过家门口，听见幼儿的哭声，可他心中只想到，水怪妖魔未灭尽，二次路过他家门，听见孩子嬉笑声，身上顿时勇气增，三次路过了家门，知道孩子已成人，治水英雄耶格西，立下誓言表决心，九条河水不疏通，永远不把家门进。"《释比经典》是羌族对于遥远古代的记忆，因为羌族没有文字，对先辈的光辉业绩往往由释比口耳相传，至今保持古音记录，因而更加真实可信。这是汶川本土羌族对禹的直接记忆。释比经典关于大禹的唱词跟民间传说不谋而合。

汶川还存在大量的"禹迹"，如"禹迹"石刻。禹王庙遗址左上约 50 米处有禹穴。穴深丈余宽五尺，可容纳八九人栖身。洞穴岩石上镌刻着"禹迹"二字。字大数尺。悠悠岁月，漫漫春秋，禹迹二字石痕已斑驳。

洗儿池。在禹迹左侧 300 米处，青纱般的白雾罩着绿水青山和藤蔓。在一团瀑布下，有一水凼，见方丈余，池水透明，池底红色。传是圣母生禹后，将婴儿大禹抱去水池里洗身（洗身，沐浴三日）的地方。

还有众多禹迹，兹列如下：

禹王宫。汶川绵虒镇政府驻地中街，有一座禹王宫，明时修建，建筑面积 600 平方米，瓦木穿斗结构房，内设戏台、禹王神像以及观音诸神像数尊，戏台周围木刻水漫金山浮雕，形象栩栩如生。相传每年阴历六月初六即大禹生日，昔百姓衣冠整整拿着香蜡钱纸猪膘，在禹王宫前祈祷恩赐风调雨顺，五谷丰登。笔者地震前见禹王宫，残损而未倒。

大邑坪。离石纽山不远的羊店村河坝，也叫大邑坪，古代叫大禹坪，邑是禹音讹变。因为汉代设县治，大禹的禹就变成了城邑的邑。就是扬雄《蜀王本记》中说"禹本汶山郡广柔县人"之广柔县，羊店离刳儿坪，直线距离只有几里远。跟唐代《元和郡县志》记载"禹，汶山广柔县人，生于刳儿坪。禹生处名刳儿坪，至县治五里"相符。

涂禹山。因为是禹王故地，所以跟大禹有关的记忆就随处可拾了。绵虒镇岷江西岸叫涂禹山，清朝都江堰贡生董湘琴万余言长诗《松游小唱》就记述这个地方叫涂禹山，是瓦寺土司官寨所在地。大禹娶涂山氏女为妻故名。史传"涂山氏国之女，名曰侨。生子启。启呱呱泣，禹弗子，惟荒度土功"。

禹碑岭。汶川县城所在地威州镇羊龙山因岭上有禹王碑而得名禹碑岭。传说禹碑是羌民为纪念大禹王治水的功绩而立。并在石碑周围栽了一些树木。此碑又叫"树吞碑"。

禹王祠。威州镇背后台地上，姜维城遗址之"点将台"西侧有禹王祠。其占地面积 800 平方米。祠内正殿上塑有大禹王站像，殿右侧有其妻涂山氏塑像。左侧有其子启的塑像，殿右廊塑有侍臣百工、司徒官、传递官、乐官塑像，殿左廊有舜王、助手伯益、皋陶、侍臣农官塑像。

附近还有黄龙寺、龙池、卧龙等著名景区，细考下来，都与大禹治水有关系。黄龙寺为纪念黄龙真人而建。黄龙真人，传说为大禹父亲鲧的化身。鲧治水无功而返，为舜所杀，暗中化为神灵黄龙庇佑自己的独子禹，促成其治水成功。

▲ 黄龙道观 （王程／摄）

　　汶川县内及其周围地区，遍布寺庙、碑刻、遗迹，记载着大禹的丰功伟绩，表达着黎民百姓对大禹的崇敬之情。而对大禹的祭奠，是官府行为，也是民间行为，是官府教化百姓，黎民教育子孙的一种方式。

六

　　1891年，董湘琴途经飞沙关地域，著有《松游小唱》，写有：

　　飞沙岭连飞沙关，岩刊石纽山，相传夏后诞此间。《蜀王本纪》：禹生广柔，隋改汶川县。凭指点，刳儿坪地望可参。今古茫茫，考据任人言。我来访古费盘桓，总算是尽力沟洫称圣贤，有功在民千秋鉴。

　　1939年秋天，国民政府监察院院长于右任来汶川县考察禹迹，爬上飞沙关上的刳儿坪，赋诗"汶川纪行诗"七首，"石纽山前沙尚飞，刳儿坪上黍初肥。茫茫禹迹何处得，蹀躞荒山汗湿衣。"并

为禹王宫书写匾额"明德远矣",为县政府书写匾额"堂构维新",
为瓦寺土司题写"世代忠贞"。

庄学本、冯汉骥有禹生石纽记录,卫聚贤写有《石纽探访记》,
这些专家学者的考察记或学术研究成果,分别发表在当时的《说文
月刊》《禹贡》等杂志上。卫聚贤在《石纽探访记》中说:"但是,
石纽村有在石泉(北川)之说,而庄学本似未去过北川县,故其材
料集中于汶川,于(右任)先生因而亦有汶川之行。自汶川归来,
于(右任)先生拟再往北川探访,余以独到汶川不到北川,似乎有
偏袒石纽在汶川之嫌。"他在诗中说"禹王明德古今传,那计汶川
与北川"。

大禹,乃羌人共奉的祖先,其传说在羌人中广为流传本身就是
一种文化现象。

绵虒有汶川乃至整个羌族地区极重要的大禹文化。老汶川的县
治在绵虒,街上有县衙遗址,20世纪50年代县城才从此地迁往威
州。这昔日的老县城里,不乏老汶川的痕迹。灾后重建的小镇在规
模上大大扩展了,道路齐整,碉楼耸立,一排排融合羌汉民居风格
的新建筑映入眼帘。绵虒禹王宫颇有名,建于清朝道光年间,1933
年,庄学本考察羌戎地区,有禹王宫照片遗存。2008年5·12特大
地震震毁了禹王宫。地震前,石板铺就的古街上,石板坑坑洼洼,
疑是茶马古道上骡马行走,年深月久留下的印迹。拐角处,留有拴
马桩。仿佛能听见,成阿公路修通以前,行走在古道上的马帮骡啸
马吼的声音。街子中央,禹王宫尚存,前有戏台,建筑为歇山式木
结构,飞檐翘角,台沿上还有水漫金山、大禹治水等木质雕刻栩
栩如生。

在羌文化氛围浓厚的汶川,有关大禹的传说和遗迹的确很多。
剁儿坪下,飞沙关处,5·12地震后,政府新修有大禹祭坛。为了

▲ 寻访刳儿坪 （余耀明／摄）

保住"神禹乡邦"的文化遗迹，有关方面专门向上级部门申请，让都汶高速路绵虒镇飞沙关段向西偏移了大约60米。尊敬英雄，珍惜传统，保护文化遗产，实乃众望所归。

诚如斯言，"有功在民千秋鉴""明德远矣"，每年六月初六，大禹祭坛处都会举行禹诞纪念活动。旁边的大禹村，现在重建为"大禹农庄"，农庄里绿树成荫，鸟语花香，房田屋舍井然。站在农庄的一角，见山上一石头，天然形成大禹塑像。冥冥中，似乎有昭示，禹生汶川。历史上，古史辨派言，大禹或是条虫，大禹存于神话中。从遂公盨开始，到《大禹谟》《禹贡》，再到近年云阳发现的汉《景云碑》，《景云碑》中说，"术禹石纽，汶川之会"。再到从《史记》以降的诸多著述中，都描绘了大禹的丰功伟绩，史书中或言禹生汶川。再到释比一代代传唱《颂神禹》。地方志中，亦言，禹生汶川。

　　关于禹的出生地，虽然有一些争议，但这不是本质。似乎，羌族地区的人们，乃至全国各地的人们，心里都装着大禹。大是尊敬的意思，心里面无比崇敬的意思。大禹疏通九州，大禹三过家门而不入，这种胸怀天下，无私奉献的精神，是中华民族宝贵的精神财富。只要对人民有贡献，人民心中，自然就装着他、爱戴他、纪念他！

　　站立于神禹塑像前，我不由感慨万千。像汶川历史上，王元正、李锡书、祝世德、康栋，他们何尝不像大禹一样，心里装着百姓，康栋在离开汶川时，汶川人民沿途送鸡蛋、送茶叶、送枕头馍馍，放鞭炮，泪目以送，在汶川留下草鞋县长的美誉。

　　放眼新时代，爱民亲民的领导、官员，就更不绝于书了。人们的心里自然有一杆秤。特别是5·12汶川特大地震以后，抗震救灾、灾后重建，从中央到地方，从广东到汶川，从汶川到乡镇，可歌可泣的事儿、人物，数不胜数。我想，他们都应该是新时代的大禹，是人民心目中的神灵。

▲ 大禹故里 （张茏／摄）

熊猫记

一

　　汶川是大熊猫的故乡。大熊猫是我国的珍稀动物，被誉为"国宝"。古籍中多有记载，早在周代字书《尔雅·释兽篇》中就记载了它的古老名字："貘。"晋代大学者郭璞注解说："'貘'似熊，小头、痹脚，黑白驳，能舐食铜、铁和竹、骨。"许慎作《说文》时，还特地介绍它"出产蜀中"。兴许是对它的过分喜爱与推崇，《神异经》把它说成"大如水牛，毛黑如漆，食铁而饮水，粪便可做兵器其利如钢"。简直不可思议了。唐代大诗人白居易的《貘屏赞》，也根据神话，把它描绘成"象鼻犀目，牛尾虎足，皮可辟瘟，形可辟邪"的怪物。明代李时珍，在《本草纲目·兽部》中，对"貘"也做了记述。《汶川县县志》亦有记载："白熊，亦称熊猫，腹、胸、背均白，头、腿杂，足黑色，胸部以金黄色者为贵，俗称'太极图'，相传人寝其上，可卜吉、凶，产草坡乡，为世界上著名之特产。"

　　曾几何时，熊猫的数量大幅度减少。20世纪80年代初期，以胡锦矗为代表的科研工作者，坚守在汶川卧龙"五一棚"，用分析熊猫粪便的办法，经过长达十数年的拉网式筛查，确定野生熊猫的数量不过140多只。1983年，熊猫栖息区，竹子大量开花死亡，熊猫的数量更是降至70来只。熊猫成为我国一级保护的濒危动物。

▲ 大熊猫 （周家琴／摄）

好消息不断传来。据国新办2021年7月的新闻发布会上的数据显示，目前，人工繁育大熊猫的数量为600只左右。野生大熊猫种群数量升至1864只。大熊猫受威胁程度等级由濒危降为易危。其实，早在2016年9月，世界自然保护联盟就曾宣布，中国的大熊猫已经不再处于世界濒危动物之列，由"濒危"变为"易危"。

随着生态环境的持续改善，事实上，近年来，我国还有不少保护动物降级，很多濒危动物"回归"我们的视野。在祁连山国家公园，人们见到了荒漠猫和雪豹的身影。在汉江潜江段，又发现了江豚出没。近30年来，人们又一次看见了野生江豚的身影。2006年，我国一级保护动物麋鹿正式从世界濒危动物名录"红皮书"中退出，由"濒危动物"降级为"珍稀动物"。2016 年 9 月，藏羚羊种群数量由不足 7.5 万头增至 30 万头以上，被世界自然保护联盟从濒危降为近危，连续降低两个级别。2021 年，亚洲象种群数量从 180 头增加到近 300 头。朱鹮由最初仅剩 7 只增加到总数超过 4000 只。棕颈犀鸟等神秘动物的身影也再次出现。

"绿水青山就是金山银山"理念早已深入人心，"尊重自然、顺应自然、保护自然"正成为各级政府和广大民众自觉的行为规范。生态保护好了，我们能够看到更多的野生动物，不光是在乡村，现在很多城市也能经常发现野生动物的踪影，包括鸟类、松鼠，等等。

野生动物与人们的生活产生交集，人与自然的和谐相处，也成了人们讨论更多的焦点话题。

二

熊猫被称为动物活化石，是人们公认的国宝。说它是活化石，是因为与它祖先同时代的其它动物，历经地址变迁，气候变化，环境改变，多已不复存在。而熊猫，是更新世的剑齿象，历经几百万年的生存繁衍，历世而不绝。

早期的熊猫是卵生动物，经过长时间的进化，成为胎生哺乳动物。它的体重可以达到 180 千克，但是，它生的孩子，不过区区 150 克。这么小的幼体，极不易成活。大熊猫生了孩子，也往往不会做妈妈。走路时，它把孩子衔在嘴里。一不小心，磕了，碰了，都是太过顺理成章的事。熊猫长到三个月大，还不能睁开眼睛。就是会做妈妈的妈妈，要侍奉这样一个"祖宗"，也往往失去耐心。雌熊猫不易产崽，一般一胎产一崽，如果产了双胞胎，要是人类，爷爷奶奶、外公外婆见了双胞胎孙子，欢喜自不必说。熊猫呢，熊猫爸爸不知道躲到哪里睡大觉去了，熊猫妈妈独自承担抚养孩子的重任。不过，它也没有那么多耐心，它一定会舍弃其中体弱的一只，弃而不管。哪有这样做妈妈的？剩下的这个孩子，熊猫妈妈对它倒是照顾有加，不过，孩子大了，可以到处跑了，它对这个世界充满了好奇，索性逃离妈妈的怀抱，独自戏水、打滚、爬树去了。妈妈也是个犟脾气，孩子丢了就丢了，懒得管它是死是活。还不能独立生活的孩子，自然凶多吉少了。

雄性熊猫，多数已经失去了谈恋爱、结婚生子的能力。它们的任务，就是吃饱喝足，然后睡觉。它们"吃饭"不讲究，只要有竹子，特别是冷箭竹就可以。有笋子时候吃笋子，没有笋子时节，竹子也能将就，没有竹子，竹叶也行。只要有竹子，其它的山珍海味，它都可以不理会。它们特别爱吃 $1 \sim 2$ 年生的幼竹。熊猫对食物的选择性是很强的，它善于"去粗取精"。如它在食用 $2 \sim 3$ 年生茎杆粗壮的大箭竹、厚竹、刺竹以及拐棍竹等竹类时，就是先去其两端，再取中间一段啃光竹青后，把竹黄咬断成 50 毫米左右的小段，略加咀嚼咽下。即使那些分布在冷杉、云杉树下，杆细、质软的冷箭竹（俗称麦秧子），在它食用的时候，也要啃去青皮，食其黄肉。大概是竹的青皮不易消化的缘故吧。至于幼、小、老、弱的大熊猫，胃口更差，最喜欢取食枝稍和竹叶。熊猫由于囫囵吞枣，所食竹肉大大超过了它的消化能力，往往造成消化不良，以致吞食的竹杆有些随粪便排泄出来。群众把熊猫这种生活习性和生理现象，误说成是"吃竹子，屙竹片"。

过去人们也叫熊猫"食铁兽"。说它能吃铁，这倒可能不是真的。过去上山打猎、挖药的农民，常常用铜、铁鼎锅烹腊肉，或者用腊油炒菜，香气随风飘散，熊猫成天竹子当顿，哪里经得住这个诱惑？趁猎人、药农不在的时候，闯进窝棚，找准尚有余香的铜、铁鼎锅伸舌舐食。因鼎锅口小，熊猫头大、舌短，无法钻进舐食，这下可急坏了大熊猫。本来，大熊猫平时表现很憨、笨、幼稚而又"彬彬有礼"，可在强烈食欲的驱使下，却能"急中生智"，"当机立断"，毫不客气，用力将生铁、鼎锅弄成片块，铜锅弄扁，然后"从容不迫"地舐食锅铁上的残羹冷炙。人们就误认为熊猫吃铁了。卧龙自然保护区，有一只熊猫"莉莉"，人们发现它进食时，竟把铁盆咬碎，一口一口地吃下去又从粪便中排出，肠、肚丝毫无损。或者，它真的能食铁。左思的《蜀都赋》中就记载了西蜀大山里有一种食铁之兽。《汉魏六朝赋选》注：此兽即"貊"（通"貘"）。《新编中华辞典》引《后汉书·西南夷列传》对"貊"做了这样的描述："大如驴，状如熊，能食铁。"说的食铁兽正是大熊猫。

早些年成，吊骡子（猎人）猎得菜根子（野物），用火熏烧而食，将残渣余骨抛弃在地，这也是大熊猫食谱中难得的"珍品"。吃这些东西是它最大的"享受"之一，"一旦得手"，便细细咀嚼起来，越嚼越有味，一股劲吃光，连烧焦了的兽骨也不放弃，嚼得一干二净。烧焦了的兽骨黑如木炭。所以人们往往把熊猫咀嚼烧焦了的兽骨误认为是在咀嚼"木炭"。

萌萌的熊猫，其实是杂食动物。平时看起来温文尔雅、憨态可掬，有时候它毫不客气。

一到冬季下雪的时候，它便从山上转移到山下，寻找御寒、觅食的好场所，于是来到农民家做"客"。熊猫登门，对山地农民来说，意味着"吉兆""福音"，自然把它待为"上宾"。"贵宾"倒也很有"雅量"，即使"怠慢"一点，也没有关系，它是不会"怄气"的。往往主人吆喝它不理，驱赶它不走，反而稳坐钓鱼台，睁圆两只眼睛，似怒非怒地把人盯住，好像不跟你"一般见识"，若用木棒吓它，它既不奋起"自卫还击"，也不拔腿逃跑，而是仰卧在地上耍赖，像个孩子撒娇，四脚乱蹬。

山区农民终年的肉食多以烟熏腊肉为主，食油多系腊肉油饼。这些腊肉、腊油往往散发出一种诱人的香味。大熊猫是肉食动物，对香气扑鼻的腊肉特感兴趣，严冬季节正是农家烟熏腊肉、腊骨的时候，也是大熊猫下山避寒的时刻。当它那嗅觉灵敏的鼻子一嗅到谁家有腊肉香味，就会"欣然"前去"做客"。不过它的"做客"，不是主人"恭候光临"的"贵宾"，而是不请自来的"不速之客"。既然不是主人恭恭敬敬地请它"吃饭"，一切"斯文礼节"大可不必讲究，一进大门就四处觅食，下定决心吃个痛快，不管能吃不能吃，好吃不好吃，也不管食物是生的、熟的、咸的、淡的、苦的、甜的、冷的、热的、软的、硬的，都在它吃的范围之内，不会轻易放过。不论大、小、多、少都要"事必躬亲"地"品赏"。能食则食，能多吃就决不少吃，一切"美味佳肴"，固然使它"垂涎欲滴"，必须欲食之而后快。万一弄不到手，就请主人"恕它无情"，毫不客气地翻箱倒柜找寻，损坏坛坛、罐罐也在所不惜。甚至猪、狗之食也要饱餐一顿。吃饱之后便勾头大睡，这个蛮不讲"理"的"客人"常常使主人哭笑不得。

三

据《史记·五帝本纪》记载："炎帝欲侵陵诸侯，诸侯咸归轩辕。轩辕乃修德振兵，治五气，艺五种，抚万民，度四方，教熊罴貔貅貙虎，以与炎帝战于阪泉之野。"说的是4500年前，阪泉旷野大地上，炎帝和黄帝各带领规模庞大的队伍形成了对峙，而在黄帝队伍最前方的旗帜上印着栩栩如生的熊猫图案。这个熊猫图案，是部落的徽号，是部落的图腾。

早在800万年前，大熊猫的祖先始熊猫，长着肥胖如狐狸大小的身子，牙齿锋利，动作灵活，它们是食肉动物。生机勃勃的平原，原始森林郁郁葱葱，有的地方还是一片沼泽。不过，森林里到处暗藏着杀气。猫科和犬科动物高速演化。剑齿虎迅速崛起，它们体型高大，动作迅猛。始熊猫与它们争夺地盘，战争的硝烟此起彼伏。始熊猫伤的伤，亡的亡，逃的逃。它们拖家带口，开始向高海拔的山地迁徙。这片土地，还没有其它天敌。不过，也没有多少兽类成为它们的美食。幸好有成片成片的竹林，那就改变饮食习惯，吃竹笋，也可以度过饥荒年月。久而久之，它们就进化了牙齿，进化了第六趾。吃竹子时，它们可以坐着、躺着、趴着、仰着。它们五趾并拢，和第六趾一起，就可以"手"握竹子，用刀般锋利的牙齿，像削甘蔗皮一样，把竹青去掉，大快朵颐竹黄。吃饱了，还得喝足。它们走着内八字的步子，晃晃悠悠，来到小溪边，如果溪水里没有水坑，它们用"手"掏一小坑，待水清了，就饮个痛快。吃了十多公斤竹子，再喝一肚子水。这下仿佛醉了，露天席地，哪里都是床铺，即使醉在小溪里，也无所谓了。厚达十毫米的皮，外加黑白色的厚厚的皮毛，就是油盐不进的雨衣。即使在浅浅的溪水里，它也可以睡一两小时。醒了以后，再慢悠悠回到树林里。

经历了始熊猫到小种大熊猫再到巴氏大熊猫后，才有了如今的现代大熊猫。巴氏大熊猫的灭绝时间大约在距今10000年前，也就是说，在几千年的历史中，大熊猫就已经与现代大熊猫相差无几了。在我国几千年的历史中，大熊猫有着多个名字，从早期的貔、白罴、执夷、驺虞、貘、貊，到后来的竹熊、花熊、华熊、银狗、白老熊等，大熊猫至少有30多个不同的小名，书名变成大熊猫。在它的故乡卧龙，人们称呼它白熊或白老熊，也有叫花熊的；在岷山藏族地区叫荡或杜洞尕，平武白马达布人则叫洞尕；凉山彝族叫峨曲。熊猫的英文名为panda，翻译成汉语为攀德尔。这个英文名来自熊猫的故乡卧龙。当地人把熊猫叫作"攀德尔"，意为大白熊、白老熊。西方人将它音译为panda。所有这些地方名，虽称呼不同，而其含义与古籍中叫的貔貅或貘，无非都是说明它的体色白，或黑白，或体型似熊。大熊猫的别名还有华熊、竹熊、银狗和大浣熊等。之所以叫银狗，这是因为小熊猫的地方名和商品名叫金狗，相对应的熊猫体色白而叫它银狗。竹熊则以它主要食性为竹子而似熊命其名。华熊说明它是中华民族所特产的珍奇异兽。当然如此多的名字，其实与大熊猫经历了不同的朝代有很大的关系。从上古时期开始，相当长的一段时间，人们与大熊猫都没有什么交集，书本中也没有多少记录。其实这也难怪，大熊猫生活在高海拔的竹林深处，这是人类很少到达的地方。就算是有人类到达，一般也不猎取它。它的肉，据说又酸又老。人们猎杀岩羊、青羊、羚羊、麋鹿、麂子，哪样的味道都比熊猫肉的味道好。一直到了2000多年前的西汉，大熊猫才又出现在了人们的视线中，西汉辞赋家司马相如的《上林赋》描述：

其南则隆冬生长，涌水跃波。兽则墉旄貘嫠。

其中的貘指的就是大熊猫，这句话其实就是在描述当时皇家园林中的奇珍异兽，其中以"貘"最受薄太后的青睐，可见，当时的大熊猫以其颜值成功地征服了当时的皇族，成了园林中最受宠的兽类，而这也是最早关于大熊猫作为"宠物"饲养的记载。到了唐代，武则天也饲养过大熊猫，因此极有可能从西汉到唐代，当时的执政者们都会在园林中养只大熊猫作为观赏宠物。

不过，在唐代，它的身份发生了一定的变化。日本《皇家年鉴》记载，685 年，武则天曾送给日本执政者 2 只活体的大熊猫（当时称之为白熊）以及 70 张皮毛，所以，此时的大熊猫由皇家宠物变成了外交大使。从唐朝使用大熊猫皮毛开始，大熊猫的悲剧估计也就开始了。不过，在唐朝以后，狩猎大熊猫的记载比较少。直到明朝，大熊猫的悲剧再次升级，人们不但会猎杀大熊猫获取它们的皮毛，还"吃"它们的肉。李时珍《本草纲目》记录，熊猫皮"寝之可驱瘟疫，辟湿气邪气"。熊猫板油可"治痈肿，能透肌骨"；熊猫尿主治"吞铜铁入腹者，水和服之即化为水"。一旦发现有利用价值，便会有人趋之若鹜捕杀熊猫。

熊猫的命运就像如今已经岌岌可危的穿山甲一样。有人从一些古代的药典中发现，穿山甲有"通乳"的作用，从而，穿山甲也就遭受了灭顶之灾。

四

1862 年，法国阿尔芒·戴维德神甫（Armand David，1826.9.7—1900.11.10）来到上海，听说四川邛崃山系一带有白熊、花熊和其它不知名的动物，便来到穆坪东河邓池沟教堂做第四代神甫。1869 年春天，他在一户李姓人家家里发现一张黑白相间的动物皮。主人告诉他：当地人叫这种动物"白熊""花熊"或"竹熊"，它很温顺，一般不伤人。戴维德异常激动，他估计这种动物"将是科学上一个有趣的新种"，这次发现将填补世界动物研究的一个空白。为了得到这种动物，戴维德雇佣了 20 个当地猎人展开搜捕。3 月 23

日，猎人们送来了第一只小"白熊"，遗憾的是猎人为了便于携带，把它弄死了。1869年5月4日，戴维德捕到一只"竹熊"，他给"竹熊"取名"黑白熊"，那只憨态可掬的"黑白熊"毛茸茸、黑白相间的外貌，以及又圆又大的脑袋和滑稽可笑的动作备受戴维德的喜爱。经过一段时间的悉心喂养，戴维德决定将这只可爱的"黑白熊"带回法国。那个时候，交通不便利，依靠人工抬运。还没运到成都，"黑白熊"就奄奄一息了，戴维德只好将"黑白熊"的皮做成标本，送到法国巴黎的国家博物馆展出。博物馆主任米勒·爱德华兹仔细研究后认为：它既不是熊，也不是猫，它的脸型似猫那样圆胖，但整个体型又像熊，因此给它取名猫熊。它的形体，与中国西藏发现的小猫熊相似，是另一种较大的猫熊，便正式给它定名为"大猫熊"。大熊猫的"大"，就是这样来的。鉴定报告发表在1869年《巴黎自然历史博物馆之新文档》第五卷，从此，匿居荒野的猫熊进入人类文明的视野。

时间来到1939年，重庆平明动物园举办动物标本展览，其中"猫熊"标本吸引了大量观众。人们按照国际书写标准制作标牌，分别注明中文和拉丁文。当时，中文的习惯读法是从右往左读，所以参观者一律把"猫熊"读成"熊猫"，久而久之，人们就约定俗成，把"猫熊"叫成了"熊猫"。加上爱德华兹给了它一个"大"字，于是，白熊的书名大熊猫便传开了。戴维德也就成了第一个向西方世界介绍大熊猫的外国人。大熊猫的发现在西方世界引起轰动。从那以后，一批又一批的西方探险家、游猎家和博物馆标本采集者来到大熊猫栖息区，试图猎获这种珍奇的动物。

其中，美国罗斯福总统的两个儿子西奥多·罗斯福和克米特·罗斯福，先是到戴维德发现大熊猫的宝兴县，一无所获，然后进入大凉山。在越西县，他们开枪打死了一头大熊猫，做成了标本带回美国。以后又有德国、英国等国的探险家猎获大熊猫，从中国猎人手中收购的就更多了。一时间不少西方国家的博物馆里都有了大熊猫的标本。但他们始终没能捕获到一只活的大熊猫。

在戴维德神甫发现大熊猫的67年之后的1936年，35岁的纽约女服装设计师露丝·哈克利斯新婚。她丈夫威廉·哈克利斯是一个狂热的探险家，结婚后两周就奔赴中国寻找大熊猫。然而，威廉在上海时，就生病而死。露丝决心完成丈夫的遗志，在丈夫去世两个月后的1936年4月启程前往中国。

露丝和25岁的美籍华人杨昆廷，从上海乘坐小木船逆水而上到达成都，然后进入汶川，在深山老林里寻觅大熊猫的踪迹，设置猎捕的陷阱。1936年11月9日，当杨昆廷从树洞里捉出一只毛茸茸的小动物，递到已经冻得麻木的露丝怀里时，她简直难以相信这就是西方人半个多世纪以来梦寐以求的大熊猫活体。露丝以为这只不到3磅的小家伙是雌性（后来证明是雄性），便用杨昆廷妻子的名字给它取名"苏琳"。露丝带着苏琳迅速返回成都，随即乘飞机到上海。尽管西方人已寻求大熊猫半个多世纪，并且知道它是濒临灭绝的珍稀动物，但直到那时，中国人对大熊猫的了解还几乎为零。猎人可以任意捕猎这种"熊"，政府也没有任何保护的规定和措施。露丝的麻烦并不在于她捕获了大熊猫，而是进入中国内地的手续不全，因此不能离境。最后，她采取行贿的办法，登上了到美国的轮船。她把苏琳装在一个大柳条筐里，在海关登记表上写上"随身携带哈巴狗一只"，混出了海关。露丝带着苏琳还在太平洋上航行，越洋电报早已把消息传遍了美国。轮船在旧金山码头靠岸时，正是圣诞节的前一天，惊喜万分的美国人在码头上举行了盛大的欢迎仪式，他们为珍贵的客人安排了最豪华的套房，召开隆重的欢迎晚会。

苏琳被送到许多大城市展出，所到之处无不引起轰动。曾经为寻找大熊猫到过中国的罗斯福的儿子西奥多见到苏琳时，十分动情地说："如果把这个小家伙当作我枪下的纪念品，我宁愿用我的儿子来代替。"经过激烈的角逐，芝加哥布鲁克菲尔德动物园得到了苏琳。人们像潮水似的涌向这里，观赏苏琳。最多的一天竟有参观人数4万人的记录，这对动物园来说，简直是盛况空前。

苏琳的一举一动都成为报纸的新闻。商人们争先恐后地赶制大熊猫形象的产品。时髦女郎身着大熊猫图案的泳装招摇过市。甚至一种鸡尾酒也以大熊猫为名。露丝和苏琳的故事成为畅销书，并搬上了银幕。不幸的是苏琳只活了一年，被做成标本永久陈列。苏琳的出现，使大熊猫从博物馆走进大众。它不仅珍稀，而且可爱，一时间成为全世界的动物明星。德国、英国、美国等国家的人们，或见到或听到大熊猫可爱，纷纷进入皮条河、草坡河、青衣江地区，捕猎大熊猫。活体不易携带，他们就把熊猫尸体悄悄带出，制成标本。从1936年到1941年，仅美国就从中国弄走了9只大熊猫。在大熊猫产区待了20年，有"熊猫王"之称的英国人丹吉尔·史密斯在从1936年到1938年的3年间，共收购了9只活体大熊猫，并把其中6只带到了英国。二战期间，伦敦动物园的大熊猫"明"在德机的轰炸下表现镇定，玩耍自如，成为伦敦市民心目中的战时英雄。在战争最严酷的时候，报纸仍然在报道"明"的生活。"明"在1944年年底去世。《泰晤士报》刊登的讣告称："她可以死而无憾，因为她给千百人带来了快乐。"二战结束后的1945年12月，英国人又通过外交途径，组织了一支200多人的队伍，到汶川进行大搜捕，终于捕获到一只大熊猫送到英国。

五

  熊猫在国外大出风头以后，在国内的地位迅速攀升。20世纪80年代以后，大熊猫的皮毛被重新认识，其需求量大大增加，在当时，一张大熊猫完整的皮就能卖到3000美金。所谓重赏之下必有勇夫，很多人在巨大的经济利益诱惑面前，不惜铤而走险，大肆捕杀大熊猫。

  新中国成立以后，国家建设、民用建设需要大量木头。20世纪60年代，人们在卧龙建立"红旗森工局"，大肆砍伐木材，有时，也盗猎熊猫。原本与世无争的大熊猫栖息地被大肆破坏。

  大熊猫过度依赖竹子，一旦竹林被大面积砍伐，它们必然会大量死亡。1983年，卧龙周围，熊猫栖息地，熊猫赖以生存的竹林成片开花，大量死亡。

  过度砍伐，导致原本数量就骤降的大熊猫栖息地严重碎片化，它们的繁殖也就愈加困难。1974年，红旗森工局在梯子沟使用柴油时，不慎引起山火，烧毁林地20亩。大熊猫的濒危与人类活动有着直接的关系，毕竟它们能从800万年前生存至今就足以说明了它们的生存和适应能力。熊猫的最大天敌，就是人类。随着大熊猫栖息地遭到破坏，加上其存在的观赏价值和药用价值、使用价值，导致人们肆意偷猎大熊猫，大熊猫的数量急剧减少。1983年，卧龙保护区内，野生熊猫仅剩70多只。1988年，大熊猫被列入了国家一级保护动物，针对性的保护和栖息地的恢复，让濒危的大熊猫得以喘息。2000年，卧龙保护区熊猫的数量恢复到150多只。

  2015年2月28日，国家林业局举行新闻发布会，公布全国第四次大熊猫调查结果。调查结果显示，截至2013年年底，全国野生大熊猫种群数量达1864只，圈养大熊猫种群数量达到375只，野生大熊猫栖息地面积为258万公顷，潜在栖息地91万公顷，分布在四川、陕西、甘肃三省的 17 个市（州）、49 个县（市、区）、196 个乡镇。有大熊猫分布和栖息地分布的保护区数量增加到 67 处。

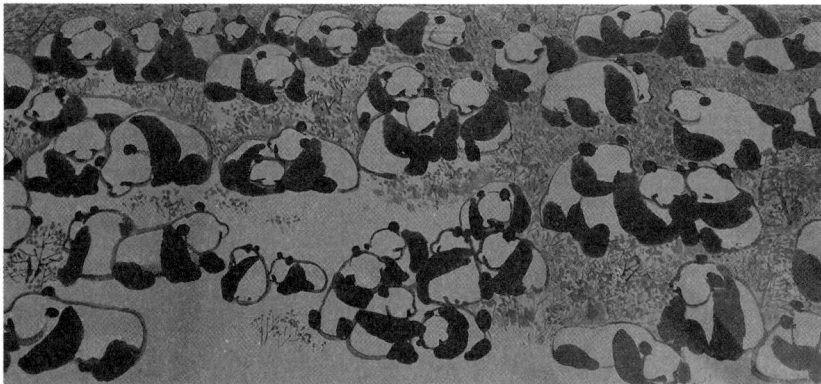

▲ 邱笑秋画的熊猫（王程／摄）

六

因为稀少，就显珍贵，加上又是活化石，又"萌萌哒"，熊猫就成了最珍贵的礼物，用于国与国、国家与地区之间的交往交流。1972 年 4 月 26 日，大熊猫兴兴和玲玲乘专机抵达美国首都华盛顿，8000 名美国民众，冒着大雨来到机场，只为一睹熊猫芳容。开馆第一个月，参观者即达 100 余万。"熊猫外交"成就了中美外交上的一段蜜月时光。

此前，从 1936 年至 1945 年，中华民国国民政府向西方国家赠送了 14 只熊猫。中华民国国民政府于 1946 年向英国政府赠送了大熊猫一只，正式开始了大熊猫作为国礼出国的历程。德国柏林动物园的大熊猫"宝宝"可以算得上所有熊猫使节中最年长的一只，2009 年它已经 31 岁了，相当于人类的 90 岁高龄。"宝宝"1980 年被赠送给联邦德国时，受到了元首一般的红地毯接待，它一直是柏林动物园的"镇园之宝"。它每天吃的竹子，由专机从法国定期空运来，经过了冷藏和消毒。

七

汶川是熊猫家园。早在 1963 年 4 月 2 日，四川省人民政府决定在汶川县卧龙乡关门沟林区划出 2 万公顷土地，建立卧龙自然保护区，由汶川县管理。1974 年 3 月 20 日，国务院根据农林部、四川省革委 1974 年呈报的《关于四川省珍稀动物保护管理情况的调查报告》，以国发（1975）45 号文批准，将四川省汶川县卧龙自然保护区的面积由 2 万公顷扩大到 20 万公顷。1978 年 12 月 15 日，国务院国发（1978）256 号文批准，将卧龙自然保护区收归林业部管理。1979 年 10 月 18 日，林业部以林护字（79）3 号文通知，成立"中华人民共和国卧龙自然保护区管理局"。1979 年 12 月 17 日，经国务院批准，卧龙自然保护区加入联合国教科文组织，将卧龙保护区纳入国际"人与生物圈"保护网。1980 年 5 月，世界野生生物基金会（WWF）代表团同中国环境科学协会、林业部及中国科学院的代表会晤组成了"中国——世界野生生物基金会六人联合会"，签订建立"中国保护大熊猫研究中心"的协议。1983 年 3 月 14 日，四川省政府以川府发（1983）30 号文发出了《关于成立四川省汶川县卧龙特别行政区的通知》，决定以汶川县的耿达、卧龙乡划归特区管理。1983 年 3 月 18 日，在卧龙保护区沙湾召开了特区成立大会，由副省长刘纯夫同志代表省政府宣布"汶川县卧龙特别行政区"成立。1983 年 7 月 21 日，国务院批准了林业部、省政府以林发护（1983）531 号、川府发（1983）116 号文《关于进一步搞好卧龙自然保护区建设的决定》。《决定》对特区体制做了适当调整，将原建的"四川省汶川县卧龙特别行政区"改建为"四川省汶川卧龙特别行政区"。1983 年 11 月 23 日，中国保护大熊猫研究中心在核桃坪正式建成。这是一组数据。数据里面凝聚了几多机构、几多人员的心血。

卧龙保护区成立前的 20 世纪 50 年代末期，为了社会主义建设的需要，国家决定采伐卧龙境内的原始森林。1959 年 10 月，四川林业厅安排四川省林业筑路工程二处和四川省川西森林工业局修筑汶川县映秀镇小洞口至卧龙的林区公路。1961 年，一段 21 千米的公路终于建成。公路建成以后，却遭洪水冲毁。1962 年年初，省政府调集四川省 415 劳教队来接替筑路二处，承担卧龙林区公路的施工，至 1964 年 10 月，415 劳教队将公路修筑到了卧龙关，全部建设里程为 50 千米。1967 年年底，公路修筑至三圣沟，建设里程达到 72 千米。1975 年，川林筑路二处，利用机械化作业从小金县境内向卧龙修筑公路。直到 1978 年 10 月，中小公路才全线贯通。

因为林区伐木的需要，修通了从映秀到卧龙的公路。老百姓的出行方便了。与此同时，四川省红旗森工局客观上形成了与熊猫争夺地盘的局面。

一方面，人们要生存，要生活，要发展；一方面，森工局入驻，以"工业"的方式伐木头；一方面，熊猫为代表的野生动物，生存和繁衍遭遇了威胁。有时，人们直接盗猎大熊猫。1973 年 10 月，汶川县革委会处理了在卧龙发生的盗猎大熊猫 2 只和金丝猴 90 只的严重事件。

从 1965 到 1975 年间，森工局在卧龙采伐面积约为 2700 公顷，采伐地点主要分布在塘坊至三圣沟的阴山山坡，包括塘坊阴山、核桃坪阴山、花草地、桦树沟、英雄沟、转经楼沟、昌平沟、马塘、梯子沟。采伐材积为 329943 立方米。

卧龙自然保护区（特区）地处川西平原与青藏高原交界的过渡

地带,有丰富的森林资源,种类繁多的珍稀动植物,垂直带谱明显,地形地貌奇特,在 300 万亩的保护面积中,有林地 200 余万亩,原始森林达 80 万亩。保护区内有植物 4000 多种,其中高等植物 1898 种,属于国家重点保护的珍贵濒危野生植物有珙桐、香果树、连香树、水青树、红豆杉等 24 种;保护区内有兽类 109 种,鸟类 365 种,昆虫 1700 多种,其中属于国家重点保护的珍稀动物有大熊猫、金丝猴、牛羚、白唇鹿、绿尾虹雉等 57 种(一级 13 种,二级 44 种)。保护区被誉为"物种基因库",川西平原的"天然屏障""国宝大熊猫的故乡"。

有人说,人类是熊猫最大的天敌。卧龙这个物种基因库,森林被采伐,物种也遭到了破坏。建立了特区以后,尤其是四川省汶川卧龙特别行政区建成以后,熊猫保护逐渐被提上了议事日程,受到了越来越多的关注。既然工业采伐破坏了环境,那就下力气迁走森工局。1972 年,国务院决定,搬迁红旗森工局。1975 年,投资 3000 万元的红旗森工局搬迁至松潘。熊猫的保护,获得了转机。

政府着手开发水利资源,建设水电站,解决老百姓生活用能源的问题。

1973 年 10 月,卧龙关建成装机容量 75 千瓦的水轮泵发电站一座和卧龙转经楼沟建成装机容量 144 瓦的电站一座。1978 年 12 月,建成皮条河水电站。从 20 世纪 80 年代起,先后共建水电站 8 座,总装机容量 33960 千瓦元,彻底解决了老百姓生活用电问题。

与此同时,开始了对大熊猫栖息环境、数量的基本调查。1978 年 4 月,建成第一个大熊猫野外观测站"五一棚"。在摸清大熊猫人工饲养、繁殖和防治疾病规律的基本数据以后,科研人员先后给 6 只野生熊猫戴上微型无线电颈圈,跟踪调查其活动规律、巢域范围、繁殖习性、觅食对策、种群动态和社群行为。他们查清了区内地质、地貌特征、气象、水文等基本"家底"。着手研究大熊猫人工繁殖的可能性和实施步骤。仅在 2000 年，卧龙特区就人工繁殖 8 胎 12 仔大熊猫。从 1986 年至 2003 年，已人工繁殖大熊猫 43 胎、66 仔，成活 53 仔。在已经取得的成果的基础上，启动熊猫放养研究。人工饲养的熊猫现已实现"放生"，让它们重回大自然，回到它们本应栖息的家园，与野生大熊猫一起生存、繁衍，扩大熊猫的种群。

大熊猫是卧龙自然保护区的主要保护对象之一。据中国与 WWF 大熊猫第三次联合队调查，卧龙境内有 143 只左右的野生大熊猫，其中 80％左右分布于皮条河以南地区，20％左右分布于皮条河以北地区。卧龙自然保护区在核桃坪建成了目前世界上规模最大的大熊猫繁养基地，圈养了大熊猫 70 多只。保护区内其他动物种类丰富，初步统计脊椎动物有 82 科、450 种，其中兽类 103 种，鸟类 283 种，两栖类动物 21 种，爬行类动物 25 种，鱼类 18 种；昆虫约 1700 种。除大熊猫外，在保护区内被列为国家级重点保护的金丝猴、羚牛等珍稀濒危动物共 57 种，其中属国家一级重点保护的动物共 13 种，二级保护动物 44 种。

经过人为的"干预"，这种保护取得明显成效。2021 年 9 月 25 日，在第三届汶川熊猫生态音乐记主题晚会上，阿坝师范学院校长向武发布了汶川县 2019 年至 2020 年"熊猫指数"。数据显示，2019 年至 2020 年汶川县居民总体幸福感得分 92.60 分，比 2018 年提高 2.34 分，其中居民个体幸福感得分 91.16 分，比 2018 年提高 3.19 分，居民社会幸福感得分 94.04 分，比 2018 年提高 1.5 分。大熊猫都能栖息的土地，生态环境、自然气候一定更适合人居。经过人为保护，这种改变也十分明显，有数据为证：

2019 年至 2020 年汶川县居民健康调查结果评分为 90.79 分，汶川县居民健康水平 90.84 分，健康环境 90.11 分，健康服务 94.89 分，健康保障 87.51 分。汶川县于 2017 年 7 月正式启动"熊猫指数"项目，由阿坝师范学院牵头及时组建课题组，在国家统计局、清华大学、北京大学、中国人民大学、成都信息工程大学、四川大学、四川省疾控中心、成都中医药大学、西南财经大学、西南民族大学、上海财经大学等高校和机构的众多专家的帮助下，以科学的方法整理和分析数据，构建指标体系。

"熊猫指数"是一项汶川人安居乐业、健康幸福的"证明书"，它代表着汶川县居民的健康指数与幸福指数。"熊猫指数"旨在建立一个综合评价指数，用以衡量汶川地区社会发展水平，该指数的设立拟遵循几个基本原则：能衡量人的发展的基本内涵；变量少且易于计算和管理；既包括经济又涵盖社会还触及主观感受；有充足可信的数据来源和保障。

汶川县于 2017 年、2018 年两次发布的"熊猫指数"。近年来，汶川县围绕五大健康体系，探索"大健康"引领"大发展"的实践之路，结合全民健康示范县建设，推进县域康养旅游经济的发展，坚持在发展中保障和改善民生，力争全域居民在共建共享中，让全县人民有更多的获得感和幸福感。

熊猫对生存环境要求那么高，都能在这块地域自由生活繁衍。而熊猫数量的逐步增加，得益于国家政策的支持，得益于保护区的建立，得益于保护措施的逐步实施，得益于汶川人民的不与熊猫争地盘。

灌瓦界案

　　1957 年前，水磨叫兴仁场，属于灌县（现都江堰）管辖。成阿公路修通以后，公路从成都出发，过灌县，经漩口、映秀、绵虒至威州。人们到灌县再不需要翻越娘子岭"上山十五里，下山十五里"。从前，经灌县至茶关、龙溪（龙池），翻越"天生一岭界华夷"的娘子岭，再过彻底关、桃关、飞沙关就到达汶川了。"三垴九坪十八关"的西路逐渐被遗忘，隐藏在历史的隧道里。西路茶马古道必经龙溪，历史上龙溪划归汶川，顺理成章。成阿公路修通以

▲ 水磨全景 　（三朗／摄）

后，不再需要经过龙池，龙池便成了汶川的盲肠。灌县政府和汶川政府协商，将龙池划归灌县，将漩口、兴仁（现水磨镇）划归汶川。

兴仁的群众，听闻要改变行政区划，心中一时半会儿不接受。工作组告诉他们，划归汶川以后，汶川属于民族地区，不交公粮，不交农税，实行土葬，你杀年猪，也不需要交征购。老百姓这才欣然接受划归汶川的事实。

一条寿江从三江经水磨流至漩口，在漩口和岷江汇合。寿江上游属于三江，一衣带水的三江，历史上却属于汶川的土地，归瓦寺土司管理。那时三江到汶川，经由席草坪、安子坪、寒风岭、耿达桥、草坡，全是山路弯弯绕绕。或者经由水磨，到漩口、映秀到达汶川，路途缠缠绵绵。无论走那条路，都劳神费力。

成阿公路修通以后，从三江到汶川，即使走旱路，也不再需要翻山越岭，只需要绕着公路，不费马达不费电。茶马古道小西路，也渐渐淹没在草丛中。哪儿像原来，三江的百姓到县城汶川，还要绕道不属于汶川的兴仁。看来，水磨划归汶川，与三江同属于汶川，三江的老百姓，做什么事情都比以前方便多了。

历史上却不是这个样子。三江和水磨分属于汶川和灌县，土司在管理三江的时候，总是想方设法侵占土地。水磨属于流官管理，加上水磨处在灌县较为偏远的位置，没有公路之前，水磨到灌县走小西路，或者翻越青城后山，乾隆攻下金川以后，才从漩口吊钟岩修了一条小路到水磨。水磨地区的百姓，到灌县极为不便。流官常常疏于管理，土司趁流官不备，常常侵占水磨的土地。

于是，就有了灌瓦界案。

明朝后期和清朝初期常年战争，在百年的战乱中，天府之国的人口锐减，成为人烟稀少、百里无人的蛮荒之地，树木成林，到处野草丛生，房屋垮塌衰败，四处虎豹横行，时有老虎吞吃行人的情况发生，出现了百里无人烟的凄凉景象。到了清朝康熙初年，川渝人口不到 50 万人，朝廷官方统计只有 9 万多人。

清朝开国不久，为了解决四川人口问题，康熙下诏规定，移民到四川开垦荒地，土地谁占谁有，免交十年税费。湖广等地的百姓，自发从各地来到四川开荒安家立业，而形成"湖广填四川"移民潮。到了清朝嘉庆时期，四川人口猛增至 600 万，土地资源所剩无几，移民潮才结束。

水磨兴仁场在兴建过程中，大批内地移民迁来水磨定居。小西路具有一定区域优势，虽然交通不便，但是，这里土地肥沃，气候温和，山势缓和，是宜居的环境。姚家、刘家、王家、张家从外地迁来，男耕女织，自给自足，其乐融融。

汶川县水磨沟姚氏先祖姚日儒，老家弟兄六人，排序第二，由于湖广老家人口众多，土地偏少，难于生存，带上妻子、儿子姚登科，兄弟姚日佳夫妇，姚日任夫妇及儿子姚登衡（失联），在清朝"湖广填四川"移民大潮中，风餐露宿，吃尽苦头，跟随填川移民，做货郎小生意入川后，又从内地来到当时人烟稀少，灌县汉民与汶川县藏民接壤的青城山老人村，羡慕这里的的山水环境生态之美，坡缓地平，离四川内地又近，山路闭塞，人少地多，既可以躲避战争，又可以繁衍生息。相比湖南郴州老家人口繁多，没有多少耕地可种，连年都有战争发生，百姓饱受苦难，生存困难，这里是个天然的龙脉之地，更是与世无争的悠闲世外桃源。他们于清朝康熙末年先期到了当时的灌县老人村，看中了在青鸡坪前，无人耕种的台地。他们安家乐业，伐树开荒种地，引水开田种水稻，成为清朝早期众多姓氏移民开发水磨镇的先驱者之一。

汶川县水磨镇姚家祠堂后姚日儒墓地碑文记载："皇清上寿故祖姚公讳日儒字宗文老大人之墓墓志铭文：公矣，籍本楚南长沙府郴州宜章县长宁乡八都永达里生长人氏。于康熙六十年携弟姚日佳离土来川至灌邑水磨沟，逐夷立业，一脉启传宏开世泽，不辞炎洹恒劳开宗，能继楚乡木本，享寿七十七岁，亡于清乾主，甲午三十九年（1774）正月二十七寿终……"据《姚氏族谱》记载：姚日儒死后葬于姚家祠堂后，青鸡坪坡下，为防夷人报复，挖墓穴一丈二尺，用麻绳将棺材下吊墓坑下葬填满土，在旁边垒了一座假坟，坟前立了墓碑。坟墓早毁，现在墓碑移立于青鸡坪后老坟园。

1964年秋，水磨公社老人村大队在现万寿宫新建机面坊，安装电动机传动轴座基，后来老人村机面坊迁至老人村三组，古石碑仍用作电动机传动轴座基用，20世纪80年代老人村机面坊停办，姚日儒墓碑被姚日儒第六代后裔姚荣辉发现，姚华舟组织姚日儒后裔将其抬到青鸡坪姚家老坟园边。2014年1月13日上午，姚氏族人将姚日儒、姚日佳墓碑重新立于青鸡坪姚家老坟园内。

因为姚日儒晚年胡须长达肚脐，乡人尊称姚胡子。关于姚胡子与灌瓦界案的事情，清朝和民国，在民间长期传说纷纷。清朝地方诗人王昌南在《老人村竹枝词百咏》诗词中有："板厂沟深昔聚蛮，天朝寸土岂容奸。驰除艳说姚胡子，一夕夷人尽过山。"

明朝末年，清朝初期，长期战乱，四川平原成为荒凉之地，人烟稀少，灌县老人村属藏汉接壤的边陲地带，朝廷在獠泽关已无驻军守边，鹞子山外，汶川县三江口瓦寺桑郎土司，趁机侵占灌县管辖的大白石、老人村一带，汶川桑郎雍中土司在寨子坪修建曲尺寨衙门，宝兴穆坪土司在獠择关内兵房处修建夷城，由于习俗不同，语言不通，藏汉矛盾加深，产生民族矛盾长期互斗严重，汉民四处逃离当地，进入内地灌县太平、中兴场等地。此段时间，正值清朝中央政府康熙皇帝发动"湖广填四川"，这个由瓦寺土司侵占灌县大白石、老人村，争占地盘产生的民族矛盾，引起了清朝皇帝的重视。

清朝光绪《灌县志》记载：清雍正五年，总督院部川陕巡府总督岳钟琪，命灌县知县谭连、郫县知县董文伟、成都绿营城守右营冯志达，会同前至加渴瓦寺土司争占老人村、大白石一带勘查，共有灌县土民 108 户，查灌县清康熙三十年（1691）至雍正二年（1724）敖册，有灌民陈天俸、蒲昌林、马骥、刘劝勃、刘国相、马屏经、卢连、郭元英、刘义等坐落界至。其寒坡岭、吊钟岩、笼竹园沟外，俱系灌县地方。汇同汶川县知县、土司头人、地方名人勘界划定以鹞子山、陈家山梁为分水岭，龙竹园沟口为界，山内为西山藏民居住地，山外为灌县汉民居住地。边界走向自然分明，以山梁为分水岭。在场参加的各地知县、土司头人、地方名人均无意见，分别签字画押同意所划边界。由于土司藏民土地耕种成熟，由灌民酬银 297 两，供土民撤回三江口费用，土司也答应愿意将土民限期尽其撤回。

川陕总督院部划定边界结束后，姚氏先祖姚日儒，虽然来这里时间不久，不是老住户土民，却早有先见之明，怕今后出现边界矛盾纠纷问题，他自己私下用石头打造长 1 尺 2 寸、宽 8 寸的长界石，分别将界石埋在鹞子山岗上勘界分水岭处，还种上树木。后人称之"碑岗界石"。清朝乾隆二年十月十八日，灌县分别于鹞子山小卡子和陈家山卡子栽立界碑。因为碑比较小，后来称为"小碑"。乾隆六年（1741）瓦寺土司在三江口修了衙署。边界划定人心安定，逃离在灌县中兴场、太平场的青城山老人村槐荫堂的王氏族人和老人村的其他住户也分别回到老人村家乡。

后来瓦寺土司反悔，不执行朝廷川陕总督院部勘界裁定，汶川县瓦寺土司以土民不愿回巢为由，提出将互争之地划归瓦寺土司，并由土司出银 320 两交汶川县衙转交灌县县衙，令灌县汉民搬出。

灌县知县陈士润，汶川县知县李克光私议，同意让灌县汉民迁出。消息传开后，灌县汉民不服，刚从灌县太平场回迁的老人村槐荫堂后裔王纪等人多次上告到川陕总督院部均无结果，由于清朝乾隆皇帝忙于平息金川叛乱，分设陕西、四川总督院部，任命岳钟琪四川总督负责平定金川叛乱，总督院部总督岳钟琪无暇顾及。因为总督岳钟琪平叛不力免职，朝廷改由张广泗任总督组织平叛不成，恢复岳钟琪四川总督。由于王纪等本土人士，几十年状告长期得不到解决，后来大家认为姚日儒从湖南到老人村来，又有文化，平日能说会辩，见多识广，公推他代表灌县汉民，他也愿意再次将加渴瓦寺土司状告到四川总督院部。他为了灌县边民的安居乐业，主动书写诉状，带随兄弟姚日佳和老人村代表，将状纸亲手交送四川总督院部，亲自租房坐镇在成都，誓言官司不赢不回家，督办官司开庭审理长达四五个月，日常生活和回家同水磨镇当地传递信息，均由姚日佳等人负责。每天他都要到总督院部催案，四个月后，四川总督院在成都开庭审理，瓦寺土司拒不到场，总督院部将桑郎土司强行扣押到成都总督院部。在公堂对仗诉辩中，姚日儒拿出清朝雍正五年各方到场划界依据，已晚年的姚日儒还带路到鹞子山岗上，挖出原判划界后他所栽埋的"界石"。这场持续几十年的争斗官司才终于结束，灌县汉民官司胜诉，当地人和后来移民到水磨镇老人村的人，十分敬仰姚日儒的胆识和智慧。从此在民间开始传开了"姚胡子撵蛮"的故事。

灌县汉民官司胜诉后，清乾隆十六年（1751）总督院部会同汶川县、灌县要员，集番、汉地方民士、头目等现场复视查看，藏汉居民见寿江西北鹞子山梁正中分水岭，寿江西南陈家山顶为界，界限天然，毫发无紊，悦服。总督院部复判，动用灌县衙门库银297两交汶川县县衙，供土民撤回费用。将土司储放在灌县320两银退还桑郎土司。到场各类人员签字画押盖章。清朝四川政府，在寿江吊钟岩石壁上镌刻"灌瓦大界"四个大字，在獠泽关口立汉藏碑，阳面为汉文，阴面为藏文。从此所立石碑为据可查。

瓦寺土司愿意将寨子坪修建曲尺寨留灌县县衙作为公用，宝兴县穆坪土司将獠泽关内官衙交由当地管理。后灌县设曲尺寨为寨子汛部，獠泽关夷城和兵房遭火灾后，土地交由当地汉民耕种，当地人称"蛮城子"。

现录獠泽关所立灌瓦大界藏汉碑碑文：

内归灌县，外属土司，各营各业汉民不得潜入土司境内，借端滋事；二土民不可移行越界生非，消有古伟，一经告发，或被访拿，律法森严，定行故例控警，绝不宽贷。各其凛遵勿为，特示。

陈家山碑和鹞子山的碑同为乾隆二年（1737）农历十月十八日立。

现存鹞子山小卡子残碑高 1.85 米，宽 0.75 米，厚 0.17 米，倒塌于鹞子山下连三坡草鞋坪沟尾。碑正面镌刻"灌口镌奉凭""勘定灌瓦大界示碑"。

清朝光绪灌县志《灌瓦旧案》原文：

吊钟岩，在灌县西一百一十六里，崖形若悬钟，石壁镌灌瓦大界四字。

雍正五年（1727），总督部院岳钟琪饬司行府，委灌县知县谭连、郫县知县董文伟、城守右营冯志达，会同前至加渴瓦寺土司所争占老人村、大白石一带地方，逐一查勘。绵亘二十余里，土民共一百零八户，称有明将刘、杨、马、郭田业给土司者。今查灌县康熙三十年至雍正二年的废册，有县民陈天俸、蒲昌林、马骥、刘劝勃、刘国相、马屏经、卢连、郭元英、刘义等坐落界至。吊钟崖、笼竹园沟外、俱系灌县地方。土司愿将土司住种人等尽行撤回。其地开荒成熟，视其户口之多寡，酌与银两酬其工本撤回费用，通工该银二百九十七两。着原报粮之灌民，措缴给领。该土司旋以土民不日凯还，饬自结领等，情具恳迁延。于乾隆六年擅至三江口兴修衙署。灌县土民王纪等具控督院部尹，批饬委员查勘，前任灌县知县陈士润，汶川县知县李克光详议，将互争地方悉归瓦寺，出银三百二十两分给灌民，令其搬出。县民姚宗文（姚日儒）等不服，又复控督部院策，饬于工项内动库银二百九十七两，凑合给藏民开垦工费补助，令其尽撤回巢。并将原贮灌县衙门三百二十两银发退给该土舍桑郎温登、桑郎择吉。集汉、土目查视，河之西北，即鹞子山正中分水岭，复渡河之西南，即于陈家山顶立石定界，在吊钟岩石壁上凿石镌刻'灌瓦大界'定界。汉、番居民眼见界限天然，毫发无絮，土司出据悦服印结，按限期拆房回巢。至于寨子坪衙署一所，情愿留充公用。西至韩婆岭（又作寒坡岭），吊钟岩，东至大白石笼竹园沟口，立碑定界后，瓦寺土司安置各番，业经尽撤回巢。惟杂谷番民七十八户，交杂谷头目本太领回二十八户外，余系瓦寺收回，复令汶川县严饬该土司照数交还杂谷。自是土民归巢，汉民复业。并无混淆之处。

这场持续几十年的官司，以灌县汉民有理而胜诉。由于姚日儒的力争，官司胜诉后让灌县水磨镇的汉民与汶川县三江镇的藏民争斗结束，得以安居乐业，为清朝四川的地方安定打下了基础。姚日儒逐夷官司胜诉后，成为灌县地方名人，灌县川剧院编演了五幕（本）川剧《姚胡子撵蛮》，开场时先请姚家人坐头排，然后才开场演戏。至今民间还有老年人在向年轻人讲述姚胡子撵蛮的故事。姚日儒死后，丧事十分隆重，各界各地名流人士都来悼念，以感逐夷之功。为了防范夷人报复，深埋一丈二尺平坟，在棺坟六尺远处垒一假坟。

地方乡绅在维护地方稳定团结方面起到了重要作用，得到社会的尊重，清朝灌县川剧团编排了五场川戏进行公演，通过故事宣传，对当时社会产生了巨大影响。为了还原纪念当年民族和谐的历史，汶川大地震后，汶川县政府在三江镇和水磨古镇交界的鹞子山梁上修建了灌瓦楼。

▲ 水磨新村 （张莣／摄）

　　灌汶界案，反映的是历史上土司制度造成的民族间的矛盾。只有人民政府建立以后，特别是政府根据实际，修建成阿公路以后，水磨划归汶川，土地实行公有，才根本上解决了这个问题，老百姓这才真正当家做主，过上了幸福生活。

路

一

1

水磨过去叫兴仁场，属灌县管辖。人民政府成立，成阿公路修通以后，交通状况发生了变化。成阿公路修通以前，虽然直线距离不过十来千米，从灌县到漩口、水磨，却是要翻山越岭、爬坡上坎、劳神费力的事情。

一条浩浩荡荡的岷江，从漩口奔腾下去，不需要转弯抹角，只需要再咆哮几千米，就直到了世所周知的都江堰鱼嘴。龙门山和邛崃山从青藏高原和大巴山的西部分野，就浩浩荡荡，千里奔突，像一路大军，直杀到漩口，就停住了脚步，在这里打了一个死结；又像一首进行曲，直到漩口，就来了一个休止符。停不住的脚步，突然收束。把平原和山区，一下子就像泾水和渭水，分成两个不同的世界。没有留下一点缓冲的余地，不留下一点辩驳的余地，让山川是山川，平原是平原。

岷江像脱缰的野马，一路咆哮不止。冲出漩口，就奔向宝瓶口。到了宝瓶口，岷江一下子就老实了，就被驯服了，变得温文尔雅，就"水旱从人"了。

在冲出漩口之前，岷江"不通舟楫"。直到"乾隆打金川"以前，漩口场的百姓，从十余里地外的灌县县城回漩口，要么从青城山的泰安场翻大面山，要么从龙溪（现龙池）翻"天生一岭界华夷"的娘子岭，经"上山十五里，下山十五里"到映秀，从映秀到漩口，还有十余里路程。不管从泰安场或龙溪，到漩口，都得上山下山，都得绕道而行。像新派的作家，写作一个开头，都得曲径通幽。

开门见山就是灌县，可是因为这岷江不通舟楫。岷江两边的邛崃山和龙门山，硬生生地被岷江这把斧子劈成一个天彭阙。岷江的两边，真是"猿猱欲渡愁攀援"。寒来暑往，人类可以修建长城，修建金字塔，却没能在漩口的悬崖上凿一条路来，哪怕是明修的栈道也好，哪怕是修一条金牛小道也好，让两点间直线距离最短。

2

历史上，从水磨到都江堰，要么经泰安场，要么经娘子岭，比从漩口到灌县还要大费周折。

如果没有修通成阿公路，水磨恐怕现在仍属于都江堰管辖。

因为修通了成阿公路，龙溪（龙池）到汶川就变得相对更不方便了。没有公路的时候，反正靠骡子驮运，靠背子背运，龙溪反而因处在汶川和灌县之间，阿坝广袤土地上出产的兽皮、虫草，都要经过龙溪，转运至灌县。外面的盐茶，要经过龙溪转运至阿坝各地。龙溪倒也店铺林立，骡啸马吭。老百姓隐在山里，也能要盐有盐，要米有米。

成阿公路修通了，从阿坝州各县到灌县，都不需要经过龙溪了。

处在灌松茶马古道的龙溪，一下子就从夏天到了冬天，日子过得大不如前。

灌县政府就和汶川县政府合议，将汶川的龙溪（龙池）划归灌县，将灌县的漩口、兴仁划归汶川。龙溪的老百姓倒扳一下指头，一合计，觉得划算，一下子成为灌县人了。水磨（兴仁）场的百姓就有点不乐意了，政府的工作人员以各种惠民政策劝导，老百姓这才同意把户口迁到汶川。这下就两全其美了。

按现在的行政区划，从水田坪过去，就到了紫坪铺，穿过友谊隧道，就属于都江堰的地界了。过龙池，过麻溪，过玉堂，就到都江堰市中区了，从水磨到都江堰市区，只有20多千米路程。

从水磨到都江堰的公路，是修建了紫坪铺水库后修的。虽然属于213、317国道的组成部分，但是，因为是盘山公路，只有两车道。从甘肃、青海到成都的车辆，从阿坝到都江堰的车辆，多经过这条213、317线。

日子好起来以后，家家户户都有轿车，都有了卡车。时不时地把家里出产的萝卜、白菜送到成都的市场，或者去都江堰赶场看花花世界，从松潘到都江堰，从马尔康到都江堰，从黑水到都江堰，从壤塘到都江堰，从红原到都江堰，从若尔盖到都江堰，阿坝州十三县到都江堰，青海到四川，甘肃到四川，都要经过这条国道。这条国道，因为是川西北出川的通道，就变得车水马龙、川流不息了。

汶川经历了大地震，山体被震得松碎，常常发生泥石流。年复一年，从鹧鸪山冲下来的泥，从四姑娘山冲下来的沙，从弓杠岭冲下来的石，一路裹挟着沿途的土，就把岷江的河道，填得不能喘息了。

这些沙石，在河道里是乱石，是狗屎，是炸弹，是过街老鼠。可是如果淘上岸来，运到成都的建筑工地，却成了座上宾、心头肉。

昼夜不息的岷江，带来了源源不断的沙石。挖土机和铲车，日夜在河道里忙碌起来。几千辆卡车，奔驰在水磨通往都江堰的213线上。只要将这些沙石运往成都，这些沙石就变成了白花花的银子。

这可累坏了公路。

我们也跟着受累。

学校上万名学生，遇到集中放假，都得经过这条路，到都江堰到成都，然后回到各自的家里。遇到收假，又从四面八方汇聚成都，汇聚都江堰，然后经过这条独肠子，回到学校。一两天时间里，上万名学生就要从这条公路来来去去，进进出出。班车夹杂在几千辆卡车和来来往往的轿车之间，挪不了步子。

交通，依旧是一道难题。

遇到五一放假、国庆放假，只见学校校门口排着长队，同学们翘首以盼、望穿秋水，等待下一辆班车来临。

<h2 style="text-align:center">3</h2>

"因为下午要开会，不然我就趁学生大部队还没放假，就溜了。"

秦佳科打电话来，说，好些年不曾回来，回来时就想见一见老友。王泽、赖一兵已经约好了，在犀浦见。王泽明天要回马尔康，时间就定在今天晚上。

我呢，想起要赶车就恼火。学生放假了，水磨的班车就没有了生意，已经停开了。就是不停开，下午开完会，已经是五点了，哪里还有车到成都？只要到了都江堰都还好办，可是到都江堰的路，被几千辆拉沙石的卡车堵住了，要赶到都江堰，需要一小时？两小时？三小时？虽然只有20多千米路程，要想从水磨冲出都江堰，怕是比冲出亚马孙还难。

盛情难却呀！

秦佳科也是多年不见了。

读书时，我们班"成分"复杂，有从预科直升上来的，有二三十名少数民族学生，有工作后又来读书的。秦佳科就是已经参加工作了，又参加高考，后来在我班读书的。

我仿佛没有把她当学生看待。作为老师，我也大不了几岁，在她的眼里，恐怕我也不是什么老师。

她头上长两个旋。多数女生留长发，她蓄平头。有时，她当着我的面抽烟。在学校里，她有一句"名言"："三环路外的人敢称自己是成都人？"以前，人家问我是哪里人，我常常说，我是达州人。别人一般都是处于礼貌，并不会刨根究底问我是达州哪里人。听了这话，我一般就不说我是达州人了，我说我是宣汉人。农村人就农村人，毕竟达州属于城市，我不能冒充我是达州人。

过节还多。

她寝室有个同学，是我们班上的学习委员。学习倒也刻苦，有天晚上很晚了才回寝室。据说秦佳科不开门，该同学在寝室外哭鼻子。

第二天，我不问青红皂白，敲开了秦佳科寝室的门。秦佳科像往常一样跟我"嬉皮笑脸"地说："坐三。"我一下子怒不可遏，不问青红皂白，把桌子一拍，吼道："哪个坐？"同寝室的同学都吓呆了。

现在想来，秦佳科应该会记"仇"吧，她本身就是一个要面子的人。我在众目睽睽之下，公然撕了她的面子。现在想来，年轻时候，我这个老师，当得怕是一厢情愿，怕是不够格吧？凡事你总应该先调查，总应该讲道理，总应该让学生心悦诚服吧？

好些年过去了，我已经不怎么上课了。突然接到一个电话，是秦佳科打来的。我听到电话那头在哭泣。这倒是一个新鲜事，那么硬气的秦佳科居然也有哭鼻子的时候。她说："你晓得吗？杨娟自杀了。"

杨娟，自，杀，了？！我的鼻子一下子堵了起来，眼睛一下子就模糊了。但是杨娟的样子，我却清楚地记得。她在我们班一直担任文娱委员，长着一张圆圆的脸，要不是我是老师，我一定会找她多搭讪几句，长得那么可爱的一个人儿。怎么就再也不在这个五彩缤纷的世界了？她有什么委屈？天大的困难都不如命重要啊！……

秦佳科在深圳，事业有成。她的公司，在美国上市了。她有自己的几家公司。过程我不清楚，做生意我不清楚。老师，像摆渡人，只知道把学生一届一届地送上岸，然后又继续摆渡。

公司在美国上市，资产总得上亿吧？我这个语文老师，就只有做起数学题。一个亿，除以我的年工资，毛起算，一年以十万计，她现有的资产，应是我几千年的工资？

应称她学生？老板？还是老师？

某天，她又打电话来，说："到汶川吃面块。"

啥子山珍海味没吃过？还要到汶川吃面块？

我脑海中浮现出当年在汶川一起吃面块的情景。吃面块，多是两三个人或四个人。一般有王泽、秦佳科和唐泰智。我们一般先点一份拌牛肉或者牛肉回锅肉。王泽说，牛肉回锅肉最好吃。再点一份花生米。再打几两酒。肉吃完了，酒喝完了，面块端上来。扑哧扑哧，面块下肚了，然后悠哉游哉，哼着小曲儿回到学校。日子过得不识愁滋味。

后来，学校迁到了水磨。每次回到汶川，我总要去寻找当年的面块。面块店搬了几处地方，可总被我找到。老板还是当年的老板，味道也是当年的味道。回族大姐戴着白布帽子，左手擒着一摞面团，右手鸡啄食般，一片一片地把面块刷进一口滚烫的锑锅里。面片在锑锅里煮着，另一口炒锅里，已经放上了清油，生姜大蒜爆锅，洋芋片放进去翻炒几下，又从锑锅里舀出面块，倒在炒锅里回锅，撒上葱花。制作面块的程序并不复杂，但是，经过回族大姐的翻炒，这面块就别有了一番味道。

秦佳科喊我吃面块，怎么她的很多想法，跟我的想法不谋而合？

4

这次是她先约了王泽，约了赖一兵。都是年轻时的好朋友。王泽让我认识了藏族。王泽说话，总是一个声调，或者就只有一声。他说，他八岁才学汉语。能够把汉语说成这样，已是难能可贵了。

赖一兵让我认识了耿直的成都人。他一来，酒还是那些酒。喝法却不一样了，在啤酒杯子里放一小杯白酒，叫作"深水炸弹"。这样喝下去，我喝两三杯，就被深水炸弹炸得晕头转向。赖一兵，应是有七八年不见了。

王泽，在汶川大地震后，来郫县古城看我们。在都江堰或者水磨开会，王泽与我们总要聚一聚。话语没有以前多，但是心里总有一种心领神会的感觉。朋友们都远走高飞了，我还在坚守阵地。

有些朋友，你天天见，还想见。有些朋友，你哪怕只见过一次，你就觉得你的心里总是装着他。

秦佳科组这个局，跟我的想法也不谋而合。

可我在水磨。会开完了，我赶不了车。

我正在踌躇。

秦佳科的电话来了。快出来，我在校门口接你。这个风风火火的女子，跟当年一点儿也没有变。

秦佳科说："晓得水磨不好赶车，晓得你开不来车。晓得你被你父亲诅咒过，不准你学开车。"

我都忘记了，我是不是说过我不会开车的话。

因为晚上要喝酒，秦佳科把车停在小区里。她说，我们赶车去犀浦吧。对的，我说，赶地铁很方便。秦佳科说，我从不坐地铁。于是她喊了网约车。等了几分钟，一辆大奔停在我们面前。上得车来，师傅说，车上有吃的。后座中间的小几里，有面包、牛奶，还有一些零食。

几千米路程，也用不着赶这样的豪车吧？秦佳科告诉我，这种车，起步价88元。心里一乜，成都出租车的起步价不是才8元吗？88除以8，等于11，刚好除尽。坐一趟车，相当于坐了11次的士，赶地铁的话，3元钱的车费。更是便宜。很多时间，我宁愿赶地铁，四通八达的地铁，又准时，又便宜。看来，是贫穷限制了我的想象。

晚上喝了酒，到底是朋友相聚，我总是管不住自己的嘴。一不小心又贪杯了，喝得断片了。秦佳科也喝了酒。只隐隐约约记得，秦佳科没有约到来时这种大奔，她又不赶地铁，不赶的士。她就在附近的酒店给开了两间套房。

虽然头天晚上住在套房里，第二天我还不是又回到现实生活，又去赶我的地铁，挤我的公交车？

临走时，秦佳科送我一盒茶叶。我老家的地里，就种了茶树。父亲没走的时候，常常是母亲采了茶，父亲在铁锅里炒茶，然后晾在簸箕里。父亲说："这茶不能晒，炒茶的锅不能将就，炒过菜，熬过汤的锅，是不能用来炒茶的。晒过的茶，有太阳的臭味。"太阳居然还有臭味？我常常喝着父亲炒的茶，度过一年一年的岁月。父亲走后，我就基本只喝水，不喝茶了。

秦佳科说："我送你的茶，是在云南普洱那边，包了几棵老茶树，请了几个人平时给守着，专门雇了人采茶，又请来非遗传承人给定制的。是上等的好茶。"

看来我这个在茶山长大的孩子，没见过制作茶，经过了非遗传承人的加持，摇身一变，就变成了价码不一样的好茶。

老家的茶树，没有人管理，都应该长成野茶了吧？

二

1

还是在学校（阿坝师专）上课的时候，在系办公室和学校宣传部的办公室，我经常看到一个身影，行色匆匆，蓄个马尾辫子，有时挂个相机，穿一身朴素的衣服，大方、明亮、阳光，跟其他留个方便面式头发的同学不同。她是谁？问班主任王颖老师，说她叫余欣。等余欣走出了办公室，又凑过嘴巴对着我的耳朵，手轻轻地捂住嘴巴。真的奇怪了，王老师从来都是大声说话，从来都是光明磊落做人，她怎么会这样？

我听了就明白了，她告诉我，余欣家住水磨，她爸爸在镇上做点小生意，她的母亲是一个小学老师，在地震中不幸遇难了。大二有个叫蒋玮的同学，家住北川，父母都是干部，她从小就娇生惯养，连自己的头发都不会扎，三句话不合就会和父母呛起来。而地震后，所有的事情都得自己操办了。她突然懂事多了。她给我讲她的心理老师，讲地震后 100 天买一堆纸朝着北川的方向，默默地为父母点燃。我静静地听着她的叙述，心里想涌出一筐泪水。

王老师的话又让我心里面有了快要坍塌的感觉，为什么上苍要把不幸降临在我的这些可爱的孩子身上？

我并不想去揭这个疤，揭了伤口会很疼。尤其是在这两个"孩子"都逐渐走出了阴影的时候。我在写文字的时候，不觉泪水还是涌出了眼眶。我是个不够坚强和勇敢的人，我讲课的时候会掉泪。那她们，两位女孩，是如何走出了那段艰难的历程？

2

而今天，到了水磨，林立的烟囱不见了，取而代之的是一座羌碉雕塑矗立在水磨的门口。错落有致的羌式建筑，爬满了整个小镇。过去的一片阴霾已经一扫而光了。一座廊桥横跨在寿江上，江水奔流不息。绿草荫荫，竹林遍布，道路宽阔，过去私拉乱接的蜘蛛网似的电线不复存在了。眼睛顿时明亮了起来。

而我就要在这里待上一段时间了。

稍稍安顿下来，我给余欣打电话。我知道她能帮上我许多忙，虽然水磨我来过好几次，5·12之前在水磨也住过好几回。那个时候她可能还是个活蹦乱跳的"小兔子"般的孩子吧？如这寿江水一样流淌的光阴，只几年时间就把一个缠着妈妈要买花书包的姑娘雕琢成一块碧玉式的大姑娘。

我听到她磁石一般的声音。

我打电话给她，不是要"炫耀"她的熟人到水磨来了，增加一点情感的接近。我要给她任务，毕竟她是土生土长的羌族姑娘，毕竟是我可以信赖的"熟人"，况且，还可以"倚卖"自己老师的身份，获得她的"认同"。让她给我做向导，做我的"老师"，虽然我到水磨来过好些次，但现在的水磨还是让我眼前一摸黑。

我要采访一些人，平时上课摇头晃脑讲采访采访，学生也听得晕乎晕乎的，什么采访的印证作用，什么采访中怎样提问啦，怎样记录啦。我得带上这个我的学生，学校校报的学生记者，共同来完成一些采访任务。

而我今天有一个采访目的，就是要采访一个农民的新生。

报道需要有典型性，这才有新闻价值。我反对作假，新闻一定要真实。我就把电话打给了余欣。她土生土长，是我的学生，又是校报的记者，我也是学校校报的编辑。她在地震中经历了劫难。很多种感情纠结在我心里。

3

我开始想定位一个农民，他应该是个自强不息的典型。想从他的角度来看待水磨的重生。在此之前，我读到了《中国青年报》林天宏的《回家》，心里深深地被打动，为林天宏地震后第三天不顾余震奔赴震中的精神，更为文章中所反映的主人公程林祥的遭遇。

水磨的7月，并不是想象中的骄阳似火，也不如三江的似水缠绵。天空中还有一丝丝阴霾，铲车和推土机的声音还时断时续。放眼望去，满眼的青翠铺满了山坡，一条崭新的"佛缘路"径直向前

▲ 水磨春风阁 （张莞／摄）

延伸而去。

开始还有点奇怪，怎么叫"佛缘路"呢？好些年前，来过水磨，在水磨住过一段时间。知道寿江把水磨"劈"成了两半，左边是古镇，一排排雕梁画栋的房子，飞角走檐。吊脚楼下的木桩支撑起了整个回檐的重量。青石板铺就的古路，马蹄留下了深深浅浅的脚印，青瓦氤氲在一片烟雨中，如江南的小镇。右边是深树锁钥，只能见黑森森的古树，掩映着些许红墙蓝瓦。这里正是青城后山十八景之一的黄龙杠。

我去过好几回黄龙杠，更去过无数次青城山。我知道，要把这个新修的道路定名为"佛缘路"，绝对要有充足的理由。

细雨蒙蒙，像雾又像雨，罩在我和余欣的头顶。沿着这条道路走去，就会找到程林祥的家。她告诉我，正是佛山市援建了水磨镇。这个我知道，心里一亮的是，这个"佛缘"，是否就隐含着佛山援建的意义。佛山市援建队，仿佛是一只大手，拿着一支大笔，在水磨镇的废墟上挥洒了两年的泪水和汗水，就把水磨点染成了一幅气势磅礴的山水画卷。

这条路，正是这幅画中的一个点苔。

佛山援建队也正是受到程林祥事迹的感染。

程林祥的儿子程磊在漩口中学读书，他因在地震中救同学，而失去了生命。程林祥和妻子背着他们的儿子，从余震不断的震中映秀把儿子的尸体背回了家，让程磊入土为安。

他的经历被《中国青年报》记者报道了出来。

广东佛山援建队不仅被程磊舍己救人的画面感动，更为程林祥的事迹所打动。

佛山援建队专门修了一条道路"佛缘路"直抵连山坡村程林祥

的家里。2009 年 4 月 4 日清明节，佛山市援建工作组到村慰问时，村民提出请求帮助他们把这条山路修成水泥路，工作组当场答应支持。2009 年 4 月下旬，佛山市援建工作组与水磨镇连山坡村党支部和村委会召开会议，决定采用一种崭新的农村灾后重建模式：充分发挥灾民主体的积极性、主动性，以受益群众为工程管理和建设的主体，市工作组从紧张的援建资金中拨出 30 万元，在管理上引导，在技术上指导，修建这条道路。

4 月底开始，连山坡村老老少少积极参与，天天很早就来干活，壮年打主力，老年人铺水泥，小孩捡石头。在短短两个月时间里，这条全长 1.5 千米，宽 3 米的水泥路就建成通车了。

为感谢佛山的支援，这条村道取名"佛缘路"，"佛"代表佛山，"缘"是援建的谐音，也是大灾过后佛山与水磨人民血浓于水的缘分。2009 年 6 月 29 日，在水磨镇连山坡村土门子，举行"佛缘路"建成通车剪彩仪式。佛山援建工作组组长在剪彩仪式上说，"佛缘路"凝聚了汶川人民和佛山人民风雨同舟的深情厚谊，是村民自主管理，自己亲手组织，创造了以最少的投入，最快的速度，取得最大效益的成功范例，为其他建设项目树立了成功的模式和经验。汶川县时任县长廖敏表示，"佛缘路"开启了灾后重建新模式，以援建单位为主导，以镇、村党政组织为主体，以村民为主办，这样一种新模式要在全县的灾后重建中推广，这是援建和自建、输血和造血的完美统一。

4

我们沿着这条路走上去。道路虽然有点弯曲，但十分平整。道路一直绕着山坡爬了上去，前面直抵哪里？我们不太知道。

烟雨蒙蒙，远山如黛。周围茂密的植被把个山坡盖得严严实实。

不时有鸟叫声传来。山坡上成片成片的茶园，弯弯曲曲，缠绕在山坡上。

原来，这正是"羌芽"绿色生态基地，还有一些工人忙碌的身影。

据了解，2008年9月，佛山市援建工作组收到《汶川县人民政府关于请求对口支援我县水磨茶叶基地和基地九寨茶业加工工业的函》，迅速组织援建工作全体成员召开专题会议，多次组织援建人员深入茶厂基地调研，了解当地茶农的现状，经过多次开会讨论研究，决定同意汶川县人民政府的请求，对阿坝羌芽产业基地进行修复。

2009年3月，阿坝羌芽产业基地恢复项目启动，投入扶持资金350万元，以自建的方式修复茶叶基地和厂房，改造和新购生产设备，由水磨镇政府与佛山市援建中心负责施工监督。整个项目共修复茶田排水设施300米、防旱浇灌游泳池35处和修复护坡100多米，保障了2000多亩茶田的灌溉，维修厂房3500平方米，改造和新购设备110套。4月28日，该基地修复改造工程完成。保证了水磨镇牛塘沟、黄家坪、大岩洞3个自然村1300户茶农的茶叶收购，使阿坝州唯一一家省级重点农业龙头企业得到恢复生产，还进一步扩大了产业规模，茶叶产量达到450吨／年，是震前的6倍，重塑了羌族的知名产业品牌，并使羌芽的茶叶品牌得到发展壮大。以"公司＋基地＋农户"的方式，发展生态农业，实现社会效益与农户效益的有机结合，促进当地经济由传统农业向现代农业转型，而这个羌芽生产基地前面，是一尊硕大的茶壶雕塑，从壶嘴那里正缓缓地流出"茶"来。源源不断地流着。

沿着这条佛缘路，弯弯曲曲地再走下去，就到了程林祥的家了。

房子外边是一排猪圈，里面养了七八头猪，有的有二三百斤了，有的才五六十斤，它们都在静静地躺着或者吃食。

主人程林祥并不在家，他到镇上务工去了。他妻子上山劳动去了。一时半会儿还不能回来。同行的余欣问我，是不是去把大婶找回来。我们这些不速之客怎能打扰别人的宁静生活？

一大排瓦房，旁边有个转角。屋子里面有叮叮当当和说话的声音。是程林祥的二儿子在家里面做饭。他的小舅舅跟他差不多大，都十六七岁，在烧火。见了生人，还有点怯生生的感觉，不知道把手搁在裤兜里还是让它自然地垂着。

我们问他现在的生活情况，他说："家里现在还不错的。路修上来了，都是佛山人修的，我们一分钱都没有花。现在方便了，家里面的仔猪长大了，有汽车开上来，一会儿就把猪运到街上去了。"

"以前不是这样吗？"

"以前猪喂肥了，老爸找个人就把它抬到公路上去。"

"老爸今天到镇子上去了，打工，挣 100 多元钱一天。""以前要打工的话，最近也得到成都，路程倒是不远，七八十千米，可家里面有爷爷和奶奶，他哪里也去不了。"

"而现在，"程勇说，"就是走路到学校里面去，也很方便，皮鞋也不粘泥。"

"我妈妈平时种点小菜，现在价格也涨起来了，街上那么多店铺都来买新鲜的蔬菜，我读高中的学杂费也就不愁了。"

"旁边就是茶园，清明节前，我妈妈就去采茶，有时我也去，天黑的时候把背篓里的茶叶交上去，挣点油盐钱。"

我看见这个朴实的小伙子，眼睛里闪烁着希望。

我们走出了程林祥的房子，外面依然是蒙蒙的小雨，把个青山滋润得饱满而含蓄。绿油油的树林里，正在生长的是希望。眼前一条涓涓的小河，汇入了寿江，汇入了岷江，汇入了长江，流进了大海。

房子的对面，正是一排排茶园，顺着山势，形成台阶，形成绵绵长长的一绺、一块、一片、一山。满山都浸润在这柔柔的细雨里。

我知道，正是眼前的这条佛缘路，直接把家和镇子连接了起来。直接把程林祥妻子和他儿子采的茶叶，通过特殊的工艺加工后，就运到了都江堰，运到了成都，运到了北京。让大家都来品尝到这个山野里地道的苦尽甘来的茶味。现在连山坡、大岩洞村已经划归盘龙溪村。政府培植茶园，非遗传承人姚宏伟流转了300多亩茶园，农户种植茶，采摘茶，获取收益。盘龙溪生态茶园正带动全村富裕劳力走在一条生态体验，旅游观光的文旅融合之路上。

三

1

通往汶川的公路，是1951年，人民政府组织修的，叫国道213线。从成都西门出发，大约146千米。从都江堰汽车站出发，大致为90千米。21世纪以前，从成都西门汽车站坐班车，班车摇摇晃晃，直摇到汶川县城，耗时近4个半小时。我第一次沿都江堰进山到汶川，是1997年。沿着现在紫坪铺淹没的漩口镇，都江堰到漩口交界处，有两树立柱子，右书：阿坝人民要雄起，左书：向阿坝人民学习致敬。

"雄起"一词，用现在的话来说，相当于网络热词。1994年的甲A联赛，四川全兴队，后来改为水井坊队，球员有魏群、黎兵、姚夏、邹侑根，等等。魏群一个大脚，从后场开到前场，姚夏跑得快，黎兵个子高。只见临门一个抽射，哦豁，球打高了。四川全兴队主场，用重庆话说，那场面相当火爆。那个时候的球票，官方价格在 200 元左右，黑市上，千儿八百的不等。那时教师的工资，一个月也就二三百元。球场上，加油声此起彼伏，在成都加油不叫加油，叫雄起。雄起一词，也就在那个时代成了网络热词。看见进阿坝的大门处，山陡然就雄壮起来，门口处的雄起标语，烙上了时代印痕。进得门来，岷江大峡谷扑面而来，高山绵绵不尽，像一场死去活来刻骨铭心的爱情。岷江滔滔不绝，像我老师讲课口若悬河。气温骤然就变凉了，变冷了。我看见的是郦道元见到的三峡一般光景："自三峡七百里中，两岸连山，略无阙处。重岩叠嶂，隐天蔽日，自非亭午夜分，不见曦月。"只需要把三峡改成漩口可也。只是不见河滩，不见倒影，不见船舶，不见猿啼。岷江水是急性子，是谁也降不住的烈马。它咆哮着怒吼着，杀气腾腾。只在都江堰，经宝瓶口，才像男人都儿孙满堂了才收了心，不再心花怒放，而把所有的力气，花在养家糊口上。

汽车颠簸得像喝醉了酒的老人，行走在这一条没有尽头的赶考路上。路弯弯曲曲，汽车仿佛背水一战的士兵，经过山重水复，终于柳暗花明，绝处逢生。这汽车哪里是奔在一条路上，仿佛是历经九死一生杀出的一条路。过了映秀，经彻底关、银杏、桃关，再过绵虒、飞沙关，经七盘沟，跌跌撞撞，终于到达威州。汽车像久旱不雨的庄稼，终于迎来一场痛快淋漓的甘霖，前面豁然开朗了，我心头的石头，也才落了地。

从成都西门车站经没有修建紫坪铺以前的漩口到汶川的这条国道 213 线，共约 146 千米。多从阳山经过，阳山实在壁立千仞，人们便在岷江上搭桥，公路又转至阴山。只在飞沙关处，上面是抬头帽子望掉也见不到山顶的大山，下边是万丈深渊的岷江，修桥工程实在太难，人们才在此处修建了飞沙关隧道。隧道口处有"大路朝天，各走半边"的标语。哪里能各走半边，那时汽车少，汽车司机进隧道之前，先开车灯，再鸣笛，对方有车辆来，则在未进隧道之前刹车等候，确定前方无来车后，再打灯鸣笛通过。隧道里边，也还要转一两个弯，一眼望不穿前方的路。这个隧道，感觉是历史中的一个瞬间，经历了那么多平坦大道，人，总要经过这么一个幽暗逼仄的巷道，前路才会更加光明。又像是一个出口，阿坝广袤大地上的人们，只有经历这一段特别幽深的路，才会有出路。

▲ 映秀新村 （张芫／摄）

2

1949 年以前，汶川乃至阿坝州境内没有一寸公路。即使在成都平原，在 1926 年四川省第一条公路成灌公路通车前，从灌县前往成都，要么步行，要么坐轿，要么骑马，要么乘坐鸡公车或者马车，门到门的货运只能靠人力或畜力。生活在汶川的人们，被高山、草地围困，被峡谷、激流阻挡，基本生活用品如食盐、茶叶、布匹，以及不能自给的粮食等，全靠人力背挑或牲畜驮运，仅依赖一些崎岖险窄的古驿道或沟涧间危险的溜索维持运输和通行。民国中后期，虽然曾经有过修筑灌（县）茂（县）、松（潘）平（武）、雅（安）懋（功）等公路的设想和建议，但终究未能付诸实践。这种状况严重阻碍了高原各族人民的交往，束缚了汶川地区的经济文化发展。

成阿公路是建国初期四川境内新建的第一条干线公路和第一条较长的山区公路，也是阿坝地区的第一条公路。成阿公路连接起内地和阿坝民族地区，堪称藏、羌、回、汉各兄弟民族团结的纽带。

成阿公路起于成都西门，经过郫县、灌县，沿岷江而上，于漩口（72K 处）进入阿坝州汶川界，越飞沙关、沙窝子，抵达威州后跨岷江，沿杂谷脑河右岸上行，经薛城、理县后到米亚罗，再沿来苏河行至山脚坝，翻越鹧鸪山，下至刷经寺，再上查真梁子到红原县龙日坝，在二道桥分路，翻越海子山、阿依拉山，过查理寺，经麦尔玛，最后到达终点阿坝县城。

为了改变川西北地区交通闭塞的落后状况，帮助民族地区发展和繁荣经济，在解放阿坝地区和建立阿坝民族自治州的过程中，1950 年 12 月至 1955 年 11 月，党和政府筹备、修建了成都至阿坝县公路，即成阿公路。

1952 年 3 月，交通部核准投资修建成（都）阿（坝）公路。正在灌（县）汶（川）段施工的"灌茂公路工程处"即承担起成阿公路指挥部的职责，负责成阿公路的建设。

川西行署交通厅公路局在 1950 年组织了 4 个测量队对路线进行踏勘，按照山岭区五级公路标准设计成阿公路。测量队没有先进的测量仪器，只能使用罗盘、手水准、计步器以及自制的竹尺进行测量。白天测量，晚上回到帐篷再完成测量资料的整理。有时一天只能测量几百米，顺利时最多推进 1 千米左右。该路先后分灌（县）汶（川）、汶（川）理（县）、理（县）马（塘）、马（塘）海（子山）、海（子山）阿（坝）五个大段进行修筑。设计文件系先后分别编制，并随着当时的形势和施工进度不断修订，有的路段甚至边施工边修改测设方案。

1951 年 3 月 21 日，成阿公路工程正式开工。

开工初期，有军工 2300 名，负责重点工程施工；民工 2000 人，编为两个支队，负责一般路基土石方工程施工。路基工程完工后，又在灌县征集民工 1500 人，在广汉、什邡、德阳等县招收技工 270 人，组成直属大队参加施工。1952 年 3 月，因部分军工复员，又在成都招收民工 3000 人。至 1955 年最后一期工程时，尚有 4000 余人。成都地区及邻近各县先后有 12000 名市民和农民参加成阿公路修筑。整个工程，在长达四年八个月的施工期间，先后有军工、民工、犯工共 3 万多人参加到筑路施工中。他们用洋镐撬、用铁锨翻、用土箕撮、用镢头挖、用撬杠掀、用磅锤锤、用炮钎钻。他们肩挑背磨，手提肩扛，长年征战在海拔 2500 米到 4300 米的高原上，跨越崇山峻岭和草原泥沼，开挖土石方 13 万余立方米，铺筑路面 161 万余平方米，建桥 107 座，牺牲 191 人，全线建成通车，修得一条长 451 千米（其中汶川至灌县 91 千米，汶川至阿坝 360 千米）的险路。

3

1951 年年初，驻四川省新都县西门外原西南军政大学川西分校 7 个队约近千名学员，奉命改编为"川西军区教导一团"，执行史无前例的修筑灌茂公路任务。四大队二队被编为一营三连，2 月 4 日午后抵达灌县，三连的筑路任务被分配在二王庙后山向西 300 米半山腰拐弯处。当时的筑路不仅条件艰苦，而且也很危险。在一次突发事故中，全团就有 12 名战士不幸遇难。三连学员均系原国民党九十五军起义校级军官。筑路不但是对精神意志的考验，同时也是一种思想上的学习和改造。工人们用洋镐、铁锹、炮钎等原始工具，一点一点把山劈开，遇到铁锤打不动的石头就只能先打炮眼。由于山陡，大家只能先把绳子拴到树上，再把绳子捆到人身上，就这样在半山腰悬着来回打炮眼，然后放入黑色火药、导火线，开山炸石，一米一米向前筑路。就用这种办法，战士们花费了近半年的时间，才从人迹罕至的大山中开出一条宽 8 ～ 12 米的公路……

1952 年 7 月，灌县至汶川段 73 千米建成。1952 年 12 月，汶川至理县段 51 千米建成。

在它的修筑过程中，涌现出许多英雄模范人物，仅军工系统就有一等功臣、二级筑路模范袁泽善，一等功臣兰居禄，二等功臣陈开云、张大志等。

同时，由于施工任务艰巨、施工条件艰险，施工事故不断，不少筑路人员为之付出了宝贵的生命。

1953 年 7 月 1 日中午，解放军四川省公安总队二四团二营六连正在理县米亚罗八角碉口路段施工，山体突然大面积垮塌，该连包括前来送饭的炊事员在内的 10 名战士，被塌方在顷刻间覆埋，壮烈牺牲，其中年纪最小的战士仅 19 岁，同时造成轻重伤 11 人。长眠于此的十名筑路英雄分别是：副班长历仲文、战士韩福元、黄天尧、夏桂枝、温忠明、李元林、李真杨、唐先沛、曾建民和炊事员黄绪运，他们分别来自蓬溪、资阳、简阳、富顺、巫山、营山等地。

据不完全统计，在成阿公路的修筑施工中，共有 191 名筑路人员牺牲。可以说，修筑成阿公路，步步流血，平均每推进 2.5 千米，就有一名筑路英雄付出宝贵的生命。

为了纪念成阿路的贯通和为之付出生命的筑路英雄，1954 年 2 月，在理县至海子山段完工后，成阿公路筑路政治部、指挥部和四川省藏族自治区人民政府在理县修建了"四川省成阿公路修建纪念塔"，刻记了157名为修筑成阿路献出生命的英烈名录；1954年1月，中国人民解放军四川省公安总队成阿路政治部、指挥部在理县米亚罗修建了"筑路烈士纪念碑"，刻记了10名烈士的名录（注：据《阿坝州交通志》，在成阿路的修筑施工中，共牺牲191名军、民工。理县纪念塔、米亚罗纪念碑刻录名录共计167名。推测其他24名亡者或为犯工，或为修筑海子山至阿坝县城段时牺牲，其名录在理县纪念塔和米亚罗纪念碑上未有刻记）。

如今，筑路英烈们长眠于成阿路旁，长眠于松柏掩映的青翠苍山中。人民不会忘记，历史不会忘记，英烈们永垂不朽的功勋。

成阿公路结束了阿坝地区"无一寸公路"的历史，将阿坝州与外界连接起来，打开了长期闭塞的阿坝通往外界的大门，促进了州内外的物资交流，推动了全州各项事业的发展，对阿坝民族地区经济振兴起到了先行作用。它的建成，对于阿坝这块神奇的土地，具有深远的意义。

4

新中国成立之初，阿坝正处于解放时期，新生民主政权刚刚建立，在阿坝境内修筑公路，筑路队伍不仅要与高寒雪山、草地泥沼、悬崖绝壁、险谷激流等恶劣的施工环境和物资匮乏、工具拙劣、补给困难等艰苦的施工条件做斗争，更要随时提防逃窜到境内、尚未被完全消灭的国民党反动势力和破坏民族安定团结的反动农奴主势力。有的工程如马塘至海子山至阿坝、龙日坝至唐克至郎木寺、可尔因至壤塘等公路工程，筑路队白天筑路施工和晚上休息时都须设置安保警戒，被形容为"背枪修路，抱枪睡觉"。

修筑成阿公路不仅能沟通贸易往来，也是各民族凝聚的最大共识，各族群众都以不同方式出力支援建设。汶川贸易公司成立推销组把货物运到桃坪、通化、羊角墩等方便民工购物。民工们说："有了贸易公司的推销组，我们买东西真方便，不耽误工作，又免受奸商剥削。"马尔康、松岗、梭磨的藏族同胞组织上千头牦牛运输队，为鹧鸪山筑路队运送料具、粮食、柴火等物资。每逢大雨、冰雹时，为保护物资免受潮，大家用毡衣遮盖物资，宁愿自己被雨淋、被冰雹打。在筑路期间，曾先后组成了14000多人的运输队，有力提供了后勤保障。部队承担了最艰巨的工程，同时也生动实践了军民鱼水情。在休息时，战士们帮驻地的老百姓治病、收割庄稼、打柴、喂猪、背水，与他们建立了深厚的感情。1955年11月10日，当1辆彩车和22辆汽车组成的车队从阿坝藏族自治州人民政府所在地的刷经寺，向阿坝县城外缓缓驶去时，参加成阿公路全线通车典礼的人们沸腾了。他们奔走相告，双手紧紧相握，流下了激动的泪水，这时是他们最幸福的时刻。

为将解放前州内著名的古道之一的汶川中滩堡经卧龙至小金的"小路"建设为公路，以林业部门为主要建设主体，从1960年年初至1978年10月，历经19年，先后分段修建了中滩堡至卧龙至花园坟至小金县城公路。该路从三圣沟起，经12盘回头线过垭口，翻越海拔4200多米的巴郎山，再经26个弯道下山，过花园坟到小金。该路建成后，曾经在1981年至1995年8月期间被规划为国道317线，即"川藏北线"。

2003年12月，全州第一条高速公路都（江堰）映（秀）高速开工建设。2007年，在州公路局内设立农村公路建设管理科，大举推进全州农村公路建设，大批农村简易土路被硬化、"黑色化"。

2009年5月，全州第一条高速公路都（江堰）映（秀）高速建成通车。人们的出行更加方便了。

成阿高速公路原名成汶高速公路，已纳入成都市"十三五"交通建设规划。该项目原初步拟定路线是接成彭高速，从彭州西侧经丽春、桂花镇接第三绕城高速互通，再向北经磁峰、龙门山镇至汶川县接都汶高速、汶马高速，后又改为起于成都第二绕城高速的郫都区古城互通，沿彭州市西侧，经丽春镇、磁峰镇、至龙门山镇后设龙门山特长隧道穿越龙门山，至汶川县克枯乡处接在建汶马高速，路线全长约 90 千米。

在成阿路建成 57 年后的今天，阿坝的交通状况已经发生翻天覆地的改变。

如今，都（江堰）汶（川）高速公路业已建成，汶（川）马（尔康）高速公路、成（都）兰（州）铁路开工，近年来，汶川紧紧抓住西部大开发，灾后恢复重建，脱贫攻坚，对口援建，乡村振兴等重大历史机遇，精准发力破解交通瓶颈。从没有一寸公路，到全县首条高速公路建成通车；从没有铁路到首条山地轨道交通规划建设；从一条时断时续的"生命线"到四条全新"生命线"的规划建设；从农村机耕道到四通八达的一线环线交通路网建设，一条条公路让汶川沟壑变坦途，铺就了汶川人的幸福新生活。

这对 1949 年前"没有一寸公路"、贫瘠困苦、闭塞落后的阿坝来说，对身处雪山、草地的各民族人民来说，不啻于是天翻地覆的变化，堪称人间的奇迹。从成都平原沿国道 213 线，一路来到汶川威州，宽阔整洁的柏油马路蜿蜒向前，像一条动脉血管，弯弯曲曲地绕岷山伸展，盘旋在羌村山寨的水泥路，如一条条毛细血管呈网状，途经漩口、丹青水磨、神韵映秀、大禹故里绵虒、无忧城威州……

5

1953 年 3 月初，成阿公路汶川县至理县段刚刚贯通，理县龙窝寨小学的王光明小朋友难掩兴奋之情。他给修筑成阿公路的民工写信说："在反动派统治时候,莫说是汽车,就是修路也没有见过。解放了,毛主席为了改善我们少数民族的生活,才派民工叔叔来修路。"1953年1月,成阿公路筑路民工二支队二大队二中队,给稍早前在朝鲜战场上牺牲的黄继光的母亲写了一封饱含深情的慰问信,兹节录如下。亲爱的黄妈妈:当我们听到你的儿子黄继光同志,为了保卫祖国和全世界人民的安全,在朝鲜战场上英勇牺牲的消息后,我们非常感动。我们一百多个同志,都表示要坚决向你的儿子学习,学习他那种高度的爱国主义和国际主义精神,努力工作,克服一切困难,争取早日修好成阿公路,把我们祖国建设得更好,还要用实际行动加强抗美援朝,支援志愿军。

1953年5月初,成阿公路一支队四大队二十一中队来到了理县洪水沟。他们见到当地到处是人粪、马屎、垃圾堆得如同小山,阴沟淤塞不通,粪坑里的尿水装满了,流得到处都是,太阳一出来,蒸发得四处都是臭味。全中队认识到卫生的重要性,就立即着手打扫和整顿。中队的厨房紧邻一座厕所,他们就动员老乡掩埋了厕所,还疏通了阴沟,清除了人畜粪便。不仅如此,该中队还成立了卫生委员会、爱国卫生宣传组,借此向当地老乡、过路民工、行商宣讲卫生的重要性。洪水沟的爱国卫生运动搞得有声有色,感动得当地70多岁的吴大娘说:"你们一来,洪水沟好像亮多了!"杨念群曾论及,朝鲜战争期间中国的卫生防疫运动从单纯的反对"细菌战"转型为常规化的"爱国卫生运动",而这一过程实现了从情感激励型的国家民族主义形式向与日常生活节奏密切相关的常规性卫生运动的切换。当然,内地推进爱国卫生运动时,主要依托卫生行政部门、医护工作者、广大的群众。相比之下,20世纪50年代初的川西北高原上，新的各级基层政权以军事、政治工作为重心，尚无力开展卫生防疫工作。这一时段的成阿公路筑路队伍几乎就是一个不断向高原纵深移动的政府，义不容辞地承担了包括爱国卫生运动在内的职责。事实也是如此，到1953年7月成阿公路筑路队伍的爱国卫生运动越发专业化。比如，养路大队二中队二分队的卫生员牟世龙在理县甘溪地方主动与农会配合，既宣传爱国卫生运动，又编订了卫生检查制度，在他的努力工作下，"羌族老乡也讲究卫生了"。又如，一支队二十一中队的卫生员谢道芬在一个大雨滂沱的早上来到大队部为患癫痫病的藏族民工亚木畅做治疗。再如，三支队三营十连的付友培、一支队一大队五中队的谭安皖、一支队四大队二十中队的余光辉等卫生员，经常给病人洗衣服、端开水、煮病号饭、背重伤病人大小便。

1953年5月15日，成阿公路筑路一支队一大队二中队在理县叫一颗印的地方举办文娱晚会。晚会即将开始的时候，山上的少数民族兄弟们，打着火把，从四面八方向一颗印围拢来。节目一个接着一个，歌声、掌声、欢呼声、锣鼓声，不绝于耳。在大伙的热烈欢迎下，少数民族兄弟姐妹们给大家唱了优美的歌曲。大家更兴奋啦！都自动地唱起了《团结就是力量》。如下的一则小唱更是直抒胸臆：

　　成阿公路长又宽，越过万水和千山，红花开在绿叶上，成都阿坝要相连。十五月亮圆又圆，高山寨子接平原，藏族羌族和汉族，弟兄携手齐向前。

如果说民族团结是修筑成阿公路过程中的主旋律，那么修筑者尝试建构该公路的形象不止于此。比如，将修筑公路隐喻为"翻身的利器"，修筑者创作的一首歌曲如是表述："千年的岩石翻了身，挡路的古树斩断根，锄头快快挖，铁锤用力打，我们的公路呀嗨！一直到阿坝。要把公路修得宽又平，汽车跑得稳，运进百货与机器，藏胞的生活得改善。"作为当时新生事物与先进技术的代表，蜿蜒在鹧鸪山间的成阿公路，让修筑者不由自主地将之比喻为龙：高高的鹧鸪山，耸立在云间，仰头也难望山顶，飞雪六月天。巍巍的鹧鸪山，交通被它拦，羊肠小道盘山转，丛草铺满一山，鹧鸪崖高坡又陡，爬山真是难。春雷震天响，解放军来到鹧鸪山，半山腰上搭帐篷，战斗在云雾中，就凭英雄两只手，拿起了铁镐要把路修通。……看那悬岩峭壁上显出平地，鹧鸪山腰出现了路，公路好似一条龙，弯弯曲曲修上山，我们是筑路英雄，我们是开路先锋！

在修筑成阿公路的过程中，修筑翻越海拔 4000 余米鹧鸪山的盘山公路尤为艰辛，军工、民工、技术人员等为此付出了极大的牺牲与努力，最终实现了从羊肠小道到现代公路的转换。

成阿公路的延伸面临诸多困难，甚至是阻力。复杂的地质地貌、高原的极端天气、简易的筑路工具等客观困难自不消说，还须协调筑路队伍与沿途民众的利益冲突，加之筑路民工内部不同地区、族群、文化背景的差异，要使他们对修路意义的认识快速提升到建设现代民族国家的层面，实属不易。作为应对的策略，一方面，来自基层的筑路模范在不断地被塑造和宣传；另一方面，少数民族精英或自发或受邀，通过恰当的言行表达他们对修筑成阿公路的积极态度。事实上，20 世纪 50 年代初，来自川西高原上的少数民族精英层次更为多样了。1953 年 3 月 20 日，从茂县水西村走出的羌族老红军、时任西藏军区后方部队参谋长的何雨农，回到家乡探望母亲。这天他从成都出发，安安稳稳地坐着汽车，行走在路基非常平坦的成阿公路上，一路上见到了不少新气象。何雨农不无感慨地说："为什么藏族自治区会建设得这么快、这么好呢？这是因为我们党有各族广大的群众，我们的党和群众有血和肉一样的联系。"何雨农来自羌族普通家庭，参加红军改变了他的生命轨迹，使他成为解放军的高级军官。上述报道特别刻画他回家所使用的新式交通方式，再以他的所见、所闻、所述，呈现出四川藏族自治区的全新面貌。回家省亲的何雨农在家乡停留的时间毕竟短暂，一些四川藏族自治区籍的少数民族老红军则是修筑成阿公路的决策层，诸如羌族老红军苏新，修筑成阿公路期间他担任筑路指挥部副司令员、阿坝自治区（现阿坝藏族羌族自治州）人民政府副主席。如果说藏族、羌族老红军是资深的少数民族精英，那么20世纪50年代初，国家培养的新生代少数民族知识分子、干部都无不为成阿公路的不断推进而欢欣鼓舞。比如，1955年1月四川藏族自治区成立两周年之际，远在首都北京学习的本区学员向自治区人民政府发来贺信。学员们特别提及："不久的将来，成阿公路全线通车了，它将给我们山区带来更大的繁荣，给各族人民带来更大的幸福。"

这一时期，少数民族精英还来自以往的土司、土官、活佛、守备、头人。在新的历史条件下，经过中国共产党的民族政策的贯彻落实，他们多数已成为自治区的各级干部。虽然这类人士的地位和角色发生了根本转变，不过，他们对于区域社会的影响力依旧不可忽视，新生的自治区政府对此有清醒的认识。每当成阿公路取得重要进展之时，《岷江报》《筑路报》就会刊发索观瀛、华尔功成烈、苏永和、卓苍·昂旺格勒、杨绳武等人士的祝贺言辞。或者，每至自治区的重要会议、庆典的时候，上述人士的发言也会专门述及修筑成阿公路的非凡意义。1955年11月10日，成阿公路全线通车的典礼在四川省藏族自治区首府刷金寺隆重举行，自治区人民政府副主席索观瀛在庆典上讲了话，还亲自为彩车剪彩。全国人大代表、自治区人民政府副主席华尔功成烈也表示，成阿公路全线通车是自治区各族人民的一件大喜事。通车后，"就会使我们少数民族地区和内地联结起来，加强物资交流，自治区的政治、经济和文化事业也会得到进一步的发展。现在我以无比欢欣的心情来祝贺成阿公路的通车"。

总体而言，成阿公路修筑与现代民族国家构建是互为表里、相互支撑的关系。到 1950 年 9 月新政权已基本控制川西北高原的东部、南部地区，以此为基础，1950 年 12 月，西南军政委川西行署交通厅公路局"灌茂公路工程处"得以成立。值得注意的是，此时公路的走向是溯岷江而上至茂县凤仪镇，这里是历代中央王朝普遍设立治所的地点。伴随公路自灌县（今都江堰市）向汶川县的延伸，国家对川西北草地、川甘青结合部的局势有了新的分析和判断，1952 年 3 月公路的目的地调整为阿坝县，"成阿公路"由此得名。1952 年 6 月黑水战役爆发，此时公路已贯通至汶川，在之后 3 个月的军事行动期间，公路修筑不仅没有停滞，反而为战役的胜利提供了后勤保障作用。1952 年 12 月，四川省藏族自治区建立，区府仍驻茂县，也就是说此时的地区政权首府并没有位于公路沿线。1953 年年初成阿公路的修筑向川西北藏区腹地推进，到 1955 年 11 月全线贯通。这时四川藏族自治区人民政府已经完全掌控川西北局势，自治区首府遂搬迁至农区与牧区接壤处的刷金寺，这里也是成阿公路的枢纽之一。当然，作为系统工程的现代民族国家构建，建立各级基层政权只是其中的重要环节，它还至少包括相关机制的落实、理念的灌输。20 世纪 50 年代初的川西北高原，成阿公路的修筑责无旁贷地肩负起了这些任务。可以想象，第一次见到平坦公路、飞驰汽车的川西平原的农民与川西高原的牧民，都会产生相似的新奇感。那么，如何让少数民族的新奇感转化为对国家的仰慕之情呢？成阿公路的修筑与这条现代道路的意义建构是如影随形的。除了将成阿公路塑造为民族团结之路外，充满时代特征的"翻身做主人"等意象也被烙印在成阿公路之上。黑水藏族同胞筑路先进事迹的密集书写、多层次少数民族精英的争先表态，则映射出公路的延伸、现代民族国家的构建，确实是各族群、诸利益群体不断磨合、磋商的艰辛历程。

6

这是阿坝历史上史无前例的大事件。走在这条用鲜血和汗水铺就的智慧线、生命线、补给线、汗水线上只听到当年叮叮当当的铁锹、钢钎与砂石的碰撞声从河谷、从山崖上传来，这声音从早响到晚，从冬响到夏。直到寒鸟归巢，青稞进仓的时节，这声音依然没有稍事休息和停顿，还从脚底响到头顶。

錾子们，头天已累得筋疲力尽了，他们尖尖的锋利的门牙已被磨得变成了大牙。风箱鼓的风，把一炉子碳吹得火花盛开，錾子们躺在火炉的胸膛，好好地打了一个猫盹。翻过身来，手锤对他们一阵使劲按摩，他们的牙齿又恢复了利索。第二天清晨，他们又叮叮当当地啃石头了。石头不好吃，錾子们每啃一口，牙齿上都火花四溅，而他们啃的地方，都只留下浅浅的印痕。錾子们是不服输的，一口啃不动，那就两口，两口啃不动，那就三口，一天啃不动，那就两天，两天啃不动那就三天。一个人啃不动，那就十个，十个人啃不动，那就百个。你再硬的石头，哪里经得起錾子们的蚕食？手锤、钢钎、二锤、大锤也轮番上阵。石头虽然像堡垒，哪里难得住身经百战的錾子的软硬兼施。石头这个强大的敌人，还是被錾子们各个击破了，最终，所有挡在路上的石头都缴械投降，俯首称臣，败下阵来。

又是一天累下来，錾子们，鱼贯而入，钻进临时工棚或者借用的民房，过夜。在没有民房，无法搭建工棚的地方，錾子们哪样苦没吃过，哪样的难没见过？他们就地取材，和衣睡下。他们生来就不怕雨不怕雪，不怕饿不怕冻，他们的手上磨成了泡，没关系，水泡干了就老成了茧，寒就浸不进他们钢做成的身躯了，痛就涌不入他们铁做的心脏了。他们"不怕肩磨破，不怕手磨穿。决心如钢坚，战胜大自然"。

錾子们有时蹬着石孔，拴着垂绳，挂在绳梯上，有时又在刺骨的山溪涧水里啃石头，錾子们唱着歌儿，还发明了"抽石漕""灌水淬纤""单人衔钎"。

在最艰苦的时候，錾子们就用朝鲜战场上奋勇作战的中国人民志愿军的英雄事迹鼓励自己，以中国工农红军长征的英雄事迹作为自己的榜样。

为了早日建成这条路，无数錾子付出了巨大的艰辛，191根錾子甚至献出了宝贵的生命。他们披荆斩棘、艰苦奋斗、出生入死、无私奉献。他们以"敢叫日月换新天"的开创精神、"誓将革命进行到底"的革命斗志，终于战胜了石头，完成了那个时代伟大的壮举。

四

1

在成阿路修建之前，阿坝州交通不便，广袤的大地上没有一寸公路，仅有两条古道与外地相通。坡陡如壁、百步九拐，只有一条

"三垴九坪十八关，一锣一鼓上松潘"的"大路"和从灌县出发，经兴仁到卧龙到懋功的"小路"（小西路）到达阿坝州各地。

大路在岷江东岸，从灌县（现都江堰市）经威州（今汶川县威州镇）、茂州（今茂县）到松潘，全长近700里，宽约1.6～2.3米，名为松茂古道，又称"灌松茶马古道"，是阿坝地区自古以来北连甘、青边区，南接川西平原的主要商旅走廊，实际上就是我们今天国道213线的"九环线"路段。商人们用骡马、牦牛从藏族地区运出毛皮、山货、药材，然后在灌县换回藏区人民生活的必需品：粮食、盐巴、茶叶、布匹等。走这条近700里的漫漫长路，人们要经过三垴（寿星垴、西瓜垴、东界垴）、九坪（豆芽坪、银杏坪、兴文坪、大邑坪、杨木坪、富阳坪、周仓坪、麂子坪、镇坪）、十八关（玉垒关、茶关、沙坪关、彻底关、桃关、飞沙关、新保关、雁门关、七星关、渭门关、石大关、平定关、镇江关、北定关、归化关、崖塘关、安顺关、西宁关）、一锣（罗圈湾）、一鼓（石鼓）才能到达松潘。

这条道是一条千载的商贸通衢、军事要道和民族历史文化长廊。

另外一条古道，从灌县经卧龙到达懋功（今小金县），被称为"小路"，由此路可再通靖化（今金川县），是一条著名的茶马古道。

较大的支路有一条：从汶川经理番（今理县），翻越鹧鸪山到刷经寺，再分别进入"四土"地区（今马尔康、黑水、金川等县大部地区，"四土"是指当时管辖上述地区的梭磨、卓克基、松岗、党坝四个土司）和草地牧区（今阿坝、红原、若尔盖、壤塘等县大部地区）。从威州经理番，翻越鹧鸪山进入草地的路线，实际上就是建国后成阿路的修筑路线。

另有小道数条：草地牧区北面若尔盖可由小道通甘肃，东面松潘、南坪有小道通平武，西面阿坝、壤塘有小道通青海、甘孜，南面懋功有小道通雅安。

此外，在崇山峻岭中，虽然有百步九拐的羊肠小道，但大多数坡陡如壁，坎坷难行。无论大路、小路、支路都如史籍所述："其间鸟道羊肠，千回百折；长峰巨岭，棋布星罗；水不可行舟，陆不可并辔。行于汉人居处之地，尚有桥梁可济，旅舍可居；如入土人住牧之境，则路断人稀，险阻尤甚。"

1891 年，董湘琴行走在灌松茶马古道上，一路行走，一路写作《松游小唱》。《松游小唱》成为记录这条古道的珍贵文字记录。

2

董湘琴出生于 1843 年，卒于 1900 年，终年 57 岁，清末灌县（现都江堰虹口）人。光绪十年（1885）以直隶理番厅乙酉科"拔贡"入仕。人称"川西第一大才子"的董湘琴是川西羌族董姓土司的后裔。唐朝贞观十九年（645），"茂州羌起事"，诸羌叛乱，唐王朝出兵镇压。贞观二十一年，"羌酋董和那蓬固守松州有功"，"以董和那蓬为刺史"，从此董姓羌族成为一个声名显赫的大姓，历史上一直成为中央政府在羌族地区的代言人。宋代也以董姓为羌长。元朝推行土司制度，董旺格封为静州长官土司。明代成化时期，董百彪被封为通化土司，住维城。清朝顺治时期，静州土司董怀德归附清朝，建立衙门，其子董光书中举，建立董氏祠堂，设立祖先牌位，制定宗支行序。康熙时期，董百彪一支后裔迁往灌县，世居虹口，清朝末期这支董姓羌人通过开办煤窑、淘金、开矿、种茶、种药、制漆、开发森林，逐渐成为富豪。董湘琴就是董百彪一支的后裔。董湘琴受到了羌族文化的影响，同时又长期生活在羌族与汉族的过渡地带，受到了汉族文化的影响。他看到了满清的腐败，帝国主义势力时常入侵中国，慈禧太后又专权误国，许多仁人志士都在寻找救国救民的真理。董湘琴耳濡目染，也"世乱每怀陶侃志，时艰独抱仲淹心"。可是时运不济，常感怀才不遇，"尝以戎马书生自命"。咸丰年间，四川东乡（现四川宣汉）发生了"东乡血案"。1879年，东乡血案白冤，四川"哥老会"成员到京向张之洞致谢。董湘琴曾经得到过张之洞的关照，也常以张之洞"门生"谦称。董湘琴也是哥老会成员，也随同前往张府表示感谢。在整个过程中，董湘琴胆识过人，不辞辛劳，公正无私，加之又是羌族豪门，就被"哥老会"尊为"冒顶"，成为四川西路袍哥"九合宫"会首。光绪年间，松潘境内民族矛盾激化，清朝派夏毓秀任松潘总兵，进行围剿。但收效甚微。因为董湘琴身出豪门，又是土司后裔，熟悉羌藏民情，又深谙汉族文化，加上又是袍哥会首，夏毓秀知道松潘、理县、茂县、汶川有很多地方乡绅加入了以董湘琴为首的袍哥组织，就盛情邀请董湘琴为幕僚，董湘琴一直没有多少机会参与政事，现在得到夏毓秀的邀请，心情非常愉快，"把已过的路儿细细想，把未来的路儿慢慢访""灌阳郁郁闲居久，几幅渔书催促后，辞不得三顾茅庐访武侯，把行期约定在九月九，走！"过去报国无门，现在有了这样一个显露身手的机会，甚至有求之而不得的感觉。

3

董湘琴一路行吟，整理为《松游小唱》，记录了彼时灌县至松潘一段路途。

清澈的岷江倒映着蓝天白云，巍巍的群山如高大的山神，又像一个睡意未消的仙女，披着蝉翼般的薄纱，含情脉脉，凝眸不语。董湘琴坐着滑竿，从灌县出发，经镇夷关，过虹口到茶关，来到龙溪（龙池）。沿路都是背背子歇气的打杵子坑坑，还有骡子和马匹驮茶包子走出的脚印。董湘琴一路听见背夫用打杵子歇气"嗨哟"的声音，马儿颈脖上"叮当叮当"的铃声。不时来到娘子岭。在娘子岭略作休息，即兴赋诗：

> 天生一岭界华夷，上十五里，下十五里，佳名自古称"娘子"。把新旧《唐书》重记起，天宝、开元，这典故无从考据。伍髭须（即伍子胥）、杜拾姨（即杜拾遗），或恐是才人游戏。盼不到为云为雨巫山女，梨花一枝，仿佛在溟蒙空际。空山瓮马蹄，一路行来迤逦，彳亍至岭头小憩。

上下 30 里的山路，是进阿坝广袤土地的唯一通道。三国名将姜维 40 多岁时，开通了这条古道，主要以拓展疆域，便于军事行动，解除蜀汉北伐曹魏政权的后顾之忧。到了公元 7 世纪，在大唐王朝的西部兴起了一个强大的地方政权——吐蕃。唐蕃之间在四川境内形成了以松茂茶马古道为界的对峙态势。由于唐蕃的关系，茶马古道成了以战略物资互换为主的战略交通要道。战马在当时是决定战争胜负的重要战略物资，而战马又来源于黄河上游吐蕃统治地区。吐蕃需要的茶叶、盐巴、布匹、丝绸、铁器等物资又在中原和四川。为此，唐蕃协议，在甘肃和四川建立茶马古道的物资集散地，将物资在灌县集中后，便组织马帮、骡帮和背夫队伍，把物资运到松州，然后再运往吐蕃。那些骡马帮和背夫经年累月走在这条古道上，不知道是如何的辛劳。羊子岭又叫娘子岭，旧时有汉族地区与少数民族地区分界岭之说，是松茂古道上爬坡最长的一段路。传说娘子岭的娘子，是指杨贵妃。岭上建有木头架起的房子，有吃有住，是骡马帮和背夫歇脚的地方。董湘琴行经十五里上山，山上并没有见到"娘子"的蛛丝马迹。稍作休息后，带着轻松地心情下坡。经过十五里下山，到了映秀。抬轿子的人累了，自己也累了，便在映秀歇息。

憩毕又肩舆，下坡路儿略快些。坎有高低，弹丸走坂须防备！最怕是狭路逢弯，肩舆簸荡空中戏。俯视深无底，令人惊悸。猛想起，九折邛崃，有人叱驭，又想起，"有胆为云"语，出在《淮南》记。丈夫忠信涉风涛，胆儿小怎步得上云梯去？况七百里途程，如瓜初蒂。千思百虑，死生有命何须计。渐渐的来平地，抬轿人馁矣，坐轿人惫矣，映秀湾歇憩。

小憩毕，轿夫抬着轿子，继续上路。700里路途，这才相当于黄瓜开了花蒂。前路漫漫，只是看见沿路，上边是山，下边是河，山连着山，不禁感慨万千。

憩毕肩舆又上肩，松潘西望路漫漫。风景渐难看，河在中间，山在两边，九曲羊肠，偏生挂在山腰畔。抬头一线天，低头一匹练，滩声似百万鸣蝉，缠绵不断，搅得人心摇目眩。最可厌，一山才断一山连，山山不断，面目无更换，总是那司空见惯。问蚕丛开国几经年，这沧桑为何不变？行程要耐烦，水榭风亭，或有个地儿消遣。

沿路都如清朝诗人袁枚《山行杂咏》中描述的一样：十里崎岖半里平，一峰才送一峰迎。青山似茧将人裹，不信前头有路行。第二天，又徒步行走十五里下坡路，来到箩圈湾和兴文坪地界。诗人董湘琴见景生情：

经过豆芽坪，复经麻柳湾。东界垴，无可观，东倒西歪几家茅店。豆芽、银杏与兴文，此三坪无可留恋。经沙坪，过罗圈，行来彻底关。关门朽烂，风雨飘摇剩一椽，更兼着阴崖绝壑天容惨，锁不住寒溪水昼夜潺湲。坡下小停骖，炊起炊烟，行人向例该尖站。

豆芽坪、麻柳湾、东界垴、兴文坪、罗圈湾、彻底关，都没有什么特别的地方。一路走一路歌，心情没有那么好。穷乡僻壤的茅草路，满目萧瑟凄凉的山村环境，诗人觉得没有一点点生气，那就一笔带过。

场口闲游玩，见人行溜索飞如箭，到头来捷似猱猿。小留连，也要算书生涉险如开眼。红日坠西山，行十里抵桃关。

桃关关上种胡桃，桃树桠槎都合抱。曾记得十年前此地游遨，酒肆茶寮，往来商旅蜂衔闹。斜阳晚照，见几处门楣真不小。退光漆匾，驷马门高，泥金额，皇恩旌表。吾宗此地有人豪，是西来表表。何事恁萧条？询土人，方知道。年逢庚寅，山龙王胡闹，匝地起波涛。雷轰电扫，江翻海倒，烟笼雾罩，人语喁嘈，鱼鳖登床蛙上灶。顾不得携老扶幼，哭声嗷响，贸贸的把一干人断送与江鱼腹饱。我来此地重悲嚎，白茫茫寒烟衰草。风景甚刁骚，抵一篇《吊古战场》文，无此凭吊。红日西沉了，匆匆过索桥。余霞散绮暮烟消，好良宵，羊店一觉。

董湘琴途经桃关，目睹寒烟衰草，禁不住悲从中来，以文凭吊，感伤缅怀。桃关值得大书特书，这里曾经有酒肆茶寮，有不小门楣，现在变得萧条，一打听，原来这里经历了水灾，往来百姓哭声号啕。

诗人无可奈何，对黎民百姓的遭遇，深深同情。

羊店一宵眠，飞沙晓渡关。高高一塔插云端，塔铃声碎风吹远，行人须早晚。日当午，风正酣，若遇着大王雄，纵乌获、孟贲也称不敢。扬尘扑面，吹平李贺山，杜陵老屋怎经卷！

羊店，古道上的驿站。有民谣"威州的包子，板桥的面，要讨女人到羊店"。后来，随着社会的变迁，"威州的包子小了，板桥的面少了，羊店的女人老了"。

飞沙岭连飞沙关，岩刊石纽山，相传夏后诞此间。《蜀王本纪》：禹生广柔，隋改汶川县。凭指点，刳儿坪地望可参。今古茫茫，考据任人言。我来访古费盘桓，总算是尽力沟洫称圣贤，有功在民千秋鉴。

董湘琴在《飞沙关》一节中，点明：《蜀王本纪》中就记录了大禹出生在汶川县飞沙关。

路曲又逢弯，弯外鸣滩，银涛雪浪飞珠溅，飞到山颠，点点湿征衫。风猛烈，水喧阗，风声水声搅成一片。纵有那健儿百万齐嘶喊，强弩三千，也射不得潮头转。澎湃吼终年，恐项羽章邯，亦无此鏖战。

得得到关前。观音殿闲停喘，放眼江山。由来此地称天险，把滟滪、瞿塘上油独占。万流奔赴一深潭，不敢低头看。方信到如临深渊，兢兢战战。下坡来沙平路缓，舆人快活三，放胆高眠。

又经过飞沙关一段险路，下坡后，悬着的心才放下来。

行程不过五里远，山容渐淡，天容渐宽。隔江树色浓于染，斜抹轻烟。蓦然见金碧辉煌，问道是何王宫殿？途人指点说乩仙，祈祷多灵验。此语闻来真喷饭，又不是御大灾，捍大患，皇皇祀典。非鬼何须谄？木客山魈，或恐把俎豆馨香来赚。枉自费金钱，堪笑还堪叹。行行已抵汶川县。

一城如斗拱万山。城外萧然，城内幽然，风景绝清闲。断井颓垣，疏疏落落谁家院？行过泮宫前，衙门对面，绝不闻人语声喧，多应是讼庭草满。由来此地出名员，甲榜先生多部选。尽可学鸣琴子贱，潘孟阳饮酒游山，真消遣，且偷安。纵教选个庞士元，百里才到此地也无从施展。街道匆匆游览遍，城外茶税关。

城是指绵虒，历史上为汶川县城。汉武帝元鼎六年（前 111）建绵虒县的。现为汶川县绵虒镇，历史悠久，文化底蕴深厚，名人辈出。据《蜀中广记》记载"汶川县，汉之虒县也，虎有角曰虒，行水中，地有此兽也"，因而得名。满清未造，城里城外一片萧索。但是，到汶川来做县令的，多是朝廷命官。纵然有庞统的本事，也无从施展才华。

过桥去，涂禹山。土司土官，蜀国屏藩，论世袭，远追唐汉。切莫笑夷蛮，要算是此邦文献。日落远衔山，眨眼又过三架湾，投宿在板桥茅店。

董湘琴从沿途的山光水色中，选取了独具特色的景致稍加点染，便勾勒出一幅幅轻快明丽的画面：

　　　　板桥早发七盘沟，残月尚如钩。晓风吹起毵毵柳，门外碧
　　　　溪流。山月水秀，好风景在场头！萧萧竹木天容瘦，水碓鸣榔，
　　　　闲点缀花开篱窦，却少个临风招展飘旗酒。山势渐夷道，上坡
　　　　路不平不陡，螺旋蚁折，山似巴江学字流，整整的七盘消受。
　　　　攀跻到岭头，望威州绝似齐州，云烟点九。

董湘琴觉得，传说是人们渴望着美好的一种向往，认为每日午
后吹起流沙，形成大片沙漠，是河谷空气对流造成的自然现象。于
是，继续赋诗：

　　　　岭上风光分外明，路旁沙色白如银，似一所玉屏，寻不出
　　　　些儿刀痕斧痕。纵刀断斧切，也无此齐整。风起皱沙纹，纹如
　　　　片片龙鳞影。山势渐微平，滩声远不闻，山鸟山花多雅静。且
　　　　稍停，来访天官旧日坟。何朝何氏起家声？惜无个传记碑铭。翁
　　　　仲已斜倾，石人石马荒榛困，今昔总怆神。怪不得荆棘铜驼周伯
　　　　仁，都感慨到河山风景。五龙飞剑何须论，野语齐东姑妄听。

观察生活细致入微，比喻形象，刻画生动，惟妙惟肖，读后犹
如身临其境。

　　　　姜维城下起笳声，促征人。晚塞暮云横，凉月又东升。山深
　　　　况副复又秋深，西风飒飒肩舆冷。何处远人村？烟火迷离，茅屋
　　　　柴门，疏篱透出寒灯影。不必雨纷纷，已是行人欲断魂。猛抬
　　　　头，威州已近。

威州自古叫维州，城号无忧。三面环山一面水，李文饶旧把边筹。冤哉，悉怛谋！牛李自此生仇构。怀古不胜愁，匆匆旅店投。店门外闲游。六街灯火明如昼，真个是人烟辐辏。呼儿旅邸频沽酒，深宵话久，一枕黑甜游。鸡声唤起行人走，鞍马铃骡，又扑起征尘五斗。

威州自古称为维州。唐武德元年，白苟羌降附，乃于姜维故城置维州。贞观元年，羌叛，州县俱罢。二年，生羌首领董屈占者，重新设置维州，移治于姜维城东。上元元年，河西、陇右州县，皆为吐蕃所陷。赞普为图蜀川，久攻维州不下，遂派妇人嫁维州。20年中，生二子。蕃兵攻城时，二子作为内应，遂攻陷维州。吐蕃改维州为无忧城。从此以后，吐蕃兵多次袭击川西。韦皋任节度使期间，没能收复无忧城。大中末年，杜悰统治四川，维州首领做内应，才将维州收复。文宗大和五年，悉怛谋任维州守将，投降唐朝。剑南西川节度使李德裕受降，派遣将领镇守维州。牛僧孺为宰相，与李德裕不和，遣返悉怛谋，悉怛谋遂为吐蕃所杀。悉怛谋成为牛李党争的牺牲品。宋景德三年（1006），因由京城发往山东潍州文书误投维州，故将维州改为威州，与霸州并列，意为"威制西羌"。

十里过街楼，山明水秀，好风景在场头。驻马场口，整冠束袖，特地访名流。尚家昆仲无与俦，白眉尤属后来秀。姑勿论九世明经，吾乡罕有，只此腹笥便便，也算得文坛耆宿。一笑登堂语不休，清茶一瓯，强如座对闲人酒。非我爱勾留，是西来好友，是生平畏友。欲别又绸缪，殷殷话旧。大丈夫各有千秋，赠言强当临歧柳，抵多少河梁携手，送我在雁门口。

往事沧桑如梦，人生几度秋凉。当年，诗人董湘琴路经雁门见景生情赋诗：

锁钥西来一雁门，是松州重镇。边气郁萧森，江间波浪兼天滚。周将军到此何曾？偏有这脱靴痕，双撑如笋。长途有空城，塘所烟墩，汉唐古迹今犹剩。教人想前朝战争，羽檄征兵，进尺则尺，进寸则寸，处处劳鞍镫，由来弃地有明徵。何事最撩人？野鸟山花，幽崖曲涧饶风韵。明妃出塞最销魂，青冢黄昏；纵文姬寒食归来，已不堪飘零红粉。往事怕重论，同是天涯沦落人，司马青衫，年年都向泪痕损。

过过街楼，过通鹤城，董湘琴晃晃悠悠，走完了现汶川全境。又坐着滑杆，逶迤而去。

五

横跨威州岷江两岸的威州钢绳大桥，是在1966年的冬季开始修建的，于1968年7月建成通车。全桥长约225米，宽约8米，可以同时载重九辆货车（满载），两侧有行人通道。耗资约120万元。大桥建成后，一改威州历史以来仅靠竹索桥通行的面貌，更是方便了成阿公路道上的来往车辆，彻底改变了过去只靠趸船摆渡过河、靠溜索过江的局面。

随着经济的发展，成阿公路已与甘肃、青海、西藏公路连接，已定为国道线（国防线），来往车辆日在800辆以上。显然趸船（一次只渡两辆）就远远不能适应了。威州地区建设日益完善，人口亦日益增多，仅靠索桥通行，不仅不便，而且还有安全隐患。

阿坝州政府决定建设威州大桥，于1966年冬从州交通局抽调了行政领导张自禄、骆安昆二同志并派建桥工程师石毅、工程科长杨自得、技术员陈维章等同志，同汶川县威州区的领导同志共同组成了大桥指挥部。

大桥设计为钢绳柔式吊桥。第一项工程就是浇灌两岸的桥基和桥墩。桥基的深度约10米，长约10米，宽约10米，桥墩高约15米。浇注桥基、桥墩除水泥之外，需要的沙石共约3万立方米。沙的要求较高，必须粒粒不含泥，经沿河多处寻找，最后才终于在雁门关外的2千米处的沙滩上找到了。这样多的沙石，浇灌那么深大的桥基和那么高的桥墩，自然需要劳动力较多。县里就把这项任务下达到了威州区。威州区区长自然地担负起了动员、安排、领导民工的任务。于是就从全区的四个乡即威州乡、雁门乡、克枯乡、龙溪乡抽派了民工约300人进行工作。

▲ 威州姜维城　（余耀明／摄）

126

因原渡车的渡口是在七盘沟，随着大桥的修建，岷江河东岸七盘沟至威州的这段公路（原没有路）必须新建起来。修桥又修路仅靠威州区的民工力量显然难以完成。于是县里又组织了民工担负改道修路任务。威州区下辖雁门乡、克枯乡、龙溪乡的民工负责大桥的备料和浇注工作，威州乡的民工担负修建从七盘沟至沙窝子（现万村砖瓦窑处）这一段路的任务。

改道任务是艰巨的。第一道难关就是七盘沟口，沟口岩石坚硬，都是花岗岩层，许多民工手磨破了，虎口震伤了，但工程进展缓慢，远远跟不上工期的需要。怎么办呢？指挥部设法调来了风钻机，才把岩石切了下来。第二个难题是沙窝子，有长约800米的路基底层都是松沙，必须用人工从河滩运来石块或用打下的岩石碎片运来填底。"沙窝子"的特点就是风大、沙多，民工们每天就在风沙弥漫中劳动。每日下班，民工们头上、脸上，就连嘴里都含满了沙。他们却没有一丝怨言。

1966年冬天特别寒冷，纯朴的民工勤勤恳恳坚守岗位。威州区区长与大伙一起运沙石、注桥基。桥墩渐渐屹立起来，民工的任务就算完成了。指挥部又从养路部门调来了20余名架桥的技术工人，正式架设桥绳、桥梁和铺建桥板。经过工人同志们的艰苦奋战，架桥任务很快就完成了。1968年7月正式验收通车。通车那天，满载货物的九辆载重车同时上桥检验了大桥的承力，验收通过，鞭炮齐鸣，欢庆架桥成功。

值得一提的是，石毅工程师，当时已年逾花甲，但他从开工到完工始终坚持如一日，校正工作一刻未停，桥成之后，经他计算，东岸和西岸桥基的误差比国家要求的标准还小，他本人高兴极了，说这是他一生建的一座误差最小的桥。

还值得一提的是，为了这座桥和改建公路，还牺牲了二位同志。

一位是威州乡布瓦大队社员汪其森同志。他负责威州乡的伙食工作，上街采购食材时遇车祸不幸死亡。另一位是养路工人钟洪兴同志，他为了检查浇注桥墩的水箱盛水情况，从20余米高的木架（放水箱的架）跌落于汽车八队堆放烂铁的铁堆上，当即牺牲。他们为修桥献出了生命！

成都通往汶川的路，以往主要走213国道。现在，从汶川出发，走都汶高速，只需穿过几条隧道，路过几座大桥，个把小时就到都江堰。从汶川出发，沿汶马高速，到理县到马尔康，也只需一两小时。遇山穿道，遇水搭桥，再不需要翻山越岭，也不需要坐船了。从汶川沿着岷江河谷，正预铺设汶川至松潘的出川高速。成汶高速也在紧锣密鼓施工中。制约汶川的交通瓶颈一步步打开。一条条道路，是一条条富民路，是一条条生路。不仅解决了出行的难题，随着人们南来北往的交流呈几何级数增多，人们的视野也随之走出岷江峡谷，从而奔赴平原和高原，奔赴人们视野之外的开阔土地。

茶　记

那个时候，冬天特别冷。房顶上盖着厚厚的一层雪，梯田里冰结得老厚。把板凳翻转过来，将板凳脚上拴上葛藤，就变成了滑板车。一群小屁孩，坐在板凳上，在田里呼啸而来，呼啸而去。手冻成包子，脸冻得通红，乐此不疲。天黑时，各回各家，各找各妈。

屋里倒温暖，葛槐（带根挖出的树桩）火烧得旺旺的。围着火塘，有时，母亲会煮一截腊肉，温一壶酒，再炒几个菜。一顿酒足饭饱。烧肉时，我总是看见腊肉冒着青烟，发出嗞嗞的响声。火塘边，总煨着一壶茶，茶壶煨得黢黑。父亲说："去倒盅茶来。""那你得讲故事。"我懒，不愿意动，讲条件。父亲有时候讲《四下河南》，有时候讲《张晓打凤》，有时候讲《薛家将》。他的故事，是从二爷爷那里听来的。父亲说，那些年的冬天，他下午上山打一背篼葛槐，晚上一大家子围着火塘听我二爷爷讲书。二爷爷讲的书可多了，什么三国列国水浒，都能讲。"你看你父亲，没有喝多少墨水，三国列国就讲不全了。你要好好读书，要像你二爷爷那样讲书。你读到哪里，就是把瓦片卖了，我都要供你读书。"

吃过饭，喝罢茶，父亲也会讲茶故事。

父亲说，最有名的茶故事，当数"坐，请坐，请上坐；茶，奉茶，奉香茶"。他裹了一支烟，喝一口茶，然后就来兴致了：

话说苏东坡有一次到山里去游玩，一路看着美景，不知不觉走到了一座古庙前边，苏东坡挺高兴，就进了庙，打算歇歇脚。庙里管事的老道，看进来的人穿着一身旧衣裳，心想：哪儿来的这么个"穷酸"，可又不能不招呼，他就坐在椅子上，爱搭不理地冲苏东坡一点头，说："坐。"又一扭脸对身边的小道士说："茶。"可老道跟苏东坡一搭上话，就吃了一惊："这人学问不小哇！"马上站起来，把苏东坡让到了客房。一进客房，老道口气也变了，挺客气，对苏东坡说："请坐。"然后又叫小道士："敬茶。"老道再一细打听，真没想到，面前的这位"穷酸"，就是大名鼎鼎的苏学士！老道吓了一跳，赶紧起来让苏东坡："请上座！"又喊小道士："敬香茶！"

老道觉得这位大学士难得来到庙里，可别错过机会。他就满脸堆笑，说："久仰学士大名，请您给庙里写副对子，贴出来，我们脸上也有光彩。"

东坡先生看老道的样子，觉得又可气又可笑。于是就写下了一副对子：

坐，请坐，请上坐；

茶，敬茶，敬香茶。

一副对联，短短12字，表面写的是茶，字里行间却含茶味，饱含人间百味。

父亲说："你看，苏东坡可以饮香茶，不像我喝的这个，是自家产的土茶。"其实，都是这个茶。到了不同的家里，不同的场合，茶的地位也就发生了变化，名字也就变了。

父亲说，你要好好读书，我再给你讲个茶故事。读了书，别人就骗不到你，挖苦不到你。你要仔细听。父亲接着讲：

过去有个朝奉，没读几天书，有天去一个茶农家。朝奉眼睛长在头顶上，茶农就想捉弄他。一壶茶煮好以后，茶农端上茶来，说，朝奉大人，我这茶好啊，你朝奉来得正好，我作一首诗，赞美这茶，也欢迎你饮茶。说完，他摇头晃脑：此茶不是非凡茶，不到三月不采摘（川东话读"杂"），妇女喝了月经发，你朝奉喝了嘛长神沙。朝奉听了，饮一口茶，竖起大拇指，好茶好茶，好诗好诗！我那时还小，也不敢多问。父亲说，前面一句我就不讲了，你看，最后一句，是骂朝奉的，晓不晓得？神沙，是猪身上长的。他这是在骂朝奉是猪嘛！你看那些读书人，骂人不带一个脏字！

母亲开口了，你给娃儿讲那些做啥子？老不正经。父亲呵呵地笑。

饮了茶，父亲也吹吹唢呐，唢呐声吸引了下午一起玩的小伙伴到我家来烤火，来听我父亲吹唢呐。我脸上，现在想来，当时肯定很神气吧？父亲再饮一盅茶，看我们意犹未尽，更来劲了：我唱一首《倒采茶》给你们听！

腊月采茶下大凌嘛六冬节，王祥为母嘛牡丹花，卧寒冰嘛倒采茶；王祥为母寒冰困那个六冬节，天赐那个鲤鱼嘛跳龙门啦倒采茶。（衬词下同）

冬月采茶冬月冬，秦琼打马过山东；秦琼打马山东过，夜撞潼关一场空。

十月采茶小阳春，董永卖身葬父亲；董永卖身真孝子，天赐仙女配成婚。

九月采茶菊花黄，木连和尚去寻娘；十八地狱都寻过，转来封他地藏王。

八月采茶是中秋，杨广观花下扬州；一心想吃桂花酒，八万江山一旦丢。

七月采茶七月七，牛郎织女两夫妻；比人夫妻长相守，天河隔断两分离。

六月采茶六月阴，宋朝有个穆桂英；七十二道天门阵，阵阵不离她本人。

五月采茶是端阳，刘秀十二走南阳；铫期马武双救驾，二十八宿闹昆阳。

四月采茶四月八，丁山三请樊梨花；辞别母亲去挂帅，保住唐王坐中华。

三月采茶桃花红，杨泗将军斩蛟龙；斩得蛟龙头落地，一摊鲜血满江红。

二月采茶百花开，无情无义蔡伯喈；苦了前妻赵四姐，罗裙兜土垒坟台。

正月采茶得一年，刘备关张结桃园；弟兄徐州失散了，古城相会又团圆。

《倒采茶》是民歌。现在想来，那时的民歌，一代代口耳相传下来。民歌里，有故事，有毁誉忠奸，给年轻的一代播下了关于是非曲直的种子。

那时，父亲是生产队的副业队长，平时种茶炒茶。有一次，父亲在生产队的公屋炒，把我带在身边。一山山的茶采回来，父亲一锅一锅炒茶。炒了茶，得揉，得搓，得团，得晾。实在太困了，父亲在灶边睡着了。我也睡着了。不过跟我睡着不睡着没有关系，我还太小，甚至没有记忆。火苗从灶孔里钻出来，烧了我的头，我头顶上留下一道疤。幸好有母亲做的尾巴帽护着，不然，恐怕留下的就不仅仅是一道疤了。母亲知道了，担心我会残疾，以后讨不到婆娘。母亲哭着，欶了父亲一顿。再炒茶时，父亲不再带我到身边了。再后来，父亲也很少吹唢呐了，他为我们的学费忙碌，没有了闲工夫。一片片的茶园，荒芜下来。父亲也不再喝茶。无论打霜落雪，都是牛饮一瓢冷水。

我却有了一点喝茶的习惯，对茶也多了一点了解。

▲ 欢欢喜喜采茶忙　（张芫／摄）

二

唐朝陆羽之前，有"荼"字无"茶"字。陆羽将荼字删去一横，改为茶字。且著《茶经》，凡十篇，7000 余字，从此改变了茶的命运。

陆羽的命运，何尝不像茶的命运？

据《新唐书》和《唐才子传》记载，唐开元二十一年（733），龙盖寺住持僧智积禅师在竟陵（湖北天门县）西湖之滨拾得一弃儿，貌寝。还没有姓名的陆羽以《易》自占一卦，得《渐》卦："鸿渐于陆，其羽可用为仪，吉。"卦意：鸿雁飞于天上，四方皆是通途，两羽翩翩而动，动作整齐有序，可供效法，为吉兆。陆羽自定姓为"陆"，取名"羽"，又以"鸿渐"为字。似乎谕示着：本为凡贱，实为天骄；来自父母，竟如天降。陆羽在黄卷青灯中识文断字，习诵经典。12岁时，开始到戏班子里学戏，饰演丑角。虽其貌不扬，且有口吃，但幽默机智，后来还编写了三卷笑话书《谑谈》。天宝五年（746），竟陵太守李齐物看到了陆羽出众的表演，十分欣赏他的才华和抱负，遂赠诗书，修书隐居于火门山的邹夫子，推荐陆羽到他那里学习。

天宝十一年（752），礼部郎中崔国辅贬为竟陵司马。陆羽拜别邹夫子，与崔国辅常一起出游，品茶鉴水，谈诗论文。

天宝十五年（756），陆羽为考察茶事，出游巴山峡川。行前，崔国辅以白驴、乌犎牛及文槐书函相赠。一路之上，他逢山驻马采茶，遇泉下鞍品水，目不暇接，口不暇访，笔不暇录，锦囊满获。

乾元元年（758），陆羽来到升州（今江苏南京），寄居栖霞寺，钻研茶事。次年，旅居丹阳。

上元元年（760），陆羽来到苕溪（今浙江吴兴），隐居山间，闭门著述《茶经》。他常身披纱巾短褐，脚着蘑鞋，独行野中，深入农家，采茶觅泉，或评茶品水，或"楚狂接舆"。

茶的命运，何尝不是如此。它一般不生在肥沃的土壤中，岩石缝里，山路边，多见茶的身影。但是对土地的酸碱度有要求。在适合的地方，长得枝繁叶茂。不适合的地方，即使土地肥沃，也不能出茶。阴山的茶，品质较次，可是茶又更适合生长在多雾的环境中。雾气弥漫的阳山生长的茶，才可能是好茶。一般采茶树的嫩芽。雨水节后，虫儿蛹动，茶树开始苏醒，开始活泛出熠熠神采。鹅黄色的小芽从茶丛中冒出来，浑身还长着绒绒的鳞毛。茶姑们就开始了忙碌，把毛尖一粒一粒采下来，放在事先准备好的锅里，这锅也有特别的要求，一般不做他用。炒过菜的锅，一般不用作炒茶。炒过菜的锅，不管你怎么清洗，都会留下菜和油隐隐的味道。柴火也有诸多讲究。一般用青冈木炭，火才结实、旺盛。火讲究火候，火大则焦，火小则绵。一阵猛火，木勺一阵翻炒。待茶叶渗出水分，稍微收缩一下芽形，木铲就派上了用场，三几下将茶芽铲在簸箕里，用木叉把茶芽铺匀。待茶叶稍微冷却，洗净手的炒茶师，手也自然干了。他用手抹、揉、搓、捻、团。茶芽温度跟体温差不多时，炒茶师又将茶倒进锅里，一阵翻炒，然后起锅，揉搓。如是者三，茶算是炒好了。炒好的茶，不能放在太阳下曝晒，只能放在避阳通风处自然风干。太阳晒了，茶就臭了。一般一天一晚，茶芽就基本干了。时间长了，茶就霉了。阴干了茶，置于陶罐中，搁于干燥通风阴凉处。

　　煮茶用陶锅，用泉水，用阳山采制的青冈木炭。水烧开以后，稍微冷却，将阴干的毛峰茶，用木勺取一撮，搁于水中，再煮。煮的时间，跟饮茶人的喜好联系起来。喜好浓茶，多搁一些茶叶，多煮一些时间。煮的时间不宜过长，时间长了，茶酽而浊。煮过的茶，不能隔夜。隔了夜了，就成了宿水。饮茶时，将茶汤取出，倒于茶碗中。去掉浮于表面的茶沫，轻轻呷一口，在嘴里稍作停留，再吞。一种苦尽甘来的味道，在舌尖，在嘴里，在喉咙，满口生香。

　　陆羽的人生，何尝不是苦尽甘来的味道。有道是"未曾清贫难成人"，经历了少年时的遗弃，青年时的历练，到得头来，遍察名山，遍访茶友，终于修得正果，为茶树碑，为茶立传。从此，茶走出了乡野，走出了自生自灭，从而融入王公贵族，融入普罗大众。王谢堂前，寻常百姓，或品或饮，或呷或啜。得意与失落，得宠与受辱，尽在一盏茶中。

一盏茶，不过两种姿态：或浮，或沉。浮，是为了释放内在的馨香；沉，可成就醇厚内敛的滋味。一浮一沉之间，恍若人生起伏，最终归于平淡与安宁。饮茶，不过两种姿势：或拿起，或放下。人生如茶，浮时淡然、沉时坦然，拿得起，也要放得下。拿得起，需要勇气和担当；放得下，需要智慧和洒脱。放下执念，多一些清简的自由；放下怨恨，多一些平和的豁达。

三

我知道汶川历来产茶，是为西路边茶。《茶经》中说："剑南以彭州上。"彭州周围产茶为上品。汶川即处在这个区域。汶川的茶，主要生长在现在银杏一碗水、映秀、漩口、水磨一带。这个区域，处于龙门山和邛崃山系之间，毗邻青城山。紧邻成都平原，处在成都平原周边山区，海拔 780～3000 米，雨量充沛、云雾多，空气湿度大、漫射光强。银杏、映秀、漩口、水磨年平均气温 13℃～14.4℃，大于 14℃的积温 4008.5℃～4581.3℃；年降雨 1300mm，无霜期 230～250 天。冬无严寒、夏无酷暑，日照较长，雨水充沛，有利于氨基酸、维生素的形成。土壤多为黄壤和棕壤，ph 值 4.0～6.5，有机质含量高，通气蓄水性能好，土壤较肥沃。

而在这样的海拔突然降至 780 米的龙门山和邛崃山的皱褶里，就生长了佳木，生长了茶树。水磨、漩口、映秀、银杏等产茶区，尚存的古茶树在 1139 株以上。茶树受到了得天独厚的眷顾，不管春夏秋冬，寒来暑往，都有高原的冷气流和平原的暖气流的加持，冷暖交锋中自然山雾氤氲。这样的环境，就像舞台上用干冰制作的布景，烟雾缭绕，似梦似幻，仙女婀娜着身姿翩翩起舞。神仙居住的环境不过如此。茶树当是神仙，沐浴在甘露中，自然就娉娉婷婷，娇艳灼人了。历史上，龙池的茅亭茶，银杏的一碗水，成为贡茶，被皇室垂青，就不足为怪了。这些茶，经过了恰切的阳光、刚好的雨露加持，颗颗都是珍珠，粒粒都是宝贝。

大致在唐朝以后，茶叶成为西北少数民族生活中不可或缺的必需品，也成为此后历朝统治者稳固边疆，团结少数民族的"政治之茶"。与蜀地相连的青藏高原和西北地区尚茶成风，而中原因战乱需要大量战马，于是各取所需，"茶马互市"兴起。随着茶马互市、茶马贸易的发展，汶川成为茶马古道西路（灌松茶马古道）的组成部分，汶川的茶叶开始流通西北。

汶川产的茶，是谓西路边茶，主要是黑茶。

黑茶在 1000 多年前是一种不需发酵的绿茶。当时，运到川西北高原少数民族地区的茶叶，主要靠人背马驮，加上路途遥远，往返一趟少则十天半月，多则两月三月。那时没有遮阳避雨的工具，下雨时茶叶被淋湿了，太阳出来了晒干了茶叶，这样干了又湿、湿了又干，如此反复，茶叶当中的微生物发酵，成了黑茶。而这种颜色和味道的黑茶深受牧民们欢迎，汶川漩口（漩映片区）的制茶人根据人们的这种喜好，用发酵的方式生产出了新的品种——黑茶。黑茶成品外观呈黑色，为了便于长途背运，一般压制成紧压茶。其汤色呈红褐色，较之其他茶类，耐冲泡，味道更浓郁。黑茶保存时间长，且越陈越香。变了色，改了味的四川边茶，因为在马背上诞生，也被称为"马茶"，风靡西北部少数民族地区。如果说在之前的茶史中，汶川茶都是掩映在"川茶""边茶"的光辉里，虽有光却不够夺目的话，那么经过这一次脱胎换骨，马茶无疑让汶川茶闪耀了起来。漩映片区的气候环境适宜于茶树的生长，汶川茶因其得天独厚的自然环境和茶马古道的因素赋予了汶川漩口茶更多属性。它之所以能够在庞大的川茶和边茶的系统当中挣得如此响亮的口碑，靠的就是汶川茶的制作工艺。选用更为粗老的原料，经过精细的加工程序，经过多次发酵，32道工序，每一个细节都决定了黑茶的品质走向。

漩口、水磨，在1957年前属于灌县（现都江堰）管辖。《灌县志》记载："灌产西边茶，岁约二三万包"，川边'边茶'茶号总销细茶1400～1500担，其中汶川县1000担（50000千克）；粗茶2.5万包（大方包茶每包50千克）。映秀、银杏属汶川管辖，《汶川县志》记载："1940年总销4万包，1949年产细茶34800余公斤，粗茶7500余公斤、红白茶500公斤，苦丁茶250公斤。"

1962年，阿坝州外贸局在汶川漩口镇开办茶厂，对茶叶实行统购统销，产品远销青海、甘肃及西藏等地。后来，漩口、水磨、银杏、映秀扩大了茶树的种植规模。据汶川县政协文史资料，1957年汶川产茶11276市斤，其中细茶5176市斤；1970年达62415.5市斤，其中细茶13553市斤；1983年调进18900市斤种子，种植面积384亩，与玉米混种860亩。1985年增加到1486亩，年产茶25821市斤，其中细茶6899市斤……

5·12汶川特大地震，震毁了汶川人的家园。汶川的茶园也震毁了。茶树疏于管理，没于树林荒草之中，没了生气。传承了上千年的西路边茶，没了传承人。制茶是手艺，师父一般很少带徒弟。就是带徒弟，也会"留一手"，他们害怕"教会了徒弟，饿死了师父"。汶川特大地震，造成近 10 万人遇难。映秀、银杏、水磨、漩口的制茶师，没能逃过劫难。西路边茶，也就香消玉殒了。

四

2015 年，一款叫作"大土司"的黑茶，亮相中华文化促进会举办的"万里千年文明交融——2015 重走丝绸之路"大型国际文化交流体验活动，作为唯一代表中国黑茶的品牌受到世人瞩目。消失了多年的四川黑茶、西路边茶、汶川茶，在众目睽睽的期待中，终于重现身影。

2017 年，"大土司"黑茶，登上了中国人民对外友好协会主办的沿海上丝绸之路"盛世公主"号邮轮，巡展 10 多个国家。茶叶像使者，一路飘香，向世界宣告，西路边茶、映秀茶、汶川茶满血复活；映秀人、汶川人怀揣一颗感恩的心，向关注、关心、关爱、关怀汶川的每一个眼神、每一滴眼泪、每一颗爱心、每一顶帐篷、每一抹橄榄绿、每一件白大褂，表示敬意和谢意。每一粒茶叶，都凝结了汶川人民的坚强不屈，都凝聚了汶川人民感恩的心。制茶人蒋维明把满腔热忱，揉进了一粒粒茶叶。一粒粒茶叶，带着汶川人的使命，宣示了汶川人的铭恩奋进。

蒋维明原来并不种茶，也不炒茶。

汶川特大地震时，蒋维明的父亲身居青城山，母亲在成都。青城山就在汶川映秀的南边，与映秀一衣带水。地震时，他马上打电话联系父亲，电话不通。父亲蒋友文参加过抗美援朝，后到茫茫戈壁滩支持国防建设。母亲司慧茹 1958 年入伍，也是一名老兵。他们舍家为国，为共和国的建设做出了属于他们一代人的贡献。现在，父亲生死未卜，蒋维明心急如焚。他只身从北京出发，马上奔赴青城山。青城山满目疮痍，面目全非。蒋维明沿青城山、都江堰寻找，哪里都不见父亲的身影。蒋维明继续给父亲打电话，还好，不知道过了两天还是三天，终于打通了父亲的电话。父亲在成都一家医院。马不停蹄，蒋维明来到成都，找到了父亲。父亲说，我还好，受了一些轻伤。一辆出租车，看见我受伤了，不由分说，把我拉到成都，安顿进医院，出租车转身就离开了，我甚至不知道出租车司机姓甚名谁，他住在哪儿。我这儿不需要照顾，你的任务，就是去找到这名恩人。父亲平时话不多，今天却说了那么多话。直到今天，在曾经当过兵的蒋维明看来，父亲的话如雷贯耳，是战场上的命令。自己作为一名战士，深深地知道，士兵的天职，就是服从命令。

怎么找呢？人海茫茫，没有线索，要找到这个救命恩人，犹如大海捞针。转眼望去，四处是橄榄绿、白大褂，他们在挖掘倒塌的房子，在疏通道路，在救治伤员。他们都是在大地震中，不计个人安危救助像父亲一样的人的恩人啦。找不到具体的那位救助父亲的人，那应该感谢的，就是他人，就是社会，就是祖国！自己行囊空空，用什么回报他们？

蒋维明这才想起，自己曾"云游"四海，学习"茶经"。回想自己2000年开始学习做茶，不过是为"讨生活"，糊口而已。做的茶与他茶大同小异，当然也就泯然众人。这哪里是做茶？蒋维明想，如果把这个阶段理解为读书的话，就像还在读学前班，理解成画画的话，就是信笔涂鸦，理解成书法的话，那就是还处在练笔画阶段，只能说一横一竖写直了，而没有法度。品茶是境界，做茶同样也是境界。此是后话。要做好茶，那就得读书，那就得行路。

他背着行囊，像一个流浪诗人。遍访名山大川，或野岭荒山。所到之处，只为学习茶事。他先后到过西湖品龙井，到洞庭尝碧螺春，到庐山看云雾，到黄山饮毛峰，到安溪喝铁观音，到云南会普洱。各种各样的茶，浮现在蒋维明的脑海中。灵感陡然来了，有道是，滴水之恩，涌泉相报。自己不就是一粒茶叶，自己何不用学到的"茶经"，回报社会？

蒋维明回到雅安，这里是茶叶的故乡。蒙顶山茶，赫赫有名的蒙顶山茶就出生在这里。蒋维明知道，南路边茶就从这里，一路向南，向西，直走到云南、西藏，一路继续走下去。他要用自己宽宽的双手，炒一锅锅好茶，让茶走进千家万户。让更多的民众，尝到苦尽甘来的味道。

蒋维明炒着茶，心里面常常想起父亲的话语。不炒茶时，他继续寻访，茶聚有缘人，说不定遇而不遇，就能找到那位具体救助父亲的人呢？

映秀，映秀。蒋维明想到了映秀。或许，到映秀一边炒茶，一边可以等到恩人来到曾经的震中呢？

映秀是个好地方。2012 年，蒋维明一到映秀就产生了这个感觉。因为自己是炒茶人，就对茶生长的环境特别敏感。映秀这个地方，确实是产茶的地方。高山峡川，云雾缭绕，茶树适合生长在这样的仙境中。经过灾后重建，映秀的阴霾已经渐渐散去。一排排楼房整整齐齐，一条条街道干干净净。映秀渐渐显露了生机。通往娘子岭的红沙沟，路边生长着茶树，吐出了新芽。路边有茶，这里一定有茶园。不出所料，"天生一岭界华夷，上山十五里，下山十五里"的娘子岭，周围的山野中，生长了一丛丛古茶树。茶树们，在岩石的缝隙里，在沟壑边，那么倔强、坚强。似乎它们也在等待，等待一场春雨，让它们重现生机。等待有缘人，等待识茶人，犒劳那些关注、关心映秀的人。

蒋维明感慨良多，如释重负。就是找不到那位恩人，也可以学习恩人们的精神，采集娘子岭的茶，炒一锅好茶，温一壶细茶，犒劳那些来映秀的客人，慰藉映秀民众曾经受伤的心灵。蒋维明犹如吃了定心丸。在映秀扎下根来，开始了炒茶。

待的时间久了，他知道映秀，曾经叫中滩堡，这里曾经是茶马古道西路重要的驿站。蒋维明站在中滩堡望娘子岭，仿佛看见，一袋袋茶包子从茶关一路走来，经过东界垴、寿星垴、西瓜垴、彻底关、豆牙坪、银杏坪，一路缓缓而来，逶迤而去。背夫和挑夫打杵歇脚，揩着涔涔的汗。路边总是有鸡毛店，店里的阿妈或者孩童，都会脸上盈着笑容，奉上一碗边茶。马帮、背夫、挑夫就有劲继续赶路了。茶包子经过桃关、大邑坪、飞沙关、雁门关，一路北行，只达松潘，过黄胜关，就是"生番"地界了。再西行，茶包子到了草地。草地上才没马蹄的青草，开着小花。蓝天上白云朵朵，映衬着白塔和经幡。牦牛星星点点。帐篷里飘出缕缕青烟，人们在炉上煮着茶，往茶里放点酥油、花生、核桃、盐巴。饮了茶，就可以走出帐篷，骑着牦牛，唱着情歌了。有客人来，藏族同胞捧一碗酥油茶。有了茶，就可以坐在一起，身体感到了温度，家庭感受了温馨，整个场景也就感知了温暖。小小的茶叶，是润滑剂，是调和剂，是加油剂。有了茶，自然就有了交流，有了沟通，也就有了和谐。

只是，古法制作的边茶，几近失传。何不恢复制作边茶？映秀丛林中生长的古茶树、老茶树，出产的茶叶，经久耐泡，茶味浓郁，似乎更适合做边茶。

蒋维明继续琢磨，查找资料。一般制茶，经过采青、筛选、杀青、揉捻、烘干、炒制、装袋等工序，只是不同的制茶师，在把握炒制的火候，揉捻的劲道上有所区别，也就有了不同口感。这是传统的制茶法。蒋维明想，映秀出产的茶，味道酽实，优势明显。但是，老树出产的茶也有缺陷：甜香略次。他想起一个贵人来，在蒙顶山千佛寺炒茶时，因茶与毛教授结缘。毛老师曾在汶川当过知青，回城后专注"茶经"，毛老师讲：酒靠勾兑，茶靠拼配。那时只知道人们饮的酒，多是勾兑酒。自己还对勾兑有一些成见，以为勾兑略带贬义。也就对"拼配"不太在意了。难怪那时自己制作的茶成了大路货。

　　阿坝州有8.4万平方千米土地，处在横断山区东缘，海拔直接从780米，跃升至3千米。与成都、绵阳、德阳、广元、甘孜、雅安相连。从平原过渡到丘陵，丘陵过渡到山地，山地里有峡谷，海拔一路攀升，峡谷就连接了高原。这里"一山有四季，十里不同天"。再往西往北，就是西藏、青海、甘肃、陕西。灌松茶马古道，就成了纽带，把藏羌回汉各族儿女连接起来。民族文化在这里生长、交融。这里，曾经孕育了大禹治水、鳖灵治水、李冰治水，孕育了阿尔遗址、姜维城遗址和石棺葬文化，垂直交叉的气候的特征，立体多元的地形地貌，交融互补的民族文化，造就了人们对茶的需求丰富多元。自己通过摸索、传承，已经深谙绿、红、白、黄茶的制作工艺。现在，何不按照毛老师讲的"拼配"，将汶川茶和蒙顶山茶拼配一起？蒙顶山茶，回甘醇香。春茶甘甜，夏茶浓酽，秋茶温和。不同季节、不同地域产的茶，都有不同的味道。如果经过科学拼配、合理拼配，这样生产的茶是不是更适合不同人群的口感？凡事都是"告（试）"出来的。

　　这样，就有了黑茶大土司的诞生。将蒙顶山茶和汶川茶进行拼配，按照古法制作的黑茶大土司，有了汶川茶的浓酽耐泡，又具蒙顶山茶的清香甘甜。"大土司"一问世，就受到了阿坝各族儿女的喜爱，声名不胫而走，开始走出映秀，走出汶川，走出四川，走出国门。人们品着"大土司"，渐渐地，大土司的制作人蒋维明也被更多的人熟知。人们亲切地叫他"茶祥子"。他也觉得，叫祥子挺好的。祥子老老实实拉车，自己要像祥子一样规规矩矩做茶。用茶的品质回馈、回报社会。

五

"茶祥子"在制茶坊开辟公共空间，又修建茶室、展览室，每天煮好茶，开了门。慕名而来的人们络绎不绝。人们驻足下来，或品茶，或饮茶，或向他学习"茶经"。无论远客还是近客来，无论老客还是新客来，"茶祥子"总是奉上一碗茶，而一概分文不取。

▲ 茶祥子（蒋维明供图）

映秀镇上的小孩，没有课时，总爱到祥子爷爷这里来玩，来写作业，来临习炒茶。祥子爷爷待他们若亲人。小孩们是未来，是希望，是花朵，是太阳。祥子爷爷看见他们，脸上荡漾着慈祥的笑容。

现在，汶川茶园逐渐恢复，政府帮助茶园扩大规模。汶川全县现有茶园面积5150亩。清明节到了，茶园长出一坡坡的绿。村民们来到茶园，采摘新茶。

　　茶祥子看见一篓一篓的茶叶，陆陆续续从茶山上下来，走在索桥上，晃晃悠悠。在大土司制茶坊门前，人们三三两两，把茶叶送来。人们在农闲时间采茶，贴补家用。茶祥子准备了现钞，过了磅，人们领到一张张钞票，或者继续在"公共空间"饮一碗茶，聊聊天，或者慢慢离去。那天，茶祥子只看见一对母女，母亲背着背篓，女儿提着篮子。背篓里和篮子里，都盛着新茶。母亲的茶过了磅，领了几百元钱。女儿的茶单独过了磅，领了几十元钱。女儿把票子折了一下，揣在妈妈的裤子口袋里。小孩蹦蹦跳跳，走在母亲的身边。茶祥子仿佛忘记了"茶经"，目送着她们俩的身影慢慢远去。

　　茶祥子，用一己力量，用一杯茶，报答社会。蒋维明怀揣感恩的心，用一粒粒茶叶感恩他人。政府也评定他为州级非物质文化遗产传承人。

　　清明节过后，茶祥子开始"耕种"茶，开始了有条不紊的忙碌。做茶，已不需要自己太过操心。黄家坪、枫香树、中滩堡村的好些村民，跟着茶祥子学制茶，他们已经掌握了拼配和制作。在茶祥子看来，炒茶并不难，工序并不复杂。但，炒茶也是艺术。所有的艺术，有一个共同基础，它们都来自技术。仅仅有技术并不能成就艺术。远的不说，在映秀，有一位书法家王程。王程几十年如一日，练习书法，他的师父是碑帖。多数人，临摹了一月两月、一年两年，眼看有所成就，却为俗世所误。半途而废，功亏一篑，得不偿失。书法讲境界，制茶也讲境界。这个境界，境有象，界有态。境和界合起来是境界，境界却无形无相。茶，就是人在草木间。制茶的真谛，就是踏踏实实、抛弃杂念、平心静气、专心专注。茶和人合二为一，才是制茶师，才是师父。

　　传统的制茶师，是师傅。师父和师傅，二者读音一样，常常被人们混淆。像我父亲那样的炒茶师，更多的是师傅。他们能炒好茶，也能带徒弟。但是，他们传授的是手艺。茶祥子获得非物质文化遗产传承人称号以后，并不保留他的炒茶技艺。他说，非物质文化遗产不属于任何一个人。他常常给徒弟们讲授制茶的诀窍，毫无保留。他正带动更多人来传承茶文化。

2018 年春节前夕，习近平总书记来到映秀视察。在茶祥子的茶作坊，习近平总书记仔细了解与关心了茶产业的发展情况。总书记的鼓励让茶祥子心头乐开了花。他想，我只是做了一名映秀人该做的。自己只有继续研磨"茶经"，经营"茶道"，老老实实做茶，老老实实做人，才对得起那么厚重的期许。

映秀附近的山野里，大量产金银花。金银花具有清热解毒的药用功效。以前人们将金银花卖给药店。现在药店不怎么收购金银花了，何不生产金银花茶，为映秀的人们增加收入？他又开始琢磨研制一款新茶金银花茶。一步一步，现在茶祥子的制茶坊，规模不断扩大。

他已经在九寨沟、成都新建了茶室，传承制茶技艺。正在映秀建设地球茶仓，已经投入使用。他还计划将其开到国外，传播中国茶文化。在他的心里，以茶为媒，不仅可以为累了的人们奉送一份清凉，也可以为休闲的人们提供一份惬意。过去的茶馆，像老舍的《茶馆》，三教九流汇聚，可以插科打诨。像沙汀的《在其香居茶馆里》，订婚、生意、交流，都可以在这里进行。茶祥子的制茶坊，逐渐扩展了茶空间、金银花非遗体验馆、地球茶仓体验园。与映秀的乡亲，相互安慰，相互成长，彼此成就。从映秀出发，已经奔赴、行销成都、九寨沟、一带一路沿线国家。逐渐成为中国茶文化的宣讲者，现代茶空间的推广者，网络茶平台的推动者。

休闲的时候，茶祥子也饮着自己做的茶，煮的茶。这茶的味道，是酽酽甜甜的味道，值得回味的味道。回首来时路，苦尽甘来，如茶，先是微苦，后有回甘。向远处望去，茶山一片葱茏，一片青绿，无限延伸开去。他的心绪，也就更加开阔了。

寻找老人村

一

世传桃源事，多过其实。考渊明所记，止言先世避秦乱来此，则渔人所见，似是其子孙，非秦人不死者也。又云杀鸡作食，岂有仙而杀者乎？

旧说南阳有菊水，水甘而芳，居民三十余家，饮其水皆寿，或至百二三十岁。蜀青城山老人村，有五世孙者。道极险远，生不识盐醯，而溪中多枸杞，根如龙蛇，饮其水，故寿。近岁道稍通，渐能致五味，而寿益衰，桃源盖此比也欤。使武陵太守得至焉，则已化为争夺之场久矣。常意天地间若此者甚众，不独桃源。

苏轼在《和桃源诗序》中如是说。

桃花源，自然环境中，处处鲜花盛开，"芳草鲜美，落英缤纷"，"土地平旷，屋舍俨然，有良田美池桑竹之属。阡陌交通，鸡犬相闻"。男女老少在土地平坦的地里劳作，房舍井井有条，田是良田，池是美池，周遭栽的桑树，桑叶可以养蚕，蚕丝可以缝制绫罗绸缎。还有片片竹林，不仅仅有"宁可食无肉，不可居无竹"的文人雅趣，亦可将竹劈成篾，篾可以用来编制篮、笼、筐、簟，生活中的所需亦不愁了。"便要还家，设酒杀鸡作食。村中闻有此人，咸来问讯，余人各复延至其家，皆出酒食。"一场偶遇，渔人便被邀请，主人杀鸡宰鹅，拿出陈酿老酒款待。村民听说村中来了客人，都来嘘寒问暖，都用好酒好肉招待。你看，这三几十户人家，礼遇外人，待人热忱。有人递酒来，有人端茶来，一点也不欺生。

而且，"黄发垂髫，并怡然自乐"，大家都平等相待，不管老人和小孩，都安居乐业、自得其乐。这样没有剥削，没有压迫的社会，自然是老子"鸡犬相闻，民自老死不相往来"的传统男耕女织、自给自足理想世界的延续，也表达了陶渊明隐居避世的哲学思想。多少年来，亦成为部分文人士大夫的理想追随。从老子到庄子，从陶渊明到到竹林七贤，从王维到孟浩然，从朱熹到王阳明，现代以来，从沈从文到汪曾祺，他们或创立了无为的思想，或阐释了清净的哲学。黄老哲学，成为中国传统社会创立的基本哲学思想，成为中国传统文化的重要一脉。

可是，这样的世界存在吗？他在哪里？武陵人去了，被待若上宾。依依不舍离开时，还一路设置了标记，可是，以后他再也没有找到桃源，不仅仅他没有找到，太守也没有找到。这样的世界，在那样的时代，根本就不存在，陶渊明或许是听说，或许是杜撰，他只是表达了对理想世界的向往。桃源也叫世外桃源，似乎，这样的世界，存在于"世外"，也就是存在于世界之外，它根本就不存在。

苏轼对这件事情持怀疑态度。不妨把苏轼的《和桃源诗序》做个大致的理解：世上所传的桃花源这件事，很多都夸大其词。考察陶渊明所记载的，只说是先祖逃避秦朝的战乱来到这里，那么渔人所见的都是避乱人的子孙，不是其人，所以说并非那个秦朝人是不死的。又说杀鸡作为食物，哪里有仙人杀生的？以前说南阳有菊水，水质芳香而香甜，住了三十几户人家，喝那里的水都长寿，有的活了一百二三十岁。四川青城山那里有个老人村，据说五世同堂。道路极其危险遥远，活着的时候不知道盐和醯，而且溪水中有很多枸杞，它的根弯弯曲曲像龙和蛇一样，喝了那里的水就会长寿。近年来道路稍微通畅，逐渐能够接触到日常的调味品，故而寿命减短，所以就和外面的人寿命差不多了。当武陵太守得知了那里的时候，那里已经早就成为很多人争夺的地方。一般来说，天下像这样的地方很多，不单单是桃花源而已。

在《和桃源诗序》中，更是以质问的笔触，直指陶渊明《桃花源记》中的自相矛盾处，而且道明：青城山有老人村，也是世外桃源。

唐代韩愈也表示过怀疑，他在《桃源图诗》里开笔就写道："神仙有无何渺茫，桃源之说诚荒唐。"只是，他不像苏轼这样，一方面大胆假设，另一方面还小心求证了。

二

苏轼说青城山有老人村，也是世外桃源。同是宋代，150 年后的王灦读到了苏轼的诗句，开始寻找老人村。

王灦在绍兴年间为潼川转运判官。任内"搏节漕计，代输井户重额钱十六万缗"，获朝廷嘉奖。光宗绍熙年间为成都运判。潼川和成都，离青城山很近。1193 年，王灦骑着小驴，遍访名山大川。他心里面一直有个疙瘩，苏轼说青城山有老人村，这个老人村何以进入了苏轼词豪的法眼？听说老人村有五世孙者，王灦就更是感慨万千了。一般四世同堂，都应该是凤毛麟角的事情。你想，人生七十古来稀，三十年算作一代的话，古稀老人，他三十岁前生儿子，儿子满三十岁，他六十岁，能见到他的孙子，没有问题。但是要见到他的曾孙，就有点勉为其难了。但是苏轼说的，"有五世孙者"，就更是难乎其难的事情。这人，非得活上一百二三十岁，恐怕才能见到五世孙。

寻访当中，王溉甚至听到一些玄乎其玄的奇谈怪论。

传说苏轼到访老人村，见一白发苍苍的老人坐在青石板上哭泣，苏轼上前便问缘由，老人说："我爹打我。"苏轼感到奇怪，和老人一起走到老人家中，看见堂上一位仙风道骨的老者，老人说："这位是我父亲。"苏轼便问："您为什么打他？"老者说："我看他贪玩，叫他去给他爷爷送饭，他不肯。于是打他。"

怎么又是苏轼？

现在想来，历代附会，说"我的同学胡适之"，动辄附会说苏轼怎么样怎么样，就不足为怪了。在四川，家家户户，甚至都能讲出关于苏轼的故事。在汶川圣音寺，有与苏轼通信论画，提出胸有成竹论的文与可的题碑。自然也有关于苏轼的传说。

王溉阅读过苏轼的《和桃源诗序》，又有了在潼川、成都做官的经历。那时的官员，多有"读万卷书，行万里路"的经历。遍访名山大川、走乡访友是他们的人生履历。苏轼说了，老人村在青城山，到访青城山并不难。大致在汉朝时期，张道陵就在鹤鸣山、青城山一代修行，创立了道教。青城山逐渐走进文人墨客的视野，成为天下名山。王溉遍访青城山，有过往老者告知，要到老人村，还得翻过青城山。山之阳为青城山，山之阴为大面山。极目望去，跟他说话的白发飘飘亦仙亦道、非仙非道的老者，健步如飞，早已不知行到何处了。王溉寻着老人的步子，不时便来到老人村。回首来时路，上倚危岩，下临深滩。大面山上：琼楼仙室，金阙玉堂。周围灵禽异兽、奇花异草、香柏灵竹、云雾时隐。

"众里寻他千百度，蓦然回首，那人却在灯火阑珊处。"稍早时期的辛弃疾所言不差。王溉真的有点感慨。到得老人村，即兴作诗一首：

老人村

王溉

山前老泽经行路，百岁翁翁犹健步。

非仙非佛非鬼神，不识人间盐与醋。

嗜欲既浅亦机深，窟宅宜与仙家邻。

老泽是指獠（通僚）泽。獠泽是指獠泽关。"獠泽关在兴仁场下，唐吴行鲁题獠泽水石记即此。为番夷通华捷径，以上三十里为鹞子山，为汶灌分界处。"传说，诸葛亮迁群僚于青城山下，号为群僚。明景泰七年（1456）置，属灌县。《舆地纪胜》（151卷）永康军：僚泽："《图经》云：青城县北一百三十里。"《方舆纪要》（卷67）灌县：僚泽关"在县西南百里。董卜韩胡通华捷径也。"民国《灌县志》卷二："僚泽山有关，同山名。相传诸葛武侯迁僚于此。崖畔旧有石门，唐吴行鲁有《题僚泽水石记》，乃番人通华捷径也。"

三

和王溉同一时期的王象之，遍查《高宗圣政》《孝宗圣政》《中兴遗史》诸书，又寻访河流山川，编纂了我国第一部地理总志《舆地纪胜》。书中记载：

　　大面山之北有老人村，人家其中，与外世隔绝，子孙继世，如秦之桃源。

　　与苏轼、王溥所言不差。

　　《灌县志·舆地书》："自獠泽关渡（寿）江而南，绕西，林深路曲，是谓老人村。"灌县举人陈炳魁《灌县西路记》说："由獠泽关过绳桥，曰老人村。"钱茂编撰的《历代都江堰功小传·陈炳魁》记载，同治六年，邑令钱璋委办黑石河堰民工，并监筑钱公堤三百余丈，至今不毁。同治八年，县令黄源，请办新河当民工，亲往新河口安工，民起阻挠，乃委炳魁专任其事……同治十年，走马河秋涨，决开农坛湾一百余丈，入新开河。柳令（宗芳）命炳魁督民工。适水利同知曾定泰请加河工银五千余两，灌县应摊派六百两，炳魁谓系民工，恳请豁免，终得上级首肯。陈炳魁在灌县有口皆碑。

　　老人村的正式名称是"老泽"，也就是王溥所说的老泽。老泽源于獠泽。应为音讹变所致。据民国《灌县志》记载，"獠泽关在县（灌县）西南百里，乃董朴韩胡通华捷径也"，又云："相传诸葛武侯迁獠于此，岩畔旧有石门，上有唐（朝）吴行鲁所刊：《獠泽水石记》。"三国时候邓芝伐涪陵，迁古獠人于青城山老人村，设立獠泽关。汶川县《水磨乡志》："诸葛亮迁其徐、蔺、谢、范五千家于蜀青城山。盖涪陵人即古獠人，东晋尚有后裔千余家在岷江西，依青城山处士范贤自守。"可能依据的是文才《青城山志》："志谓诸葛亮迁獠为三国蜀汉延熙十三年（251）邓芝讨涪陵，乃迁其豪徐、蔺、谢、范五千家于蜀。遂世掌部曲，盖涪陵人即古獠人，及东晋尚有后裔千余家在岷江西，依青城山处士范贤自守。"李雄称王，复其部曲，故后世犹称本族为范贤之后。六朝间，青城有獠民，见诸记载。《续高僧传》说："值相，涪人尝任西郡吏，相入青城，聚徒集业，梁王肖伪素相钦重，供给僚民，以为管理"，"昔人避难居其中多享年寿。"

老人村在漩口上30里，沿河西行，林深路曲，密箐纵横，尘寰远隔，山水清淑。"今有兴仁场聚落，俗称水磨沟。人烟满市，山翠四围，平野稻畦，土色鲜润，宽广十有余里。"

历代以来，多有隐士遁居老人村。

宋代青城山的隐士散居各处。前山有刘蟠、李谌、王共父。青城后山的长坪山有苏静。天仓山有张俞，罗家山有程仲演。在大面山的隐士数量最多，除个别散居牛心山、中峰紫栢岭、白侯坝等处外，大多居住在老人村，例如，董正图、费孝先、谯定、李浩、赵日休、李铁铭等人。此外，还有少数隐士寄寓于道观。

南宋末年，蒙古军队侵掠蜀地，打破了青城山宁静的隐居生活。数十年的动荡平息之后，山中的隐士以及老人村的村民残剩不多。

元初有丹棱人史伯华入青城山隐居修道，他是元代为数不多的隐士。

明初三溪村以北大面山一带山地成为茶园，属蜀王府所有，而老人村已不复存在。1555年焦维章游青城山时，天师洞的道士告诉他，牡丹坪"去此尚远"，说明当时可找到牡丹坪。

明朝末年没有人清楚地知道老人村旧址所在。1619年修撰的《四川总志》或称"老人村在灌县西南八十里大面山"，或称"老人村在灌县西七十里，岷江之南，青城山之西北"，或称老人村"今属滋茂乡"。

明末清初，四川境内发生大旱、大水、蝗灾、瘟疫。连年战乱，天灾人祸，百姓苦不堪言，逃的逃，死的死。顺治八年（1651），四

川的人口竟不足 10 万人（另有资料说是 60 万人）。马玑被顺治皇
帝任命为灌县清代第一任县令。马玑到任来，只见杂草丛生，灌县
城墙倾颓不堪，县内十室九空，全县仅 1262 户，人口约 6000 人。
于是，他上书四川省府，争取移民政策，鼓励移民放心插占（移民
看好地方，插上树枝、竹枝等作为插占标志并围上，即为自己的土
地），修房造屋，安心农耕。100 多年后的乾隆五十一年（1786），
知县孙天宁创修《灌县志》统计，灌县户数已达 35535 户，人口：
男 65366 丁；妇（女）61867 口；共计人口：127233 人。经过休养
生息、湖广填川，灌县的人口大为增加。

　　历代的官员，多有理想，多有雅兴。马玑不辞辛劳，翻山越岭，
增饰乡邦。他以灌县城为中心，选定了青城洞天、翠竹栖凤、寒潭伏
龙、离堆锁峡、洞口生风、白沙晚渡、灵岩神灯、竹林夜雨和圣塔
晨钟、老人胜地十个景点，写了一首五言排律诗，以宣扬灌县风物：

灌阳十景诗

马玑

青城描不尽，客赏意何穷。

翠竹窝栖凤，寒潭住伏龙。

离堆岚锁峡，洞口石生风。

晚渡江沙白，灵岩灯火红。

竹林飞夜雨，圣塔响晨钟。

老人村尚在，不见白头翁。

　　他又以《老人村胜景》为题，作诗一首：

石径循岩过几弯，荒村名胜喜登攀。

世仍怀葛高风在，人类羲皇俗虑删。

每厌醯盐非至味，但知耄耋尽童颜。

桃源避客同千古，安得长生老此间。

在《灌阳十景诗》中，尾联用王溉典故，隐隐约约写到清朝初年老人村虽然还在，但已不见当年两鬓尽染的老者了。这是清朝初年，湖广填川后，老百姓刚刚缓和下来，有了一点生机的真实写照。《老人村胜景》中，更是写到诸葛亮迁僚人到老人村、苏轼《和桃源诗序》、范长生居老人村的典故。

清朝道光灌县举人钱毓岷，字礼门。清朝咸丰九年（1859）聘为储秀书院校长，同王昌南共事任教多年，在王昌南编写的《老人村竹枝词百咏》作序中写道："成都山水，发端于灌，而邑之青城周围，绵亘数百里，灵境异迹特多，古所称神仙都会者也。骚人逸士，往往探奇穴，辟幽居，超然遐思，有高尚之志。山阴则老人村在焉。今设兴仁场，市镇繁盛，民风习俗浑朴。自灌县城逶迤而上，峰峦起伏，长（岷）江如虹贯。或则壁立万仞，或者瀑布千寻，山势至此，轰然中开，山水交汇。纡回曲折。其地平坦，其水淡而清，其人寿而贞。"王昌南为老人村写了一本诗集。钱毓岷在老人村所在的储秀书院教书，当校长，为诗集作序，写到老人村当年境况和民风淳朴。

时间过渡到民国时期，抗战艰难的时期，一大批文人志士转战四川大后方。

1939年，著名画家张大千寄寓青城山上清宫，发现青城山和陕西终南山相像，终年苍翠，于是将这一个小秘密告诉了湖南才子易君左。其实青城山与终南山最相像之处，在于二者同受神仙文化的熏陶，而且都积淀有浓郁的隐逸文化。1943年夏天，张大千先生为了实现"搜尽奇峰打草稿"的宏愿，请山民带路，伐竹取道，披荆攀藤，登上赵公山顶峰。赵公山雄浑优美的景色启迪了他的画意，画了《老人村云图》和国画《老人村》。1963 年 3 月，张大千先生在新加坡维多利亚纪念堂举办画展，其中很受欢迎的《老人村》国画，便是从赵公山顶俯瞰老人村一带风光构思而成。

四

苏轼说，到老人村，"道极险远"。历史以往，到老人村有 2 条路线。一条是取道长坪山（在今青城后山泰安镇）至牡丹坪。宋祝穆《方舆胜览》："自青城之长坪山扪萝而上，由鸟道三十里许，有平阜数十亩，高树蔽天，春深先花，后叶状如芙蕖，香类牡丹。"祝穆所谓鸟道，其实是永康军守兵定期巡视禁山走过的一段路线。由于青城山西北界接壤"蕃夷"之地，永康军依令建立封堠防备，禁止采伐，并定期巡视。今汶川县漩口镇吊钟岩摩崖刻石记录了 1175 年永康军判官张烨自沪溪率兵巡视禁山的路线，其中结束路段为："越大面，从长坪山以归。"大致在 1162 年的暮春，蜀中名士关耆孙结伴七八人从长坪山经鸟道前往老人村。快到老人村时，"山月稍出，花香扑鼻，谛视之满山皆牡丹也。"找到一户人家投宿后，一老翁"设麦饭一钵、菜羹一盆"以及"松根下人参"招待众人。关耆孙了解到，老人村不缴税租。他在村上见到了数百人，年少者"亦龙眉白发"。

牡丹坪，或作牡丹平，位于老人村。树上盛开的"牡丹"，疑指今人所称的高山杜鹃花。大诗人陆游多次游青城山，与丈人观的上官道人相交颇深。上官道人曾约陆游卸职后在牡丹坪筑茅屋三间隐居。陆游晚年在家乡绍兴思念旧友，写有"醉怜花坞好，恐是牡丹坪"的诗句。江西著名诗人刘辰翁从未到过蜀地，送友人赴成都任职时称誉道："成都如锦，青城之上，在如牡丹坪，可以悦心目、忘乡井。"

另一条路线，是取道大面山以南毗邻青城前山的三溪古道。由于途中要过龙居溪、青苔沟、寮叶沟三条溪流，交通非常困难。后来有人搭设了数座绳桥，才便利起来。1177年，范成大游宿青城山丈人观时，见到了专程从老人村来欢迎他的一些村民，让其颇为感动。范成大在《吴船录》中记道："今日山后老人村耆耋、妇子辈，闻余至此，皆扶携来观。村去此不远，但过数绳桥。"四年之后，开设三溪酒店的赵真出资修砌了这条古道，为众结缘，寄愿"世世生生子孙获福"。

约1185年，蜀人樊子南探游大面山，在老人村"多见异人"，之后写下《牡丹坪》《大面山》二篇游记。不久樊子南至苏州，请退隐石湖的范成大为其游记题诗。范成大题《牡丹坪》："仙山草木锁卿云，不到花坪不离尘。十丈牡丹如锦盖，人间姚魏却争春。"又题《大面山》："春晓娑罗百叶开，仙翁精舍长蓬莱。朝元未罢门深闭，不管人间有客来。"

大抵在清乾隆时期，为平定金川之乱，清人才从灌县县城到漩口凿了一条栈道，从灌县到现老人村的交通才稍微好一些。不然，真像桃花源："林尽水源，便得一山，山有小口，仿佛若有光。"到老人村，得翻山越岭、爬坡上坎，从现泰安寺出发，要经过"山重水复疑无路，柳暗花明又一村"的青城后山，然后再跌跌撞撞，溜溜滑滑地下到山谷。

这两条线都是茶马古道的"小西线"。老人村历来是茶马古道上重要的一个驿站。历史上，过僚泽关，到老人村，沿寿溪，过坛子沱，就是灌瓦大界，或者沿着盘龙溪，翻山过挖断山，过鹞子山，就属于瓦寺土司的地盘了。再往西北方向，过慢梯子、九龙山、三个眼、蛮子岩窝、何家码头、背蹬子，翻牛头山下卧龙、蒿子坪、放马坪、寒风岭、杨家店子、穿心店、烧茶平、水黄桶、空壳子树、三十六道桥、皮条河，再过去就是懋功，就是金川。300多千米的路程，背夫单边要走半个月。有力气大者，背上近300斤盐茶，外加40斤大米。这40斤大米，是背夫沿途的伙食，背到懋功了，大米也就吃完了。然后再背几百斤换到的皮毛、羌活到灌县。

沿途都留下背夫们的歌句子：

走到巴郎山，手都摸到天

走到龙岩，大不该来

走到邓生，好不伤心

爬到茶店子，车过来看下子

走到大石包，罗汉把手招

走拢万人坟，死了又还魂

走到松林口，银子就到手

经过了险象环生的巴郎山、龙岩、邓生、大石包、万人坟，只有到了松林口，前面不远处便是懋功。这时，才可以松口气，才可以放下心，才可以拿到银子。毕竟接近官府衙门了，绿林土匪再肥的胆，也不敢在太岁爷头上动土，再凶的妖孽，也不敢兴风作浪了。背夫们，一个单边，可以换取6斗米。可是沿途都有关卡、有棒客，背夫多有被抢劫的记录。一趟背下来，落到背夫手里的银子也就所剩无几了。也有的背夫，出门时高高兴兴地走，却没能再回到那个"上无片瓦打老鸦，下无一个篾条鬏鬏"的家了。他们被土匪"杀了猪"。一家老小的日子，就更没有盼头了。

　　茶马古道大抵起源于唐末时期的"茶马互市"。对高寒地带的康藏居民来说，土质、气候等环境因素造就了不适宜农耕，但适宜于牧养，牛羊肉、糌粑、奶类、酥油是他们的主食。藏族人民在长期的生活中，形成了喝酥油茶的高原生活习惯。藏族同胞先将奶汁加热，然后倒入"雪董"里，上下抽打、搅拌，在奶汁的上面浮起一层油脂，将油脂装进皮口袋，冷却后即为酥油。藏族生活的地区一般不产茶。饮酥油茶时，先将汉地产的砖茶削成小块，熬至一两个时辰，形成浓汁，再把茶水倒入酥油茶桶，再放入酥油、盐巴，搅拌均匀，酥油茶就做好了。就着糌粑、手抓肉，同胞们的日子就过得滋润起来。

　　内地海拔较低，水资源丰富，土地富含有机质，气候也适合农作物生长，居民普遍以农耕为主。民间役使和军队征战都需要大量的骡马，但内地产骡马量少。有需求就有市场，于是具有互补性的茶和马的交易即"茶马互市"便应运而生。现西藏、甘肃、青海、云南和四川的西北地区出产的骡马、毛皮、药材等和内地出产的茶叶、布匹、盐和日用器皿等，在横断山区的高山深谷间南来北往，西进东出，川流不息，随着社会经济的发展而日趋繁荣，形成一条延续久远的"茶马古道"。

　　历史上，老人村处在灌县和瓦寺土司管辖的三江中间，南来北往的客商在这里驻足或经过，喧嚣了老人村的市场和生意。老人村的人们，耳濡目染，性格中就兼具了商人的聪慧和气，农人的勤劳朴素，藏人的耿直豪爽，汉人的包容大方。他们一边经营着茶园，一边有客商来投，也做点生意。日子在不紧不慢中安逸地流淌，如眼前这条时而打着哈欠、伸着懒腰的寿江。

五

老人村历来产茶，其处在六江流域横断山区从高原向平原的过渡地带。山前是世所周知大名鼎鼎的青城山，山后是隐于山林的大面山，山前是泰安场，山后是老人村。万马奔腾的群山，奔突到青城山，突然戛然而止。泰安场以前，就是沃野千里的成都平原。秦昭王时期李冰修建都江堰工程，杀气腾腾、咆哮不止的岷江，在宝瓶口一下子就收了心，水旱从人，让整个成都平原成就为天府之国。

老人村背后，是莽莽苍苍、浩浩荡荡的群山。从老人村向北望去，只见盘龙山高耸入云端，终年白雪皑皑。1942年太平洋战争爆发以后，美国帮助国民政府运送关金券的飞机也没能绕过这座山。飞机失事，关金券撒落一地，因偷抢关金券，而留下许多悲欢离合、啼笑皆非、家破人亡的故事。处在青城山、盘龙山环绕中的老人村，自然显得与世隔绝，自然就具有了苏轼所讲述的桃花源的得天独厚的自然空间。从成都平原北来的暖流和从青藏高原南下的冷气流，就在老人村的上空交锋。冷气流占了上风，就长驱直入，势如破竹，直趋成都平原，一场冰雪大战就在所难免。暖气流占了上风，就气势汹汹，来者不善，青藏高原就会大雨倾盆。南来北往的气流，总是受到群山的阻隔抵挡，多数败下阵来，就在老人村的周围哭鼻子抹眼泪。老人村，就敞开心扉，成为各路气流倾吐心声、互诉衷肠的庇护所。哭泣是免不了的，泪水是免不了的。老人村就氤氲在冷暖气流的交锋中。一年365天，老人村差不多把时间花在了劝解和调和上。280天里，他都看见天空上，泪如雨下。天空的眼泪，滋润了老人村千百年来种植的茶园郁郁葱葱、含情脉脉。

雍正八年（1731），清朝政府为稳藏保边，让边地的马匹销往内地。灌县政府下达任务，老人村所在的兴仁，边引（边茶）1528

张（每张边引 100 斤，附加 14 斤），腹引（细茶）63 张，边引由清朝政府统一收购加工销售。由兴仁场过寿江经刘家沟，翻紫柏岗，下泰安寺，出太平场，人工背运到灌县（都江堰）西街，再从灌县（都江堰）运赴松潘发卖。

清朝乾隆平息金川叛乱后，开通了灌县到金川的灌（县）金（大小金川）茶马古道"小西路"，清政府在汶川县卧龙关开设茶店子，背夫将盐茶从灌县背运到卧龙，再由骡马驮运到懋功、金川及青海、甘肃等地。人工背运耗时费力，清朝政府规定，可以用骡马到兴仁场（水磨）驮运边茶。清朝光绪四年，茶店子从卧龙迁兴仁场，后来又改为茶商局，兴仁场就成为茶马古道集中的边贸集散地。这条小西路，就成为内地连接阿坝州和其他藏族地区的驿站。

彼时，兴仁场幺店子竟有 50 家之多。马帮到了兴仁场后，骡马主人住在幺店子里，骡马就在老人村漩水湾到寨子坪、青冈嘴、狮子口外的大河坝半边街、长河坝、照沙坝附近吃草养膘。

清朝咸丰九年，水磨地方诗人王昌南在《老人村竹枝百泳》中这样描写道："锦水（成都）金川上下通，长街星月曲如弓（兴仁场）""忽官忽号忽商家，配引征厘解县衙。远道夷歌骡马至，来时驮药去驮茶。"将小西路茶马古道上兴仁场情景进行了描绘。

解放前夕，时局动乱，土匪势力也十分猖狂，走西路的小商小贩和背二哥的生命财产安全得不到保障。在群众中流传着这样的话："过了鹞子山，背上背个招魂幡，过了向阳坪死了又还魂，赶回兴仁场，生活才安宁。"所有走西路的人，都是冒着生命危险走在这条路上。凡走西路的商贩都得交保护费，由背枪的武装押运保护，不然货物难运到大、小金和丹巴。据水磨乡贤姚向东前辈讲述，解放前，四川省政府派姚景波到小金县抚边区当区长，上任时发了两背杂货，在巴郎山货被土匪抢了，连自己带的一件毛皮大衣都被子弹打了几个眼，被吓得丢了魂，回到水磨后，区长也不敢去当了。

20世纪50年代，国家也规划了从灌县（都江堰）经兴仁、三江、卧龙到小金的公路，20世纪70年代，由于国家建立了卧龙自然保护区，同时映秀到卧龙已有了公路，为了保护大熊猫的生存环境，没有再建这条公路。随着交通条件的改变，小西路的灌金茶马古道被荒废了，退出了昔日繁华的历史舞台，将慢慢被后来的人们遗忘。

六

老人村，之所以叫老人村，是因为这里老人多。相传，司马季祖、范长生曾经在这里修身养性、怡情怡性。民国时期，灌县县令也时常来老人村黄龙杠，招待老人村老人"吃酒碗"。

老人村的人们普遍长寿，跟热情好客、尊老爱老的淳朴民风不无关系，跟人们的饮食习惯不无关系，跟得天独厚的自然环境不无关系。

苏轼认为，老人村的人们，"近岁道渐通，渐能致五味，而寿亦益衰"。早先，百姓没有吃过盐、醋，因为道路逐渐变得通达，酸辣苦甜咸的味道都尝过了，反而寿命渐渐地减短了。或许，如苏轼所言，生活，就是越简单越幸福。过去没有盐醋，老百姓自给自足，家家户户都过着简简单单、干干净净的日子，而且能饮上山泉，山泉中还含有枸杞，老百姓自然就长寿了。

现在，百姓生活好了，日子甜了。老人村的老人，就多了。街上随便问一老人："老人家，高寿？"老人都是和颜悦色，笑容满面。高者九十七八。你见一位看起来五六十岁的人，问他，他的回答，往往出乎意料。也就八十六岁。我八十七岁。另一位大爷答道。

在你的眼中，八九十岁的老人，多该弯腰驼背、耳聋眼浊。看到他们满面红光，目光炯炯，口齿清楚，你往往大吃一惊。老人村，果然名不虚传。也难怪，老人们多能帮助家里做点饭，种点菜。平时有一条寿江滋养，忙时种点瓜果小菜，闲时用寿江水煮自制的茶。一点点苦涩的味道过后，是淡淡的甜味。他们的生活，何尝不是这一壶茶，是苦尽甘来的味道。你只见他们饮茶闲坐，看来来往往、行色匆匆的客人，看天边云彩聚拢来，又铺陈开去。或者邀约三两儿时伙伴，在茶馆里静静地坐着。你从村边经过，不见他们谈是非曲直，不见他们道张家长李家短。该说的话，或许年轻时已经说了。现在，只需要"喝茶就喝茶"。早晨或者黄昏，沿环绕老人村的绿道，你总能看见三两老人，提着鸟笼。江边一树林，老人们将鸟笼挂在树上，画眉鸟儿开始唱歌。歌声此起彼伏，互相应和。逗得老人村四围森林里的鸟儿，也打开了喉咙。那歌声长长短短，高高低低，清清脆脆，爽爽朗朗。鸟语花香的世界，何尝不是桃花源的境界？生活在这样的空间，人们何尝不长寿？

青城山阻挡了来自平原的暖流，盘龙山阻挡了来自高原的寒气。老人村徜徉在两座大山的怀抱中。酷暑没有了，寒冬没有了。春去春来，秋去秋在。人们说横断山区，一天有四季，一山有四季。而在横断山区的边缘的老人村，觉一年只有一个季节，十年也只有一个季节。如果硬要分成四季的话，那春季过了是秋季，秋季过了又回到春季。春季播种，秋季收获。青城山把老人村的夏季赶走了，盘龙山阻断了冬季来到老人村的脚步。高原上的人们，偶有到老人村避寒，平原上的人们，多到老人村避暑。夏天来到平原的时候，人们纷纷"逃"到老人村，给老人村带来了如夏天般的喧嚣，老人村招待他们，如春天般的温暖。生活在这样的空间里，老人村的老人心里是富足的。

　　老人们勤劳成了习惯，总也闲不住。儿子儿媳女儿女婿也就投其所好，让他们想劳动时劳动，想休息时休息。你走在老人村的街上，总看见下壁子牌坊处一老人连术英，要么理菜，要么摆摊。她总是笑脸盈盈，岁月刻在她脸上的沧桑荡然无存。你总没有看见有谁来讨价还价，更不要说卖掉她的

▲ 90 岁的姚大爷　（王程／摄）

花花草草了。那天，你好奇，问她，老人家，卖药材哇？对的，卖药材。她旁边一 50 来岁的"年轻人"王玉梅，赶忙"要你还家"。进得一巷，屋内却是豁然开朗，屋连着屋，厅连着厅。七妹王玉秀忙去烧茶，三妹王玉梅赶忙招呼你坐下。"你问我妈嘛，她那个搞起耍的。""花花草草的，卖啥子钱嘛！""疫情期间，避暑的客人们都回成都了。""我妈，前头买了 72 根铧头草，1 元钱 1 根，花了 72 元钱。后头有客人来买，我妈 50 元钱卖他了，你看，还亏了 22 元钱。""老人家，总喜欢找点事情来做，就让她做，哪管赚钱不赚钱。""你想，她那些花花草草还占我一间门面，我租出去，多而不少，总要赚几个，她老人家要卖药，就等她卖嘛，不但收不到房租，不赚钱，还亏，哪有这样做生意的？""人家把药材拿去，清热解毒也好，治病救人也好，就算做好事嘛！""老人家高兴了，客人也高兴了，一举两得。"断断续续地聊天，说的是家长里短的事情。看你听得饶有兴致，三妹继续说，"我呢，1991 年去新都，批发蔬菜。小时候在老人村，父母就说，莫缺斤少两，要和气生财，

我呢算是听进去了。""生意做得红红火火，有声有色，按你们老师的话来说，就是很有成就感。""一场地震，改变了我的生活，想着哥哥弟弟都忙不过来，姐姐妹妹都有自己的事情，父母叫我回来我就回来了。""父母年龄大了，拉扯我们七姊妹不容易。""六妹在菜市场做生意，原来是她在照管父母，可是六妹在地震中遇难了。一家人哭成一团，做梦都想她。""我就回到了父母的身边，父亲走了三年了，剩下一个母亲，她高兴我们就高兴，她卖药就等她卖药。""我们这些居民，一直是待业青年，过去的话，每月有32 斤粮票，粮票取消以后，就真正的算是待业了。""我们有双手，就可以劳动，就可以养家糊口。""别看这么大一幢房子，修房子的钱是借来的，现在才把账还完。"我说："房子就是生意，就是活路，几十间客房，住几十个人。这个夏天，按照三个月计，每人按照六千元计算，毛收入就有十几万。两个娃娃都已经工作了了，也不需要你操心，你算是'包租婆'啊，不愁吃不愁穿。""本月12 号，我不上班了，就请你们几位老师来我家做客，到我家来吃正宗的老人村腊肉。"虽然无功不受禄，但我还是很爽快地答应了。主人那么热情好客，我只能算是不速之客，他们都那么热情地邀请我。老人村人们的热情，我算是深深地理解了、感受了。我说："你那么热情，我怎么会拒绝。""说热情呢，这个我接受，我们老人村的人，哪家不是这样热情？我呢，平时不好聊天，今天讲一个奇葩故事。""你是老师，你们学校前日不是有位老师请保姆吗，我们有一位朋友就去当保姆了，说你不相信，当保姆是没有啥子，她说她当保姆也算是遇到了，主人给她说，这盘素菜，你可以吃，其他的菜你就不要动了。""主人还说，我让你上桌子，也算是法外开恩了。"哪里还有这样的老师，我也觉得好生奇怪。"要是我的话，我转过头就走了。哪里受他这种气？我问我朋友，是哪位老师哦，这么奇葩，但是我朋友没有告诉我。"三妹继续说，"你看我朋友多大仁大义。"我转过身来，看见一只肥硕的猫，尾巴蜷在身子的周围，它也在听三妹讲故事，感觉也听入了迷。七妹又是递香蕉，又是拿糖果。我想，我来到过去的兴仁，现在的水磨这么些年，也差不多只是过客，我并没有真正走进老人村。我常常被老人村的钟莲大姐邀请，被高峰村的罗大哥邀请，被兴仁茶楼的赵老四邀请，被水湘苑的邹昌华大哥邀请。他们杀了年猪，往往都请我去搓一顿。我什么都没有做，但是，他们都不见外，都对老师充满了敬意。他们的热情深深感染了我。

钟莲大姐与丈夫印师傅经营一家"老人村饭店"，店名算是近水楼台，取了一个跟村名同名的店名。他家的生意，自然也就是向阳花木了。一脉溪水，半面环绕一幢走马转角楼。店铺前的房檐下，整体一扇猪膘，算是店铺的招牌。店铺内，几张八仙桌，整齐排列。上了木梯，二楼上隔了几间雅间，你不提前三五两天预定，恐怕你是难得吃上老人村饭店的饭菜了。老人村饭店的生意，像重庆的辣妹子的性格一样火爆。菜品倒不特别，都是家常便饭。只是，从外地来的客人，大多想吃一吃当地的特产。多数店铺，为节约成本，多从菜市场购买食材。老人村饭店里，经营的食材全部来自本地的农家。水磨老腊肉，自家喂的猪不够吃，印师傅就从老家的山上，从农民那里购了猪。价格自然就比街上店铺卖的猪肉贵了一半。印师傅不太相信街上打着水磨老腊肉牌子的腊肉，他店铺里的腊肉，都是印师傅自己在山上的老房子里熏制而成。笋子倒是四季都有，自有山上的乡民送来。菌子多生长在夏季下阵雨的季节，老乡们吃不完的菌子，送到印师傅的店里来。印师傅用一台专门的大冰柜装好。过了吃菌子的季节，老买主多半知道，印师傅藏有"私货"，即使在寒冬腊月，你在老人村饭店，也就能吃上五六月间才能吃到的新鲜菌子了。只是一场疫情，让老人村饭店关了门。一般的店铺，小本生意，多是夫妻两口共同打理，共同经营。在老人村饭店里，难得见到女主人钟莲。她平素多在青城山，传承青城太极。她是青城太极非物质文化遗产的国家级传承人，除了参加一些展演活动，钟莲大姐一般每天早上六点起床，洗漱完毕，习上一小时的太极拳。一招一式，一动一静，"娴静处若娇花照水"，只是行动处不似弱柳扶风而似古松迎风。静时江河湖海一片平静，涓涓流水，源源不断，风平浪静，动时疾风骤雨，汹涌澎湃。静时，似剥茧抽丝，小心翼翼，动时似电闪雷鸣，无坚不摧。动急则急应，动缓则缓随，动中藏静，静中有动。钟莲大姐的青城太极，尽显大气端庄，偶尔看见她朋友圈的视频，也让你生仙风道骨之慨。

老人村村民对家里老人的态度，也让你心生敬意。"家有一老，便是一宝。"在村民张星明家，我看见了他们家人对待老人的态度。儿子孝，不算孝，媳妇孝，才算孝。十年前，走进张星明老人的家里，她的媳妇，正端茶递水，服侍老人穿衣戴帽，饮食起居。"父母在，人生尚有来处，父母去，人生只剩归途。"曾经操劳一辈子的父母长辈，理当受到子女的孝敬。

孝者顺也。从王玉梅顺遂母亲的意思，做并不赚钱的生意，到张家媳妇的端茶奉水，都是顺了长者意，让长者安。老人村的老人们，自然凡事不用操心，他们只需要喝着寿江水煮的茶，尽享天伦之乐，自然长命百岁了。

写到这里，不得不说一下寿江了。长江、金沙江、澜沧江、松花江，三山六水一分田，有几条江叫寿江？现在，寿江的寿，是长寿的寿。1500年前，郦道元的《水经注》，记录的寿江的寿，是繁体的寿字加一个右包耳旁。繁体的寿字简化以后，字典里就找不到"寿"了，官方公文，民间写作，就把寿江写作"寿江"了。繁体

168

的寿，加一个包耳旁的寿江，就专指经过老人村的寿江。但是，其大致意义，从训诂的角度看，都是指生活在寿江流域的民众，普遍长寿。蜿蜿蜒蜒，寿江的源头在四十里塘。这个四十里塘，在无人区。顾名思义，就是离有人居住的地方，大致有 40 里。寿江的上游是三江，西河、中河、黑石河在三江口汇聚。三江口以下，至原漩口一段，大致长度在 30 千米。短短的一条河，古代的人们却给它取了一个响亮的名字。大雪山的雪水，浸润在大山的肌肤里，然后从山体的血管里汩汩而出，经过几十里地石头缝的河沙的洗礼，带着纯净的心情，跌跌撞撞走至老人村的时候，被老人村的人们窆至水缸，舀来煮茶。这茶树，也是经历了寿江水的滋润。这茶，这茶水，自然就能洗涤人们稍微疲惫的身体，洗礼人们稍微狂躁的心情。人们的性格，也自然如这寿江水一样温文尔雅了。

七

说起老人村人们的热情好客、尊师重道、尊老爱幼、温文尔雅、相邻友睦，都江堰作家王国平回忆了素有"北胡南钱"之称的大学者钱穆寻访老人村的故事。王国平得天时地利，倚博学多识，不仅著有《南怀瑾的最后一百天》，还著有《灵岩山传》，描绘了抗战的大后方，灵岩山所在的灌县，一时高行俊德、鸿儒先贤汇聚的情形。

钱穆（1895—1990），字宾四，江苏无锡人。钱穆中学时与张寿昆、刘半农和瞿秋白同学，18 岁时任乡村小学教师，36 岁时发表《刘向歆父子年谱》，以辩驳康有为《新学伪经考》之谬，震惊学术界、名动天下。先生先后任燕京大学讲师，北京大学、齐鲁大学、西南联大、华西大学教授。钱穆著述甚丰，著作等身，著有《国学概论》《惠施公孙龙》《老子辨》《先秦诸子系年》《中国近三百年学术史》《国史大纲》等，皆轰动一时，我辈望尘莫及。

抗战后期的 1944 年夏，钱穆打点行囊，轻装简从，从成都华西坝的华西大学南端洋楼出发，来灌县灵岩山。只见山中云雾缭绕，不远处便有二王庙、青城山，这些都令钱穆神清气爽。先生日日登高望远，喜不自胜。

偶有闲暇，先生便向灵岩寺住持传西法师借来《指月录》阅读。在《八十忆双亲，师友杂忆》中，钱穆回忆了他当时在灵岩山读书时情景："此数月内，由于一气连读了《朱子语类》及《指月录》两书，对唐代禅宗终于转归宋明理学一演变，获有稍深之认识。"每遇假期，先生皆会上灵岩山消夏、读书，或自带，或借阅。他自己亦说："遇假期，则赴灌县灵岩山寺，或至青城山道院，每去必盈月乃返。青城山道院中有一道士，屡与余谈静坐，颇爱其有见解有心得。"

读书日久，钱穆知道青城山有老人村，"世有五世孙者"，苏东坡曾在青城山多处攀援寻觅无果。他亦生探寻老人村之意，只是道路险远，多次打探寻觅，亦不见老人村庐山真面目。

某日，先生在灵岩寺读书，与一名在西南联大教书时的学生不期而遇。师生相见，自是他乡遇故知，人生三大幸事之一也。攀谈之间，钱穆知道学生家在老人村，久慕老人村名，今天知道了果真有老人村，真是大喜过望。加之学生力邀，先生欣然前往前往老人村。

到了老人村，果见如苏轼所言，四围是山，山中一溪，村子沿着寿溪而建，溪之上源盛产枸杞，果子成熟后多落于水中。村人因为喝了溪水，故均得长寿。周围山清水秀，真是一个世外桃源的所在。村中有人家数百户，其中高寿超过百岁者，有数十人。

　　因为交通不便，加之这里"豁然开朗""土地平旷"，村民便不喜外出做活。"阡陌巷道""鸡犬相闻"，跟陶渊明所描绘的桃花源大致不差。村人种田，田里种的稻谷，产量不高，但是碾的米为红米。这也是钱穆先生第一次见到红米。

　　先生在老人村时，借宿村边兴仁学堂。暑假无人，独自居住。师生二人尽日畅游，大为欣悦。过了四五日，游览略尽，先生准备返回灵岩寺，学生说不行，因为按照当地村俗，一家设席款待，同席者必挨次设席。先生初来此地，即由学生一亲戚家设宴招待，因不知道先生将要离去，因此在各家轮番招宴中，不断有新的村民加入，迄今尚未逐一轮到。若提前离去，则违背了村中风俗，学生将负不敬之罪，并恳请先生再留玩一段时间，并嘱咐招宴者不再添请新人，等同席者逐一轮到做一次主人，乃可离去。

　　于是钱先生又留数日。临去的那天清晨，先生在学生家早餐。学生父亲说道："先生一来，便由某戚家设宴，吾儿未将村俗相告，遂致多留了先生几天，独我家未曾正式设宴，不胜歉疚之至。今此晨餐乃特为先生饯行。"当日早餐采摘田中新鲜玉米做成窝窝头，全摘新生未成熟之颗粒。故此窝窝头特别鲜嫩可口。先生于是回忆起自己在北平时，颇爱此品，但从未吃过如此美味者，钱先生感叹道：这一餐可算是主人家的大花费，唯有感其情厚，无他可言。

　　先生想，《桃花源记》中言，"便要还家"，此番游历，不正是陶渊明所记录的桃花源中村民热情好客的真实写照？老人村如桃花源，果名不虚传。

　　先生回到灵岩寺后，再去询问他人，连问数人，大家都不知道有老人村，更何况其位置，而真正到过老人村的人，除了先生以外几无他人。钱先生感慨："余之游老人村，实如武陵渔人之游桃花源，虽千载相隔，而情景无异也。"此番游览老人村，印证了苏轼、王溉之言不虚，实为钱穆一生之难以抹去的美好记忆。

八

如钱穆所叹，世外桃源不在世外，而在老人村。外来人等，自是感受了老人村民风淳朴，人们待人热忱。

老人村人长寿，自然跟幽居"世外桃源"不无关系，环境形成了老人村村民勤劳朴素、安居乐业、尊老爱幼、乐善好施集体无意识。民俗民风的形成，自然也跟教育教化不无关系。

中国历来崇儒重教，特别是从清朝乾隆开始，中央政府责令地方政府办学达到高潮。四川内地，在政府号召下，地方办学很快兴起，人民需要文化，社会需要读书人，书院应运而生。过去水磨虽然环境幽静，离内地十分近，完全是适合读书人学习的好地方，但是交通不便，消息闭塞。清朝道光八年（1828），灌县知县庄容斋，看到老人村是个办学的好地方，便在老人村紫云宫（王爷庙）后东面，兴办储秀书院，为国家培养储备科举栋梁人才。这是老人村历史上的第一所正规的官办学校。

顾名思义，储秀书院办学的宗旨，重在培养当地乡梓、为国家储备选拔人才。清朝咸丰初年，老人村文化人王崧南、郝秉坤等人，见书院处在紫云宫后庙中一角，受到善男信女烧香祭拜影响，不利于授业学习，倡导在庙后新建书院。乡人积极响应，主动出钱捐资，投工投料，在紫云宫（王爷庙）后左侧修建校舍30余间。储秀书院竣工后，其面向兴仁场，背靠青鸡坪，左邻万寿宫，右联紫云宫（王爷庙），大门前有一高六米的屏风墙。从墙沿阶而上，进入书院院门，院门高约四米，木头结构蟠拗坐脊，四角高翘，门楣上有"入德之门"黑底红字四个颜体大字。进入二道门，门左壁上有"登龙"

二字，右壁上有"吐凤"二字，也为颜体。再进门，为长方形花园，边长约 12 米，四角均有花台，分植两棵罗汉松和两棵七芯名贵红茶花，花园中心有一大石缸，堆放直刺青天的石山，缸前有一棵铁夹松，大缸后放一小石盆，小石山上栽种迎春花，从后看意为山外有山。周围是教师宿舍。花园上方为讲堂，"讲堂"二字为清朝咸丰年间乡人姚地润（字安邦）的手书。蓝字草书金沙底，高约 0.5 米，字体为所有匾额中上乘。讲堂还有两道黑底金字大匾，左为"多士如林"，右为"世载其英"。讲堂（教室）后有一神龛，上供孔子圣人，下供乡贤杨春乔、郝秉忠、刘瑞图等牌位，不忘先辈书院创业功勋。神龛后，有一小花园，环抱数间讲堂瓦屋，一头为厨房，一头为茅厕。花园左右廊坊为山长（书院领导）和教师工作和休息的地方。

新中国成立后，花园基本保存完好，除了后面有一间教室，左后角是厨房外，花园天井周边房屋全是教师宿舍，前边廊房是饭厅，环境优美安静。开办储秀书院之初，为了招聘外地高素质教学老师，为他们创造教书育人环境，颇费匠心。两棵七芯红茶花，是从云南买来的，两棵罗汉松是在灌县（都江堰），一家有钱人家买的，树子已有两把多大，开始主人不卖，灌县知县庄容斋上门，听说是在老人村办储秀书院，连卖带送花了通宝大银锭，主人还雇工十人，抬护到储秀书院。

老人村地处世外边陲，山清水秀，人杰地灵，久负长寿之名，故外地有名学者纷纷来书院讲学。清朝咸丰四年（1854）灌县孝廉方正杨春乔，来乡主持书院，三年因忙于教务不能回家，乡内外学子受益匪浅。杨春乔不仅教学管理书院认真，又是大孝子，母死后辞职三年回家守孝，不住妻室，期满后回储秀书院继续执教至终，被乡人传为佳话，被学子立为榜样。学生丁国仲不光学到知识还受到资助，杨春桥病故后，曾作七律诗《哭杨春桥夫子》怀念恩师：

八年风霜依门墙，绛帐思深海共量。

高矣若天询可范，野哉如我也升堂。

叨承馆谷分原宪，素有芳名号孟尝。

大德不堪回首忆，怎经血泪落千行。

清朝咸丰初年，储秀书院扩建完成后，在成都锦江书院教书的水磨牛塘沟贡生，家乡人心目中知名学者王崧南，为储秀书院作碑记，碑毁文存如下：

学记曰：建国君民，教学为先，斯言亮矣。三代之学由秦废。蜀郡之学由汉兴。而天下之学由蜀起。自文翁守蜀，招天下县子弟从学京师，蒸蒸向化。自汉以来，经明行修之彦，代不乏人。

我朝崇儒重道，加意荒陬，随地置学。前邑侯容斋庄公，念兹地近边陲，延师主讲，暂寓神祠。今夏乃于寺东卜筑，诸君好义急公。创建学宫三十余间。堂室楹厨墙垣皆备。多士云集。薰陶礼教，争濯磨，将必有类司马、渊云、三苏者接踵而至，不让文翁之比齐鲁也。

清朝咸丰四年（1854），太平天国运动兴起，乡人为之戒畏，因为储秀书院之有个"秀"字，怕犯了太平军头目洪秀全中的"秀"字，引来文字大祸，改储秀书院为寿江书院，后来经有文化的乡人提议，又改为兴仁书院。清朝光绪三十年（1904）清廷废除科举制度后，改兴仁书院为兴仁学堂。

民国十四年，改学堂为学校。储秀书院在水磨存在 76 年，在清朝为水磨造就了不少人才，当地的文人学者大多在储秀书院任过教或任职外地。对水磨的文风、社会风气、家教家风形成影响都很大。他们中的佼佼者不计其数，如出生于水磨牛塘沟的王氏三兄弟，王崧南、王湘南、王昌南，他们都曾在储秀书院任教多年。他们是爱国爱家乡的知识分子，他们为家乡培养了不少人才，树立了一代求学上进的学风，成为水磨家乡人心目中的榜样。水磨镇一个小小的牛塘沟村解放后，有几十个青年人，通过读书改变了命运。

老人村历史上的储秀书院，由于老师博学多才，教学水平高，学生专心学习，学风淳朴，不少四川内地学子奔储秀书院来，培养了不少文才学者，据汶川县《水磨乡志》作者回忆调查统计，储秀书院从清朝道光八年创办，到清朝光绪四年的 76 年间，为水磨培养了不少名人，分别是：

吴佑卿，清朝光绪初年进士（一说为举人），曾任广东省潮州太守，清朝光绪地方名人。老宅"大夫第"尚存于水磨古镇街中。

王崧南，字大峰，清朝咸丰年间贡生，地方名人，长期从业于成都锦江书院教书。

吴光第，字次侯，清朝光绪秀才，吴佑卿之子，守业教书为终生，中年丧子失妻，晚年失明，贫困而终，祖宅收公。

王湘南，字子山，清朝同治秀才，在乡内教书终生。

王昌南，字雨芗，清朝同治秀才，曾在寿江书院教书，有遗著《老人村竹枝词百咏》。

丁国仲，字少卿，清朝光绪秀才，曾在清朝光绪四川省政府军机处工作。曾自撰墓志铭："乱山残雪诗人墓，衰草寒烟醉客魂。"

杨星五，清朝同治秀才，曾主持兴仁书院工作，惜子死孙亡。自撰墓联："青塚台前谁来祭扫，黄泉道上我也称孤。"

　　王型之，清朝光绪秀才，地方书法家，曾为漩口广益学校书写"践迹入室"。

　　刘玉鼎，字坤山，清朝同治国学生，曾任地方团练局团总，灌县水利府首人。语言善辩，好诉状打官司，片言可以入狱，地方绅士崇敬之。

　　乡贤乡绅为开办储秀书院出资出力，学子学成后反哺家乡，他们或讲学，或以其他方式回馈乡里。特别是让老人村乃至水磨形成重学尚教、尊老爱幼、和睦乡邻的家风民风，功不可没。

　　现在，老人村所在的水磨，更是破天荒有了公办本科大学阿坝师范学院。村民们倍加呵护和珍惜。他们知道，学校搬迁至水磨马家营以前，仅马家营一隅，便有高耗能企业66家。阿坝州的重工业，几乎都集中在马家营。这60多家高耗能企业，带来了丰厚利润，阿坝州的整个工业产值，恐80%来自这些高耗能企业。开始时，水磨百姓足不出户，就近打工，一个月也能有千把元的收入。见到票子，自是欢呼雀跃。听说阿坝州人民政府同意将一所大专院校迁至过去的老人村现在的马家营办学，老人村的人们奔走相告，额手称庆。阿坝师范学院自然就是老人村的救命恩人，老人村的村民，自然就待阿坝师范学院的老师为亲人了。老人村又舒展了容颜，开始了笑迎八方宾朋。

　　水磨合村并镇以后，水磨自老人村始，下有郭家坝村、凤凰村、刘家沟村、马家营村，上有盘龙溪村、寨子坪村、牛塘沟村、白果坪村。其中老人村被中华人民共和国住房和乡村建设部命名为"中国传统村落"。从镇党委到各村落党支部，都跟阿坝师范学院搭建了"支部共建"平台。或有学院老师担任村支部书记，或有村支部成员到学校听取专家讲座，或有专家到村指导项目开发。学校在乡村办学，自然地受到乡风民俗影响，村落也自然地受到学校潜移默化的影响而移风易俗。水磨镇党委书记王君说，你看现在村民们出门，总要把头发梳理得服服帖帖的，把衣服穿得周周正正的，再到老人村来赶场。显然，村民们常常见到年轻学生走在绿道上，他们朝气蓬勃、青春活泼，更重要的，他们时尚，他们前卫。你作为老一辈，总不能再倚老卖老不修边幅，你总要接受新鲜事物与时俱进，你总要当好前辈当好主人，不为时代淘汰和摈弃。久而久之，你看见，现在的老人村，又重新焕发了青春，焕发了活力。老人村的老人，也就有了年轻人的语言、年轻人的动作，更显健康和挺拔了。在我们每个人的心中，也就都有一个桃花源，都有一个老人村了。

三江逸事

一

哪里是三条江，分明就是三条河。

左边是西河，中间是中河，右边是黑石河。西河从四十里塘缓缓流来。四十里塘，顾名思义，就是指从三江口上溯 40 里，就到了四十里塘，这是西河的源头，是一个人迹罕至的地方。我曾数次沿西河上行，直走到鹿耳坪，路就越来越小了，只有药夫子三两行攀爬的脚印歪歪扭扭潦潦草草。听三江口刘志全先生讲，在四十里塘，历史上曾留下了戏子岩的传说。

戏子岩原来不叫戏子岩，叫切刀岩。

土司的管家叫什么名字，无从考证，他住在三江这个"山高皇帝远"的地方。瓦寺土司老爷的衙门在绵虒涂禹山，要到三江口，非得从涂禹山出发，经过草坡，翻越耿达、卧龙，虽只有几个乡镇相隔，直线距离不过七八十千米，但是，一路上坡下坡，"隔山喊得应，见面要半天"，有时直爬了半天山，又从山的脊背下山，足足走一整天，路途的直线距离不过几千米远。一年半载，瓦寺土司也就懒得去一趟三江了。

▲ 三江小景 （张芫／摄）

四十里塘产金和银，管家发现了这个秘密后欣喜若狂。反正土司也不怎么到三江来，更不要说到四十里塘来了。何不瞒着土司，在四十里塘开采金矿和银矿？管家喊了几个随从，招募了一批苦力，开始了在四十里塘开矿。久而久之，管家也就开始吃香的喝辣的，日子过得好不自在逍遥。管家要金有金，要银有银，什么都不缺，就缺一个延续香火的背篼。老婆未能生育，管家又娶了三房姨太太，只生了一个女儿。女儿自然就是掌上明珠，管家含在嘴里怕化了，捧在手里怕碎了。

女儿正是豆蔻年华，对什么都充满了好奇。女儿非要父亲带着自己到切刀岩看一眼，看一眼自己家的金矿和银矿。管家有点犯难。这个尽是男人"出没"的地方，一个女子跟去成什么事？女儿躺在父亲的怀里："不嘛，不嘛，我就是要去看看。"拗不过娇滴滴的女儿，父亲带女儿来到了切刀岩。说来也怪，自从女儿来到切刀岩，

179

矿山还是原来那个矿山，炉火还是原来的炉火，不管金矿和银矿，产量却突然提高了一大截。到底还是小孩，兴致如夏天的雷雨，来得快去得也快。只待了三两天工夫，女儿嚷嚷着要回父亲的衙门土司的行宫。

女儿走以后，那金矿银矿，仿佛也跟着生气了，突然气若游丝，命悬一线。这回轮到父亲给女儿说好话了。好说歹说，女儿又去切刀岩走了一遭。那金矿和银矿，死灰复燃，一下子元气满满。

得把心肝宝贝留在切刀岩。

女儿除了爱看川剧，并无其他喜好。管家就安排随从，请了戏班子到三江，在切刀岩搭了戏台子。伴随着锵锵的锣鼓声，戏班子不停变换着剧目，演了《青袍记》《黄袍记》《白袍记》《红袍记》《绿袍记》，又演《碰天柱》《水晶柱》《炮烙柱》《五行柱》，再演《琵琶记》《金印记》《红梅记》《投笔记》。变化着的剧目引得女儿沉醉其中。台上小生、旦角、生角、花脸、丑角的"唱念做打舞、手眼身法步"让女儿流连忘返，乐不思蜀。金矿银矿的产量，笑醒了管家。下人们的奉银也跟着水涨船高，戏班子平时走南闯北，居无定所，现在被这个大户管家养着，要吃有吃，要喝有喝，乐在其中。

天下没有不透风的墙，远在绵虒的土司老爷听说切刀岩有人唱戏，管家在切刀岩开矿，他带了几个随从到了切刀岩，金灿灿的金子、白花花的银子还是让土司傻了眼。他赶走了戏班子，撤销了管家的职务。管家一家被关进了土司的水牢里。喧嚣一时的矿山，再没有了叮叮当当的声音。

久而久之，人们到切刀岩，常常听见切刀岩仿佛有戏子唱戏的声音。切刀岩，就被人们称为戏子岩了。

二

中河和黑石河之间,生长着一座叫兔儿岗的山。山从两条河的脚边,突然拔地而起,像用巨石垒成的假山。只不过,一般的假山,高十来尺。这可不是假山,嶙峋的石头,挤挤挨挨,垒成了高几百尺的一座山。石头与石头的缝隙里,杉树、青冈树、杂树你追我赶。葛藤、何首乌、红刺藤、爬山虎、金银花的藤蔓缠缠绕绕,或搭在裸着肌肤的石头上,或爬在树枝上,红的花儿、黄的花儿、紫的花儿竞相炫耀着自己婀娜的身段。

不知道它为什么叫兔儿岗。猿猱欲度愁攀援的一座山岗,恐兔子很难隐藏其间。斑鸠、布谷鸟、红嘴蓝鹊、杜鹃唱着歌儿从这个枝头落在另一枝头。只是这个岗的形状,倒有点像兔子。兔儿岗扁扁的头,头部几块石头,像兔子的三瓣嘴。兔子的背上,坐落在瓦寺土司的家庙,供奉着历代土司的牌位。兔子的尾巴处,有一座圆圆的墓:王保墓。历经风雨侵蚀,这座墓还基本保持了近200年前的面貌。

众所周知的鸦片战争,改变了中国社会的结构和面貌。中国社会一步步沦落为半殖民地半封建社会。生活在水深火热之中。

身在大山深处的瓦寺土司索诺木文茂,知道国家有难,心急如焚。只要朝廷有召唤,他们哪一次不是挺身而出,哪一次不是身先士卒?廓尔喀闹事,瓦寺土司奉命出击。金川地区暴动,瓦寺土司随岳钟琪左冲右突。贵州三苗叛乱,瓦寺土司率兵抗击。瓦寺土司的势力,也是伴随着征战而逐渐壮大的。现在,大敌当前,只等朝廷一声令下,他们早就磨刀霍霍了。

土司制度,本就是一种军政合一的地方管理制度。平时维护地方治安,战时呼之即来。瓦寺土司,在三江,养的是兵民。他们种着土司的土地，不需要交租，不需要上贡。平时安居乐业，养家糊口，利用闲暇操兵训练。养兵千日，用兵一时。遇到战事，每户兵民家，三丁抽一，五丁抽二，迅速集结，在土司的带领下，浩浩荡荡，声威震天。

这次出征，路途异常遥远，远在宁波。英国人用坚船载着利炮，进犯我国的领土。"宜悬头槁于蛮夷邸间，以示万里，明犯强汉者，虽远必诛。"瓦寺土司命"娃子"王保带领两千土兵，从三江口集结，迅速开到前线。他们沿着小西路，翻越鹞子山，翻越青城后山，直到了灌县，走官道，出夔门。直奔宁波定海。时值1841年农历五月，在三江还是山寺桃花始盛开时节。外面骄阳似火。他们哪里受得了这个气候？他们穿的衣服汗透了，贴着身体。那就趁着不行军的夜晚，借着月色胡乱在河边揉搓，第二天他们又奔赴在出征的路途。他们穿的草鞋磨破了，那就打着赤脚继续行军。带的干粮舍不得吃，沿途的官府，尽量提供食物。只是这些食物，像他们穿着的衣服，参差不齐。有的合胃口，有的不合胃口。有时，急行军一天，有的地方官府，吃拿卡要，不但搞不到一顿吃食，甚而至于，他们还被盘剥。国难当头，有的地方官，反而加租加息，不顾民生疾苦，朝廷的鞭子，哪有那么长？能兼顾得到百姓的生死。外忧内患一起，弄得民不聊生。他们不能像在三江的家里，要吃吃，要喝喝。他们这些土兵，倒不像士兵，像一群乌合之众。

好不容易赶到了宁波，宁波府知道来了救星，他们早就听闻过瓦寺土兵的威风。他们用海鲜犒劳这群劳师袭远的土兵。土兵哪里见过牡蛎，哪里吃过海贝？平时饱一顿，饿一顿，风一程，雨一程。今天，先大快朵颐一顿。他们知道，他们来时，就没有指望着回去。明天就是战死，也要做一个饱鬼，不要做饿死鬼。

王保吃了这个海鲜。突然吃了这么多海鲜，他的那个吃土豆的胃，在半夜时候翻江倒海起来。他忍着疼痛，翻身起来，只看见海面上星星点点的船只的灯火。或者他们要上岸？要进攻？要偷袭？或者是下意识吧，王保感受不到海风的凉爽，他只感觉到后背深深的冷意。何不马上开炮，打敌人一个措手不及？他来不及太多思考，走上炮台，点燃引线。砰，一声巨响，两耳发聩。土兵们多数还在睡梦中，听闻炮响，嗖嗖嗖地跑到炮台前，纷纷点燃引线。战斗就这样开始了。敌人在海上，这么多天来感受到的是风平浪静。他们也不知道，这群来自大山的土兵"不讲武德"，不宣而战。敌人的船只在海上乱作一团，互相撞击，他们的士兵，死的死，逃的逃。遇到这种火烧连营，他们能逃到哪里去？

这是鸦片战争中我方为数不多的胜利。敌人安分守己了很长一段时间。战斗在天亮之前就结束了。敌人仓促应战，毕竟他们的武器先进，我方的战士，很多被击中，英勇牺牲了。

活着的战士，拖着疲惫的躯体。他们看见平时一起种地、一起砍柴的伙伴，一起出征的战士，一下子阴阳两隔。他们含着泪水，剪下伙伴的辫子，摘下士兵的腰牌。王保命人将他们的辫子和腰牌送回三江。三江的父老乡亲，敲着锣，打着鼓，吹着唢呐，放着鞭炮，将他们的辫子、腰牌进行厚葬。至今人们还能看见三江残存的辫子坟。

王保用土炮打出了声威，打出了气势。宁波的地方官赶快奏请朝廷，说土兵王保，带领两千义士，英勇杀敌，敌人闻风丧胆，夹着尾巴，屁滚尿流。朝廷命王保只身进京，接受嘉奖。王保整理行装，挑着银两和干粮，晓行夜往。走到山东济南府，看见破庙里一小孩，奄奄一息。王保给小孩喂水喂饭，小孩这才哇哇大哭，醒转过来。他的两只箩筐，一只装上行囊，一只装着小孩。挑着担子，赶到京城。

皇帝龙颜大悦，赏赐王保三品顶戴，知松潘府。

王保也不太知道这个顶戴是什么玩意儿。心想：自己就是土司的娃子，自己的命就是土兵的命。受到赏赐以后，他挑着担子，沿着官道，回到成都。四川总督早知道王保在宁波打了胜仗，知道王保进京受到嘉奖。一番犒劳以后，王保穿上顶戴。四川总督派卫队护送王保到松潘赴任。王保骑着高头大马，卫队举着肃静、避让的牌子。卫队看见王保宽宽的额头，宽宽的肩膀，好不威风。

土司老爷收到训令，说到灌县面见大官。他带着寨首、乡约、管家，马不停蹄来到灌县南门。他和随从跪在官道口，恭候三品命官到松潘赴任。

骑在马上的王保，虽然威风八面，看见匍匐在地上的土司老爷，腿肚子一下子感觉蔫了。他跳下马来，扶起土司老爷，嘴里叨叨着：老爷。土司听见这声音，竟是那么的熟悉，这不是我的土兵王保的声音吗？这才敢起身，才敢正眼看眼前的高官。

土司就在灌县设宴，给凯旋归来的王保洗尘。主仆一阵谦让：你坐上席，老爷。你坐上席，你是三品顶戴。几杯苞谷酒下肚，土司到底坏水一肚子。他缓缓说道，王保，你家现在还耕种多少土地？王保说，承蒙老爷关照，我家现在耕种漆山土地5亩。你看这样可好？土司说，我把漆山的全部土地给你，漆山后面的山林也给你，不用给我交租，以后你就是漆山的管山，再给你两房丫头。吃饱了，喝足了，你想上山打牦牛就打牦牛。有人给你暖被窝，有人给你端茶递水。你也不必再当娃子。

一下子从地上跃到了天上，天上掉下来馅饼。王保虽有几分醉意，虽打过硬仗，见过世面，但还是目瞪口呆。以前做梦也不敢想的事情，现在突然成为现实。老爷，王保话还未说完，土司打断了他。不要称我老爷了，你就是老爷。使不得使不得，王保一阵唯唯诺诺。你翅膀硬了，不听我的话了？有了功劳，就骄傲了？哪里敢哪里敢，王保说。那这样吧，你如果觉得受之有愧，你把你的顶戴脱下，我用这些土地交换，这下不就扯平了？王保赶快脱下顶戴，交给土司。穿上这些顶戴也没有什么用，庄稼人要这些顶戴做什么？土司穿着王保的三品顶戴，坐着滑竿，回到涂禹山。王保骑着马，随从背着他捡来的小孩，回到了三江。

▲ 三江新村　（张莞／摄）

三

从黑石河右边的山上上去，爬上两天三天，就到了盘龙山。天气晴好的时候，站在盘龙山上，前面的青城山就矮了下去，后面的四姑娘山白雪皑皑，灌县、郫县乃至整个成都尽收眼底。盘龙山有盘龙寺，传说为三国时期修建。

上了年纪的人一定看过电影《抓壮丁》，新生代的年轻人多半看过李保田版的电视剧《王保长外传》，巴蜀大地的人士则对沈伐

185

版的电视剧《王保长歪传》忍俊不禁。

人们看到美国飞机失事，"潘驼背"等人疯抢关金券，以及李驼背、王麻子、县议员等为之明争暗斗的表演拍案叫绝。这个重要情节的原型却来自三江盘龙寺。平日更应该六根清净的和尚也卷入了世俗的利益之中，不仅给自己带来杀身之祸，也给好端端一个庙子带来了灭顶之灾。

关金券事发生于1945年，抗日战争基本结束，蒋介石国民政府正在暗中策划积极剿共，内战阴云遍布中国上空的时候。

军阀混战的时候，联共抗日的时候，战争多集中在东北、华北、华东，而少波及天府之国。前方的绅士纷纷迁入四川躲避战乱的时候，成都的庶民百姓却在想方设法迁到三江一带。

那时的三江相对于卷入战争的漩涡中的祖国各地，却是一块相对安静之地。盛极一时，香火旺盛的三江盘龙寺，却不是因为战争而毁灭，而是毁在自己的手里，毁在了六根未净的欲望中。

据李膺《益州记》记载，三国时期李意在盘龙山成道，"建宇祀之，其神即盘龙祖师，其宇即盘龙寺"。

据传，清朝光绪时期，峨眉山了明和尚云游盘龙寺。看见盘龙寺已经年久失修，风雨飘摇。他了解盘龙寺乃名山古刹，三国时期就有庙宇，现在变成了这副模样，便想若能修复盘龙寺，乃一大功德。他带着这个问题入睡了。晚上梦遇盘龙祖师，盘龙祖师叫他下山时带上盘龙树枝，做药治病，自有妙用。

不几日，了明和尚游至成都，看见一个招贴，上面写着一疑症病人需求医，如若医好定有重谢等语。

了明和尚揭帖前往，把树枝烧成灰，叫病人兑水冲服。不过几贴药，这个病人就能起床行走了。

了明和尚医好病人，便要远游。不料这个病人不是别人，乃府台陈尔藩之母。

陈尔藩定要重谢了明和尚。了明和尚说，阿弥陀佛，出家人慈悲为怀，不要你等物品。

陈尔藩乃问药从何来，了明和尚以实相告。

陈尔藩乃捐钱两万两，了明便重返盘龙山，招揽工匠，重修盘龙寺。

这个盘龙寺有多大？山门可见大雄宝殿，塑了弥勒佛，后面是护法神韦陀。有法轮寺、观音殿、经堂，平日有僧侣百十人。寺庙占地面积就有几百亩，被誉为西南片区最大的佛教寺庙。

善男信女络绎不绝，求神拜佛者不计其数，特别是每年阴历六月十五日，举行盘龙会时，三江的，水磨的，绵虒的，映秀的，威州的，灌县的，崇州的，成都的，三山五岳，四面八方成千上万的人如潮水般涌来盘龙寺，寺庙香火袅绕，晨钟暮鼓，绵延不绝，几十里外的三江场都能听到这里的钟声。

真是洪钟。光这口钟就有一段来历。

话说清朝乾嘉时期，灌县有个大财主，名叫董百顺，家有良田万顷。娶了三个妻子四个小妾，终没有如愿生得一儿子。董百顺平日在外面风光满面，不仅有了万亩地盘，还一边经营木材生意，经营盐茶生意，光骡马就有300头。

年纪越大，董百顺也就越感心灰意冷。为什么？就因为没有子嗣，是董百顺心头解不开的疙瘩。那个时候，不像现在，生男生女都一样。那个时候，没有儿子，叫作断了香火，就是你有万贯家财，在亲戚舅子老表面前都是直不起腰杆的。

董百顺都60岁的时候，又是下人撮合，从成都府郫县买了个女人。这个女人名张翠云。虽长相平平，却有一个本事，就是会生儿子。和王德有结婚以来，八年就生了七个儿子。王德有家徒四壁，却要养七个儿子，弄得王德有脱了七层皮，无力抚养这些饭袋。

还是董百顺的管家董其正，又回到郫县友爱收租子，看见这家儿子像老鼠一串串的，又无钱交租，看其房子就一个偏草房，却要住那么多儿子。董其正回来就给董百顺说，老爷，友爱佃户王德有，生了一窝儿子，都饿得蔫不溜秋的，租子交不上来。

一听到这家一窝儿子，又交不起租。董百顺想，这个龟儿子叫什么？生那么多儿子有啥用。联想自己，有那么多家财又值个球，连个茶壶嘴都没有一个。

董百顺叫来下人董其正，你给老子去找王德有，叫他把老婆卖给我。董其正想，这个世道还算黄河都清了水，这成都府郫县人氏，古往今来，有都江堰，旱涝保收，还没有听到哪个卖儿卖女，更没有听到哪个卖过老婆。知道别人的丈夫还活着，就娶其老婆者，这在成都府叫娶生人妻，这是大清律令所不允许的。这老爷不是叫奴才为难吗？

董其正硬着头皮，坐个滑竿，到了友爱。先是软硬兼施，说王德有，你给老子生一窝老鼠，老爷的租子你看走干路还是走稀路呢？王德有是知道的，这个干路就是从此王德有一家人变为董百顺的家奴，又叫长年，等于签个终身的卖身契。走稀路就是借高利贷，利滚利，天长日久，还是一家子都成为董百顺的家奴。捆到绑到一回事。

那样的年代，哪里允许你个佃户说话。还没有等到王德有开口，董其正就噼里啪啦说了一串。我倒是有个办法，听不听由你，反正我们老爷明天就叫家丁来收拾你。

这样，通过董其正的手脚，董百顺顺理成章买了张翠云做小老婆。改为董张氏。董百顺也付出了代价，把王德有租种的土地全部送给了他，每年还要给王德有七个儿子一双草鞋，过去的租子也一笔勾销。

　　董百顺觉得值。不但如此，董百顺还叫上董其正，带上新买的小婆姨，董百顺和董张氏坐滑竿，董其正骑大马，一群家丁跟着，浩浩荡荡地赶到土司地盘三江盘龙寺，赶上四月十八的庙会。董百顺和众人跪着，脱了帽子，在观音殿齐刷刷地跪着，磕了三个响头。并向菩萨许愿：只要来年生了儿子，我董百顺就花 2000 两银子，给盘龙寺还一口大钟。

　　果不其然，这个女人来了两月，就有喜了。董百顺专门叫了五个家奴，专门服侍这个女人。怀胎十月，一朝分娩。董张氏顺利产下一个九斤胖儿子。董百顺满脸堆笑，心想：盘龙山的菩萨果然灵验，终于可以给老祖宗有个交代了。一边忙着大办酒席，一边派董其正到成都铸钟。

　　花了半年有多的时间，终于铸了一口大钟。董百顺安排众家奴把这口新铸的钟抬到盘龙寺去。从成都到盘龙寺，光抬这口钟就花了一年零六个月！

　　寺庙里和尚做早课，晚课，一年安排固定庙会。专门安排八个僧人撞钟。所以三江的场上都能听到这口大钟的声音。恐怕听了这口大钟的声音才知道什么是真正的声如洪钟了。

　　光这钟就有厚厚的一摞传奇。更不要说这个大庙了。

　　可是这个大庙，却毁于一旦，这又是为什么呢？

　　话说日子一天天过去，庙里依旧香火旺盛。单单六月十九搞庙会，盘龙寺的三口大水井接满的雨水刚好够这次庙会用。日复一日，年复一年。

　　清朝道光过后，国运日衰，外忧内患，千疮百孔，面对外侮，清政府妥协退让，面对国内此起彼伏的反抗，清政府残酷镇压。清朝已经是大势已去，大厦将倾了。孙中山推翻了清的统治，袁世凯继续做短命的皇帝。争夺地盘的各路军阀弄得民不聊生。国民党吏治腐败，日本制造卢沟桥事变，公然对中国宣战。直到 1945 年，终于赶走了日本。可是国内战争的阴云又飘浮在了中国的上空。

在长达 100 年的时间里，中国和中国人民，被侮辱被蹂躏被践踏。老百姓哪里有块安身之所，即使不问政事的寺庙也不能幸免，遭到了灾难。天理何在？情理难容！

抗日战争刚刚结束，蒋介石勾结美国政府，准备发动内战。盛极一时的盘龙寺就是在这个时候被毁的。

盘龙寺有个和尚周南平。其父周志宏，生逢乱世，是个袍哥，可是清政府勾结洋人，镇压民间组织，使他有一身抱负，但是是床下面耍刀——不是试家伙的地方。便希望儿子能够有宏远的志向，这才对得起列祖列宗。不知道因为什么事，大概是得罪了地方乡绅，制台就治了其父亲的死罪。周南平抛开了家人，就到这个深山里面的盘龙寺出家了。

海平法师安排他念心经、大悲咒。都好些年月了，这个周南平还是记不下这两部经。唉，念经念经，一天都重复这个经典，也够乏味的。还是成都好，可以看西洋镜，可是成都有家不能归，回去了弄不好还要被抓壮丁，就是万一没有被抓，可还是要下苦力，念经还可以混一碗饭吃。就这样，其他和尚都在认认真真做课的时候，他却真的是做一天和尚撞一天钟。

这天，知了还是像弹琴一样唱着，天上依然月明星稀。周南平却依然满肚子的心事。半夜三更，忽然后山顶那边传来一声轰鸣，不久后大火燃烧起来。发生了什么事？战争打到三江来了吗？有史以来，还没有听说三江这里发生个什么战争，三江这里是世外桃源。轰鸣过后，再无其他声音，想来也不是什么战争打到三江来了。他这才放下心来。

过了三天，天上下大雨，这才把大火扑灭。雨过天晴，周和尚生性好奇，经也不念了，他要到山顶去看个究竟，看是不是掉下了馅饼。

这一看不要紧，一看就把他吓住了。倒不是旁边有死人的尸体，令他害怕，这个漫山遍野到处都是花花绿绿的纸币还是把他吓坏了。这是什么呢？像死人用的冥币。仔细一看又不是，这个应该是政府使用的一种新币。

很快，周和尚就镇定了下来。这个事情不能告诉任何人，在大家都不知晓这个事情之前把这些纸搬走，然后买块地皮，养个老婆。这清心寡欲的日子是不要过了。

原来，周和尚捡到的这个东西正是关金券。是国民党政府以海关做抵押，由美国政府在美国印制的三亿五千万关金券，准备空运重庆发行，以缓解陷入绝境的国民党政府的财政危机。美军空军中尉约翰，驾驶着一架美国"B29空中堡垒"运输机装载了关金券，准备由檀香山飞到关岛，再飞香港到重庆，由于日本可能获取运钞情报，联军总部命令，该飞机由关岛飞抵缅甸绕道印度加尔各答飞抵重庆。不料，该飞机飞抵汶川三江境内3700米高山时遇到恶劣情况而失事。

这就是这些地面上纸币的来源。它们叫关金券。

周和尚脱下裤子和衣服，把裤腿用藤子绑住，把袖口用藤子绑住，用裤子和衣服做口袋，用来装关金券。

到了晚上，在夜深人静的时候，他扛着关金券，才从盘龙山顶回到庙里。把关金券放在哪里呢？周南平东藏藏，西放放，又怕惊醒了其他法师。最后他把关金券放在了床里。又找来背篓，大步流星地把这些关金券背回来。周南平要发财了。

寺庙里面有一大排经房，平时用来存放经典。善男信女一般都不会到这个地方来。周南平法师把背回来的关金券放在其中一间空经房里。

忙了整个晚上，周南平法师自己也不知道究竟背回了多少关金券。

水磨有两个药夫子，名叫李海廷、王少荣。他们带了干粮、旱烟，在盘龙山顶逡巡摸索了一天，背了半背篼天麻和灵芝，心想今天运气不错，回去又可以得到老婆的笑脸了。这样下去，不过几月，就可以买得两亩土地。眼看天黑，晚上就投宿盘龙寺。

半夜三更，李海廷由于上山喝了很多生水，晚上闹起了肚子。起来上茅厕，却看见经楼那里点了个松油灯，一个人影鬼鬼祟祟的，难道有人偷经书不成？李海廷也不声张就看这个人影要搞什么名堂，这一看不要紧，一下子就看出了蹊跷。

这个人影不是别人，正是周和尚，他正在数他的宝贝。数了几个时辰，周和尚终于困了，他回到了他的僧房，慢慢地打起了呼噜。

李海廷知道这个叫关金券，可以拿到都江堰换盐巴。他把采得的天麻倒在了王少荣的背篼里，神不知鬼不觉地打开了经房，装了满满一背篼关金券就回家了。

鸡叫三遍的时候，李海廷家里传来了狗吠。李海廷说，乖呢，轻点叫。轻轻喊了几声婆娘开门，婆娘就把抵门杠抽了。你个背时鬼，这么早就回来了，别个的上眼皮正在咬下眼皮呢。李海廷说，你小声点，小声点，今天不背时，你看我背篼里装的是啥子，是钱，关金券。

哪里来的？你当棒客了？

不是，在盘龙寺里背的，里面多得很。

哪里来的？

你莫管。周和尚的。

婆娘知道周和尚平时不念经，是个花和尚，头回上山去采药，还被他调戏了一回。她也知道这个周和尚不是等闲人物。如果他知道了这个事情，是要遇到大麻烦的。李海廷还想到盘龙寺去试试运气，老婆却阻止了他。"你再去，命都没有了。我们赶快到灌县去买块土地，过日子。"李海廷这个时候也终于转过弯来了，自己平白无故地就溜了，要是被周和尚发现，是有杀身之祸的。况且王少荣的背篼里多了半背天麻，他又不是瞎眼狗吃屎——不晓得坨数。管他的，三十六计，走为上计。

李海廷白拣了一背篼关金券，在灌县买了几亩土地，准备过点安稳日子。那个王少荣呢？

王少荣很早就醒了。怪了，这个李海廷哪里去了？一看自己的背篼，天麻不但不少，反而有多。真是咄咄怪事。我且不吱声，赶快背上背篼，逃之夭夭。

回到家里，老婆娃儿都围拢来，看到王少荣背了一大背篼天麻，心里面自然像熨斗熨过。老婆说："今天不忙，我们发了点小财，苞谷也不要薅了，请几个邻居，就万事大吉了。"王少荣也想知道这个李海廷究竟葫芦里卖的什么药，去到他家，门关着上了锁。喊了几声，也无人应。王少荣人逢喜事，喊了几个人，薅了苞谷，他自己却抄着手，跑到街上打十斤白酒，割两斤肉，杀了只鸡，婆娘在屋头推了豆花。中午吃饭，吃饭用大碗，喝酒用桶盛。周围人等都说："今天喃个太阳从西方起来了呢，王少荣哪天也用大碗吃饭了呢？""不用客气，不用客气，尽管吃，尽管吃，晚上还有，我在山上挖了一垄好天麻。"周围人这才放心吃下饭去。

周和尚每天继续神出鬼没，上盘龙山背关金券。中午去，晚上回。李海廷果然贼心不死，在灌县买了地皮，口袋里空空如也，他知道盘龙寺藏经楼的某一间房子里，像堆苞谷一样，堆了很多关金券。在别人没有知晓这个秘密之前，自己要神不知鬼不觉地把这些东西占为己有。老婆是不会答应自己去的。某一天，李海廷悄悄地出发了，走了两天，到了三江，他要在鸡不叫狗不咬的时候赶到盘龙寺。婆娘中午不见男人回来吃饭，她嘴里念着，完了，要出事，要出事。

果不其然，就出事了。

这天周南平法师擦黑背了一大背篓关金券倒在藏经楼里，就睡在了藏经楼。他要和这些宝贝睡在一起。晚上等了好些时候，李海廷并不见周南平法师起来数他的钞票，就蹑手蹑脚地像根蛇一样钻进了藏经楼。不巧，一脚就踩在了周南平的胸脯上。两个人都同时喊一声"糟了"就开始了火拼。李海廷力气大，一砣子就打在了周和尚的脑门上，周南平也不是省油的灯，一脚蹬过去，就整得李海廷饿狗扑屎，今天晚上不是你死就是我活！

不想这一打斗惊醒了庙内众多和尚。在这清净的庙子里只听到过念经声，撞钟声，求神拜佛声，哪里听到过打斗的声音？

方丈、住持、和尚、沙弥一干人等都起来了。周和尚自知事情败露，操起家伙就让李海廷命丧黄泉。

周南平威胁众僧，哪个胆敢说话，哪个就是李海廷。

和尚面面相觑，倒是方丈站出来，"阿弥陀佛，周南平……"并无后话。周南平一脚飞过去，打了方丈一个趔趄。藏经楼的某个角落里，一大堆关金券暴露在了众僧的面前。

方丈念到，阿弥陀佛，佛门不幸。众弟子要把周南平围起来，周南平趁黑趁乱逃了出去。

"这个关金券不是我的，你们也休想拿去。我要让你们这些和尚死得难看！"

忽然，听到寺院里哔哔剥剥的声音，寺院里着火了，藏经楼也着火了。整个寺庙火光冲天，周南平知道这个事情暴露了，上面追究起来也是脱不了干系，索性来个一不做二不休，放火烧了盘龙寺。

历史上香火旺盛、盛极一时的盘龙寺就这样毁于一旦，毁于世俗的欲望中。

因关金券事，民众、和尚、土匪、警察、袍哥大爷各色人等一哄而起，纷纷赶上山去捡票子，抢票子，偷票子，甚至明借暗抢，杀人越货，机关算尽，闹出了一幕幕惊心动魄的丑剧。后来，国民党政府又调集军警上山清查票子，追缴票子，穷凶极恶，挖地三尺，手段用尽，制造了一桩桩血腥可怖的人间惨剧。

探访威州布瓦山

一

从都江堰出发，沿都汶高速公路，不过一小时，就到了汶川县城威州镇。如果说从都江堰到汶川地界，那就更容易了，都江堰与汶川毗邻，走国道317线出玉堂镇就是汶川漩口镇。走都汶高速，从都江堰穿唐家山隧道就到紫坪铺水库，水库大坝在都江堰境，水库库区，近80%的地域，属于汶川。从都江堰市区到紫坪铺水库，不过9千米路程。紫坪铺大坝处，左边是龙门山的余脉，右边是邛崃山的余脉。两座大山纵贯汶川全境，中间是浩浩荡荡的岷江。一条大江在紫坪铺被切断，形成面积达20平方千米的湖泊。

四周都是高山，拔地而起的高山，望不见顶的高山，汶川县内就有赵公山，海拔2434米，盘龙山海拔3970米，四姑娘山海拔6250米，雪龙包山海拔4900米，什达格山海拔3900米，北部的九顶山，4984米。汶川最低海拔780米，县城威州镇海拔1250米。连绵不绝，蜿蜒起伏，莽莽苍苍的山，人走在山脚，自然就会被大山征服。相比于浩浩渺渺的群山，1米多高的人，沧海一粟而已。

所以，第一次进汶川的时候，我就被这层峦叠嶂的山折服了。常年生活在这里的人们，与山体相依为命，偶有爬上山顶的喜悦，多数时间，估计与我一样，同样被大山折服。我常常在山的包围中，透不过气来。

一定要去爬爬山，透透气。在水磨，我从刘家沟出发，爬过青城山，爬过赵公山。人在山里走，一下子就找不到了方向，多次攀爬，多次半途而废，最终也没能爬到赵公山顶。我爬过鹞子山，过去的背夫有歌词：爬到鹞子山，手都摸到天。站在鹞子山上，只见盘龙山还在高处，望而生畏。在威州时，从茨里沟上行，过茨里水库，一直翻越山顶，又从白水寨下山。一爬就是一整天，早上天刚亮就出发，晚上天黑尽了还没有回到家。上山慢，下山时，却是连滚带爬，累得筋疲力尽。

在汶川爬的第一座山，却是布瓦山。

刚到威州时，看见山腰有三座高高耸立的建筑，不知道这建筑叫什么名字。周围的朋友告诉我，那是羌碉。那时还没有网络，不像现在信息发达，一查搜索引擎，就能获取一些基础知识。问朋友们："羌碉有什么用？"有的说，可以储存粮食；有的说，是财富的象征；有的说，古代打仗时，用来生烽火，传递信息。我仍然困惑不解。

人是好奇的动物。幸好了解一些获取知识的方法，知道这世间，所有我不知道的事，书中都应该有记录。所有未解的事，书中都应该有答案。书是最好的老师。

查了很多书本，知道羌碉在《后汉书》中就有记录了，"曰邛笼，高十余丈"。一下子来了兴致。你看这羌碉，有多久的历史。人不过经历百把几十年，而它至少在2000多年前，就已经矗立在岷江流域。时间跨越了几千年，它活生生地生活在现代，它的形状却依然没有变。我的认知所限，在此之前，我并不知道世间还有这等神奇的建筑。

到一个地方去，每一个地方都有它特殊的文化。老师告诉我，了解文化的最直接途径，是看这个地方的建筑和服饰。

实实在在地，我看到了我未曾见到过的羌碉，而且，在汶川的大街上，我还看见了背着尖底背篓，穿着红红绿绿的衣服的羌族人。

以前，我对少数民族的认识，限于课本，限于课堂。老师讲斯大林划分少数民族的方法：共同地域、共同经济生活、共同语言、共同民族心理素质。尤其是对这个共同民族心理素质，我囫囵吞枣，没能理解。从初中到高中，课本中都有关于民族的知识。考试考到这方面的话，如果能答对，我知道，都是死记硬背而得，如此而已。对民族，确切地说，我没有概念，没有认知。

现在，他们活生生地在我面前，他们在一起的时候说的语言，我根本听不懂。这才想起老师说的话语，走进他们，或可知一二。

读书时，同年级也有两名羌族同学，他们说着和我们一样的话，穿着和我们一样的衣服，未觉两样。才工作时，系里也有羌族老师刘汉文，他教的课程是《古代汉语》，也未觉得他与我们有什么不同。算是走进了他们，为什么我还是困惑不已？街上见到的羌族，都是从周围的山上下来，他们的语言，他们的服饰，确确实实与我们不同呀？

二

在汶川工作，闲来无事时，总是喝酒。多数时间，是和王泽一起。王泽是藏族人。藏族人的生活方式，确实与我不同。某天，他的"伴儿"从红原带来了牦牛肉，王泽约唐泰智和我，说，晚上喝酒。我知道，这将是一次"战斗"。有理由喝酒，没有理由也喝酒。今天，有牦牛肉，势必喝酒更有了理由。

只见王泽用藏刀把好几斤牦牛肉切成几大块，洗净放进锅里，然后打开电炉，感觉水开了后，只煮了不到五分钟，他就把它们捞起来，盛在盘里。盘的旁边，摆了三个碟子，碟子里放上辣椒面和盐。他又给我们一人一把小刀。王泽用小刀割了一块牛肉，蘸了辣椒面，津津有味地吃起来。我和唐泰智面面相觑。我想，这不是茹毛饮血嘛！王泽说，吃吧，哦呀！不能扫了他的面子，我们战战兢兢，小心翼翼地吃起这个手抓肉来。

看来，少数民族的饮食习惯也与我们大不相同。

那么，羌族呢？他们为什么叫羌族？

一个周末，另一朋友徐跃约我，走，爬山去。我欣然应允。威州镇周围，四面环山，望不断的山，山总是给人无尽的遐想。长期生活在山脚下，却对周围的山不了解，对它很陌生。心里早就有去爬山的想法，不知道从山上看山脚下是个什么感觉？

从威州桑坪出发，晃晃悠悠过索桥，就是同学们说的"野猪林"。从一条小沟上去，沿途香花野草。我们走走停停，爬了三四小时，终于到了布瓦寨。黄土筑成的房子，在太阳照耀下，熠熠生辉。阡陌纵横的巷道内，时不时看见羌族妹子，穿着云云鞋，在巷里穿梭。偶有小孩，脸上还沾满了泥。他们躲在巷道的拐角处，有点"和羞走，倚门回首"的感觉。我见到他们，很新奇。他们见到我们，也觉得新奇吧。泥巴不玩了，"仗"不打了。我拿出相机，想给他们拍点照片，他们一窝蜂，又藏起来了。我挂起相机，他们又从另一个角落里冒出来。他们的样子，感觉像我小时候，见到外边有人来，我总是躲在屋里，在门缝处偷偷地看他们。我们信马由缰，漫无目的地走着。大人们都与我们打招呼，喊我们喝茶，请我们吃饭。我们就在寨中一个老乡家坐下来。只见他们的房屋都用黄土筑成，一层的房屋里，有猪、羊、鸡，它们各自相安无事。二层的房屋，中间是堂屋，两边是耳房。中间一根柱子，支撑了整个房屋的重量。从独木梯上得三层，只见房顶也是用黄土夯筑而成。靠山的一边，有小阁楼，阁楼顶上有汉族地区像神龛一样的垛，后来知道，这个是羌族供奉神灵的"那察"。房顶的西面，有晾架。屋顶的四周，铺满了黄澄澄的玉米。从房顶向外望去，整个威州镇尽收眼底，五里长街威州镇，感觉中间一条巷道，两旁稀稀疏疏地排列了一些房子。近处，几座羌碉巍然耸立，显得威严而不可冒犯。

周围都是大山，那些山我不能叫出名字。

那山像什么呢？我不能说清楚，倒是羌族诗人何健，有一首诗，我想，可能非常贴切地描绘了这大山。

山野的呼唤

在这里
山是凝固的汉子
汉子是走动的山
风
雕出棱角分明的性格

河流我是知道的，杂谷脑河在堡子关汇入岷江。我知道，起草报告，请求建立阿坝师专的威州师范学校教师张廷烈，曾经邀约他高中时的同学梁上泉，到过汶川。那时梁上泉已经在四川大名鼎鼎，是但凡读书人都知道的大诗人。梁上泉在汶川留下了诗歌，后来被汶川人民所熟记：

▲ 玉米丰收 （余耀明／摄）

三山竞秀，二水争流，一城夹江尽新楼，喜看古威州。威州大桥横锁，两岸紧相扣，正如各族儿女，含笑手拉手。同学习，共战斗，才使群山献宝，明灯高照赛星斗。

我所在的山，正是三山当中的布瓦山。站在房顶上，吟诵着前辈的诗歌，顿觉诗歌那么豪迈！又非常贴切地描述了汶川风貌，还写及同学情谊，对年轻的学子也有诸多勉励。读书时，曾经在宣汉的旅馆里，看见一本杂志，杂志上有梁上泉的小说。现在，在山顶上，看见他那么恰切地描绘了汶川。站在房顶，一种豪迈、敬佩之情油然而生。我想，如果交通便利，梁上泉老先生，能来布瓦寨，不知道会写下几多脍炙人口的诗篇？可惜自己笔拙，见到山，还是山，处在冯友兰在《中国哲学史》里描述的最低级状态。

有朝一日，再来布瓦寨，弄清楚周围的山的名字也是好的。

我和徐跃正在攀谈，楼下老乡已经做好了饭。老腊肉、豆花儿、洋芋糍粑一会儿就端上了桌。桌上还有一些我们叫不出名字的野菜。老乡不时招呼我们喝酒。这腊肉，透亮，吃时不腻，化渣。豆花儿的味道就更不必说了。

我们俩确实是不速之客，这些羌族老乡凭什么要那么热情地招待我们？

三

再一次上布瓦寨，已经是 2012 年了。写作《神奇的九寨》的羊子、汶川中学校长龙绍明，是我的文友。在汶川的文学圈，他们虽然年龄不比我大几岁，但在对文学的理解方面，他们确实是我的前辈、我的老师。龙绍明开着新买的小车，载着羊子和我，还有其他一行文友，一路意气风华，谈笑风生。汽车喘着气在蜿蜒曲折的盘山公路上盘旋，卯足劲儿往上爬，直接爬上了山顶。

只见路边，到处都是李子树。李子沉甸甸地压弯了树枝。有羌族朋友正在采摘青翠的李子。在一块平地处，只见一硕大的厂房，房里三三两两的人，有的在装车，有的在过磅，忙得不亦乐乎。厂房里面，堆满了李子。从来没有见过这么大的李子，我敢说，后来我再也没有见到过这么大的李子。估计李子有我平时见到的杏子、鸡蛋一般大。过去见到的李子，不过玻璃珠那么大，今天见到这么大的李子，很是新奇。这李子这么大，味道该不怎么样吧？随便取一个，咬一口，咦，又脆又甜。脆是干脆的脆，像羌族人长期在大山中形成的性格，像大山一样。甜是抿甜，格外地甜。那味道形容

▲ 热情的羌族老乡 （张茞／摄）

不出来。心想，这世间，所有的事物都能描绘，我该怎样才能描绘它呢？确实找不到一个合适的形容词。感觉自己理屈词穷，百口莫辩，像受委屈的小孩。搜肠刮肚，抓耳挠腮，硬是没法形容它。难怪，我在南充时，市面上卖李子，一问哪里的李子，他们都异口同声："汶川的李子。""我就是汶川人，汶川李子我知道，"我说，"你们骗不了我。"只见这些卖李子的人家嘴角咧咧地笑。

那时仿佛快递业没有现在这么发达，这些李子也是装大卡车发往北京，发往上海，发往广东。我们好说歹说，找老板匀了一些李子，我们是想让家人朋友知道，你看这汶川李子，果然名不虚传。

再往上去，山上的李子红扑扑的脸蛋，惹人喜爱。羊子说："这布瓦山，牛背山，四面的李子都不一样，山上和山下的李子也不一样。山下的是清脆李，山上的是红脆李。从7月开始采摘，直到11月，都有李子吃。"

什么时候通了这公路，什么时候种起了李子？龙绍明说，你好久没上来了，对汶川并不熟悉。现在的汶川，家门家户都通了公路，家门家户都种上了水果。5月有大樱桃，6月有杏子，7月以后，漫山遍野的花椒、苹果、核桃、李子。这布瓦山，是实实在在的花果山。

从12月到第二年5月，按道理，布瓦山应该青黄不接，不出产水果吧？

就在日前，我再一次上汶川，再一次去布瓦寨。和汶川文友毛倩、王国东一起，我们先到克枯村党支部书记耿玉红家。耿玉红又是端板凳，又是沏茶，忙得不亦乐乎。我们坐下来，不大一会儿，耿玉红端来一个大盘子，盘子里装满了李子和苹果。这都什么季节了，已经是12月了，怎么还有这等玩意儿？耿玉红说："你们来看一看就什么都知道了。"我们起身，看见在汶马高速路克枯出口，占地几亩的厂房。倒听不见机器的轰鸣声。耿玉红说："秘密就在这里。"走进厂房，看见堆了不少的箱子，箱子里装的就是李子。耿玉红说："蔬菜有反季节蔬菜，反季节蔬菜往往能卖个好价钱，我就琢磨，大棚种水果，不现实。一亩地才种20棵车厘子，哪里来的这么大的大棚？但是，我想，冰箱可以保鲜，我能不能把水果装在冰箱里？不行，再大的冰箱，又能装多少水果？但方法是一致的，汶川县政府听说我的想法，那些干部笑我，'你呀你，该出点门，长期待在山里脑袋都木了。那个时候你在汶川率先搞农家乐，搞得风生水起。现在，这个技术不是问题。'"耿玉红顺藤摸瓜，"那你们的意思是，要帮助我？""帮助你可以，我们正有这个想法，汶川那么多水果，到处都是水果，有时卖不上价钱，你搞一个仓储气调库，就解决了你和那么多农户的问题。""什么库，气调库？气调库是什么玩意儿？""而且，政府还可以资助你一部分资金。""还有这等好事？""那是当然。""嘿嘿，领导，我这点觉悟是有的，我是党员，我是支部书记好不好。"我看见眼前这位羌族汉子的脸上，质朴里透露出一些"狡黠"的笑容。县政府给了政策，补贴100余万元，自己添补了300万元。一个气调库就建好了。布瓦山和周围的农民就可以把旺季采摘的水果冻起来，等开了年，就可以待价而沽了。

耿玉红还带我们上山，布瓦村和大寺村（合乡并村以后，这里是大寺组），其实都在布瓦山上。我们沿布瓦村、大寺村走了一圈。

▲ 汶川县来料加工扶贫车间总部　（张莞／摄）

四

这次上山，又与前次不同。

布瓦山上，一个硕大的红色圆球，展现在我眼前。回想好些年前，这里也有观光台，站在台上，四面可见。想起第一次爬布瓦山的时候，可以站在屋顶上望四周，觉得房屋建在平地处，视野还是受到一些限制。后来上山时，站在观光台处，可以四下张望。还是有山挡住了视线。

这个红球拿来做什么用？我们正在好奇，从公路边，向外延伸，还有百多米距离。圆球像蜗牛，这蜗牛还有触角，直接伸出了山崖的外边。我们从"触角"往外走去，越到触角的底部，视野就不受局限了。对面是雪龙包山，展露出真实面目。山顶可见积雪。我曾经参与过《羌族释比经典》的收集整理，经典中，屡屡出现一座山：卡尔别克神山。后来问羌族同胞，他们说，雪龙包山，就是经典中的卡尔别克神山。我知道，羌族的最高神灵阿爸木比塔就住在卡尔别克神山上。卡尔别克神山留下了很多动人的故事和传说。羌族著名的神话、史诗《木姐珠和斗安珠》就发生在这座神山上。山上积雪终年不化，本身就像仙境。背面是什达格山。左边，远处是九顶山。萝卜寨、月里、牛脑寨、万村，都远远地排列。右边是铁邑、佳山，一系列寨子。下边是威州镇。举目四望，激越澎湃。

耿玉红说，白天，向上望，可以见蓝天，晚上，还可以看星星。这个红球，不是红球，你这老师，还是少见多怪了，它叫"揽城观月"。党的政策好，先富带后富。浙江省先富起来，东西部协同发展，浙江省援助威州镇550万元，经过实地踏勘，修建了这一个惠民工程。明年的春天，春暖花开时节，你就可以到这里来赏花游玩。

什么，东西部协同发展？我一下子来了兴致。"这个问题说来话就长了，我说不清楚，你可以问问汶川项目办的同志。"

40年前，针对当时的现状，国家鼓励让一部分人先富起来，最终达到共同富裕。实践中，一部分地区，特别是上海、广东、浙江等沿海省市先富起来了。也形成了城乡差别、工农差别、东西部差别的客观存在。那个时候，"孔雀东南飞"。20年前，国家实施"西部大开发"国家战略，鼓励、支持西部地区实施天保工程、加大基础设施建设力度，终于，"西北有高楼"，逐步缩小了东西部差别。党的十八大以来，国家出台政策，实施同步奔康、脱贫攻坚、乡村振兴国家战略，城乡差别也不断缩小。现在，国家鼓励东西部协同发展，西部地区与东部地区的差距也将越来越小。

浙江省持续不断援助阿坝州，援助汶川县。就在 2022 年 4 月 24 日，浙江省发改委下达了 2022 年对口支援阿坝州第二批项目实施计划，对口支援阿坝州资金 6.5 亿元，实施改善群众生产生活条件、文化教育支援、产业支援促进就业、智力支援、促进各民族交流交往等五大类项目，共计 186 个。其中援助汶川县资金达 4500 万元，实施项目 10 个。

其中，浙江省委、省政府决定，由湖州市长兴县对口支援汶川县。长兴县结合汶川所"需"与长兴所"能"，大力实施"智力援

▲ 揽城观月 （周正／摄）

汶、产业富汶、民生暖汶、交融兴汶、文教润汶"五大工程。紧扣汶川县委第十三次党代会提出的"一区两地六示范"战略目标，深入推进对口支援工作，取得显著成效。

下得山来，在和汶川县委、县政府的对接中，进一步了解到，今年以来，县委常委会、县政府常务会及对口支援和东西部协作领导小组会先后22次专题研究对口支援工作，双方领导多次开展交流互访。一年来，"全县对口支援工作以做部署、推项目、抓进度为基础，推动对口支援各项工作迈上新台阶。"汶川县委常委、县人民政府副县长李永新说，"2022年对口支援和东西部协作项目共计10个大项29个子项，项目资金4500万元。""今年引进浙江鲜丰水果采购甜樱桃40余万斤，长兴县党员干部端午节定向采购汶川甜樱桃5万斤，累计完成消费帮扶5000万元。果农们有了显著收益。"今年，在疫情肆虐的大背景下，长兴县援助的汶川来料加工项目、引种长兴吊瓜、一叶一瓜一湖羊帮扶行动、共建州级物流分拨中心、'人才+'智援、创业培训等方面都取得了长足进展。"一方面，解决了就业难题，一方面，老百姓见到了收益。"汶川县威州镇副镇长郭刚告诉我，"你所说的揽城观月，是其中的一个子项目。"

想想也是的，在恰如其分的地方，恰到好处来一个揽城观月。春天可以赏漫山遍野的花。山顶和山脚，羌族老乡养了蜜蜂，克枯村的杨志文大爷养了100多桶中蜂，保守一点，一年也能产2000斤蜜。一斤卖50元，一年光养蜂一项，也可以卖得10万元。这些果树，为蜜蜂提供了丰富的蜜源。有了蜜蜂授粉，又可以提高水果的产量。一举两得。这蜜蜂，也不需要飞老远去劳动，一出门，花蜜唾手可得。

夏天以后，漫山的水果，这里就变成了名副其实的花果山。住在"揽城观月"里，你也闲不住呀，一边白天览城，晚上观月。一年四季，都可以看到不同的景致。你看得累了，伸手可得，四野都是水果犒劳你。

想想都是美的。

"揽城观月"修好以后，水从山上来，是地道的山泉水。羌民家的腊肉、豆花、金裹银，随时都有，它们是"揽城观月"里的家常便饭。还可以带动附近羌族同胞搞其他副业，可以带动羌族民众继续提振民宿的品质。各种好处接踵而至。

我不由感慨万千。我想起羊子和我陪同著名男高音歌唱家逯军来到羌寨，他创作了《美丽的羌寨》：小山羊，蹦蹦跳，唱得真快乐，小山羊，陪我唱，大山里的歌。

布瓦山，花果山。这里有国家级文物保护单位布瓦羌碉，山下有国家级文物保护单位克枯栈道的传统文化的浸润、沉淀，又有了

▲ 克枯栈道 （余耀明／摄）

揽城观月现代的装点、引领，"美丽的羌寨"布瓦山，如"凝固的汉子"的羌山，必将更现生机、活力。

长兴县的援助是"输血"，汶川自己也在实现不断"造血"，从长兴县的"组团式"帮扶到汶川县的"精准化"对接，长兴与汶川的深厚情谊正不断升华，各民族携手并肩，同心合力，汶川这位如山的汉子，正坚定地走在全面建设社会主义现代化的新征程上。

仙翁精舍赵公山

一

　　横空出世有仙山，赵公元帅隐其间。

　　岭回北斗近日月，雾绕云飞上九天。

　　地跨青城八百里，不尽都江环半圈。

　　绝顶之处四下望，逶迤群峰似浪翻。

　　这首诗写的是赵公山。

　　24 年前，我从成都出发经过都江堰到汶川。过青城大桥，到玉堂。只见一座座山，跌宕起伏的山，绵延不绝的山。一下子来了兴致。刚过的 50 千米路途，属于成都平原。周围阡陌纵横，屋舍井然。一丛丛树木、竹林围着一座座院落，一派田园风光，一幅国画画卷。一边遐想，如若这国画中，多一些山，多一些水，不仅有田园，还有山水，这画卷就饱满了，就立体了。平原给人的感觉，还是平面了一些，像平铺直叙，没有跌宕起伏，给人的感觉一览无余，

211

不能产生太多的想象空间。难怪书上讲，国画的内容，包括山水，包括花鸟，包括人物。如果再有山，有水装点，山有高矮胖瘦，水有泉、溪、沟、瀑，山中蕴藏了什么，并不能看尽，并不能说尽，并不能画尽。你在不同的时令，站在不同的角度，看到的山都是不一样的。你在山的这边，山的不同位置，常常会想，前面是什么样，那边是怎么回事？所以，山常常给人以峰回路转、柳暗花明、鬼斧神工之感。

正在遐想，觉平原还是美中不足。只见路边一标识：赵公山。透过车窗，法国梧桐虬劲的枝条外边，是一坡坡的绿，是一层层的田。再远处，就是高不见顶的山，那恐怕就是赵公山了。外边是一条大江。碧波翻滚，后浪追逐前浪。这画面陡然就活了，就灵了。难怪古人开创的国画，要讲山水，有了这山水，就有了自然，再有了花鸟，有了人物，这花鸟、人物就属于自然当中的一个组成部分。人物、花鸟和谐统一于山水之中，这些山水画无不寄予了古往今来文人墨客的心绪和理想。

再掉书袋的话，自老子创立道家思想以降，哪一位迁客骚人不从正面、侧面或反面受到道家思想的影响？有的直接践行，选择了归隐，归隐于自然山水中，与自然山水统一甚至同一。陶渊明种菊东篱，七贤居于竹林，王维隐居淇上，更是"诗中有画，画中有诗"。他们的旨趣，都选择了山水田园之乐，他们自己，也同化成了自然。

这是国画。画中自然不是纯粹描摹自然山水，它有构图，有截取，有提取，不是纯客观的反映。可是，你所见到的，分明就是一幅画呀。

车在山脚下过，心想哪天一定要去拜望赵公山，去看一看这真实的山。画始终是画。不仅仅去遐想，要走进它，要亲吻它，去看一看比画还像画的山。不能生长、生活在这画中，就是去看一看，去体验一番，也是心满意足的。

二

第一次见到它的名字时，就被它吸引。人总是有很多困惑，不知道从哪里来，也不知道到哪里去。后来，常常从赵公山的脚下经过，就是不能去拜望它，心里面也常常会想，这赵公山，叫赵公山，赵公应该是人，他是一个什么样的人？居然用它的名字来为一座山命名，肯定有出手不凡的传奇、经历。

后来知道，赵公山是财神山。赵公明就是家喻户晓的财神。财神我是知道的。民间一直有祭祀财神的传统。

赵公明如何成了财神，我的心里还是有一串问号。不时从赵公山脚下经过，不时问同行的人，时间一长，就对赵公有了一些基础了解。

赵公是指赵公明。赵公明最早见于晋代，时为督鬼的神人。干宝在《搜神记》中说："上帝以三将军赵公明、钟士季，各督鬼下取人。"无独有偶，写作《桃花源记》的陶潜著有《搜神后记》："赵玄坛，秦代人，得道于终南山。"梁朝时期的陶弘景，在《真诰·协昌期》中说："天帝告土下冢中直气五方诸神赵公明等，某国公位甲乙年如千岁，生值清真之气，死管神宫，翳身冥冥潜宁冲虚，辟斥诸禁忌，不得妄为害气。"

后来的文章中，一直有关于赵公明的记录。明代《列仙全传》中说："赵公明为八部鬼帅，周行人间，暴杀万民，太上老君命张天师治之。"

到了元明时期，赵公明演变为财神。元明时《三教源流搜神大全》说："赵公明，终南山人，头戴铁冠，手执铁鞭，面如黑炭，胡须四张。跨黑虎，授正一玄坛元帅。能驱雷役电，呼风唤雨，除瘟剪疟，祛病禳灾。如遇讼冤伸抑，能解释公平，买卖求财，宜利合和，无不如意。"

明代陆西星《封神演义》更是神化了赵公明。《封神演义》第四十六回为《广成子破金光阵》。书中记录，太乙真人破解闻太师之"化血阵"，闻太师无计可施。忽忆起峨嵋山罗浮洞赵公明。乃亲自乘骑黑麒麟，挂金鞭，往罗浮洞来，邀其前来助阵。赵公明遂下山助纣抗周。虽公明武艺高强，法力无边，终为太公所杀。灭商后太公封公明为金龙如意正一龙虎玄坛真君，主管"迎祥纳福"，统帅招宝天尊、纳珍天尊、招财使者和利市仙官，统管人间一切金银财宝。

明初宁波知府王琏《琅琊金石辑注》说："财神者，姓赵名朗，字公明，琅琊古来有之。昔者天上生十日，帝命羿射九日。其八坠海为仙，海上八仙是也。余一陨于天台，其身为石，太阳石是也，其精为人，赵公明是也。既长成，至峨眉山修炼，得神仙之术。商周交兵，遂受闻太师之邀下山助商，失利为太公所杀。太公岐山封神，郎受封玄坛真君，日精再归天台，遂真阳附石，神体合一。辖招宝天尊、纳珍天尊、招财使者、利市仙官，专司人间迎祥纳福之责。此后石下有庙供真君之位，天台山亦易名财山焉。"

《封神演义》为通俗章回体小说，在民间影响很大。赵公明的形象为千家万户所了解，所喜爱。民间开始了祭祀财神的朴素信仰。《琅琊金石辑注》中，更是把赵公明等同于财神。民间开始了对财神的普遍祭祀。

▲ 远眺汶川 （余耀明／摄）

　　青城山毕竟为天下名山，传说张道陵在此修道，创立道教。赵公明是青城大面山烁罗鬼国大巫师，在传说中的西蜀六大鬼国中，烁罗鬼国最为强盛。汉末，张道陵入川，在青城山收服六大鬼帅，赵公明随张道陵创立了道教，担任道教正一玄坛元帅，职守库廪钱粮，负责巡山守护丹坛。

　　赵公明羽化后，大面山改称赵公山，人们在山上筑赵公明衣冠墓，称公明墓地为王坟岭，王坟岭旁有赵公祖庙。岁月沧桑，赵公山上的宫观庙宇受到损毁，现仅存祖庙残基石刻；赵公山至今尚有赵公明得道的"一捆柴"、赵公明修真悟道的琼楼仙室洞，赵公明设坛驱邪、除瘴的古银杏，古祭台遗址，有赵公明的结义姊妹金霄、银霄、玉霄三霄坟。由于赵公明的人物传说历史跨度最大，社会影响最广泛，《封神演义》把历史传说和道教历史编纂在一起，在《封神演义》中赵公明是西蜀峨眉山道士，有黑虎、铁鞭和百发百中的定海神珠、缚龙珠等法宝，他助纣为虐，被姜子牙用桃木巫术致死。姜子牙受元始天尊之命封神，赵公明被封为"金龙如意正一龙虎玄坛真君"，统招财、纳珍、招宝、利市四大财神真者，成为中国影响最大的财神爷。

大面山与青城山，实为一山。只是山阳称青城山，山阴称大面山。大面山有诸多山峰，像溶洞里的石笋、石钟乳，奇形怪状、参差错落，只不过这些石笋、石钟乳倒立着。云雾缭绕其间，真像影视画面中的仙境。

三

赵公山下，是紫坪铺水库。紫坪铺水库于 2006 年蓄水发电。紫坪铺水库是西部大开发十大重点工程。紫坪铺水库正常蓄水位 877 米，死水位 817 米，最大坝高 156 米。核定洪水位 883.1 米，设计

▲ 紫坪铺水库 （周正／摄）

洪水位 871.1 米。总库容达 11.12 亿立方米，其中正常蓄水以下库容 9.98 亿立方米。电站装机容量 76 万千瓦，年发电量 34.176 亿千瓦时，可承担西南电网的调峰调频任务和担负一定的事故备用。紫坪铺水利枢纽工程坝址以上流域面积 22662 平方千米，工程能有效地调节上游水量、洪水和泥沙。紫坪铺水库可调节增加枯水期洪水 7.75 亿立方米，枯水年宝瓶口增加进水量 6.86 亿立方米，基本满足灌溉、城市工业、生活环境用水要求。

紫坪铺水库建成以后，淹没了汶川县原漩口镇。一条绕坝路改变了原来经由漩口到映秀的道路。出友谊隧道，就过了都江堰地界，到达了汶川县漩口镇的赵公村地界，再往前行，过寿江大桥，需要爬一段盘山路过集中村到白云顶，在白云顶上，我时常看见对面的山，高高低低，有的山形似笔帽，有的山像盾牌，有的山像柱子。云霞从山中荡漾，形成云蒸霞蔚的情景。师傅告诉我，那山就是赵公山，赵公山下面就是赵公村。

这样奇奇怪怪的山，真的像是画上去的。

到了水磨工作以后，就更想去拜访这座山了。先是从刘家沟爬上去，心想，只要爬到山梁最高峰，就是赵公山了。山中大雾，斑竹林密密匝匝，阻挡了去路。寻赵公山不得。那就从背面进发，和汶川数十文友一起，去赵公山寻觅，奈何人多，路途艰险，半途而废。再从山的正面，从都江堰方向爬上去，这次只约了一人同行，到山间住下来，第二天飘泼大雨，阻断行程。再从寿江大桥出发，这次是 100 多人的队伍，扛了红旗，分成小组，带了干粮，好不容易到南天门，山那边就是青城后山，就是泰安镇。从南天门绕山梁，前面不远处就是赵公山，可还是与赵公山擦肩而过。疫情期间，国十条出来以后，好不容易可以出校门，走到寿江大桥处，看见前面路途拥堵，听老乡说可以不走 317 国道，可以绕道赵公山。车子一路攀爬，直走到了南天门。再一次不堵车时，先约汶川县旅游局局长、漩口镇镇长、赵公村村委会书记，想继续对赵公山下赵公村做进一步了解。

四

站在赵公山上，面积达 20 平方千米的水库尽收眼底。赵公村的对面，是一匹叫白岩的山梁，气势磅礴的龙门山，在这里性格就温和了，变成一匹青山，一匹梁子。赵公村所在处，是邛崃山系的余脉。邛崃山，高昂着头颅，桀骜不驯。两座大山夹持中，是浩浩荡荡的岷江。桀骜不驯的岷江，一出两座大山，就被李冰收治，变得服服帖帖，水旱从人，从而成就了成都平原成为天府之国。离都江堰宝瓶口 9 千米，正是新时代的都江堰工程，一条大坝把一条大江拦腰斩断，一条大坝把两个山系两条山脉锁住。形成一个宏大的湖泊，湖泊里有小岛，横跨湖泊的紫坪铺大桥，连接汶川和都江堰。湖泊的岸边有人家，有村落，赵公村天然地背靠青山赵公山，脚踏紫坪铺水库。后有山，前有水。山重水复，自然柳暗花明了。

赵公村自是有赵公山和财神的加持，又有了紫坪铺水库的护佑，自然，就有了得天独厚的环境，离都江堰 10 千米，离成都 60 千米。其实，出门就是都江堰，都江堰尽收眼底，自然，占据了天时与地利。如果再加上人和，那这个地方真正就是人间仙境了。

地利自不用说。处在两条山系的尽头，龙门山系从九寨沟弓杠铃出发，一路像一匹骏马狂奔，来到了赵公村的对面，邛崃山系从鹧鸪山出发，直走了几百里到得赵公村，还是气宇轩昂。赵公山东下侧为白垩系地层的群山，因其处于龙门山前山褶断带，形成卧牛山、大牛心山、小牛心山、挖断山、斗底山及纱帽石、老虎石、五龙印石等一系列奇峰岩石。赵公山内分布着神仙洞、响水洞、老熊洞、燕子洞、猪洞等大大小小共28个溶洞。山间生长了银杏树、水杉树、青城榆、楠木、杜鹃花，还有大熊猫、野牛、岩驴、野猪、鹿、豺狗、果子狸、松鼠、猫头鹰等。山中有有娃娃鸡、锦鸡（金鸡）、桐花风（蓝喉太阳鸟）、护花鸟、知更鸟、红嘴相思雀、青城玉鸦、杜鹃鸟、白鹭、画眉、翠鸟、斑鸠等珍稀鸟类，两栖动物有褐蛙（青城梆梆鱼）、娃娃鱼、树蛙、田蛙、琴蛙，等等。云海茫茫，雾漫苍林，水声常在耳，空翠湿人衣。这里多年平均气温为15.2℃，年平均无霜期为270天。冬无严寒，夏无酷暑，气候宜人，是理想的旅游和消夏避暑的胜地。

地理优势自不必说。特别是实施脱贫攻坚、乡村振兴国家战略以后，汶川县党委、政府、漩口镇党委、政府和赵公村村委会一道，在充分调研的基础上，分析赵公村的出路，就是"靠山吃山，靠水吃水"。这就为人和创造了条件。

过去的赵公村，也算是靠山吃山。家门家户，或者联营，或者独干，把山上的石头变成砖。家家户户有砖窑。他们把出产的砖拉到10千米之外的都江堰，成为上好的建筑材料，他们把瓦拉到汶川各地，成为多少农户喜好的产品。他们可以挖煤碳，天然的露天煤，只要勤劳，出门便可以挖煤。周围多石头，石头富含碳酸钙，一经烧制，就是水泥，就是石灰。哪样都可以变成银子。山脚就是紫坪铺水库，靠水吃水。水里有丰富的沙石，这些石头、石子、沙子，只需要捞起来，进行简单的分类，就是上好的建筑材料。因为这些石头是石英石，质地异常坚硬，只要拉到都江堰，都江堰外面就是大成都，就是成都平原。架设桥梁，修建房屋，铺设道路，哪里不需要沙石？因为这些沙石材质坚硬，在大成都就有广阔的市场。一段时间以来，赵公村哪家哪户没有大卡车，哪家哪户不经营石头？

▲ 紫坪铺水库 （周正／摄）

我在乐山乌尤寺看到一联，上联为：靠山吃山，靠水吃水；下联：种瓜得瓜，种豆得豆。靠山吃山，靠水吃水，感觉是对过去赵公村的真实写照。

五

就赵公村而言，靠山可以吃山，靠水也可以吃水。村民们也不像过去传统中父辈们那样，面朝黄土背朝天，依靠土地，依靠种植养家糊口。村民们在短时间内就脱贫了，致富了。

但是，村民们从水里捞起沙石，污染了水面。砖瓦厂，煤炭厂、锰矿厂、水泥厂，夜以继日地冒烟，排放污水，污水直接灌进偌大的紫坪铺水库中。紫坪铺水库里，白色垃圾漂浮，水质受到了污染。要知道，紫坪铺水库的外面，是都江堰，是良田万顷，是大都市成都。应急水库紫坪铺，除了防洪、发电、灌溉，更为重要的是，它也是成都 2000 万人口的饮用水源，大家共饮一江水，水源污染了，叫下游的人民怎么活呀？

时间短不觉得，天长日久，这里的山不再青，紫坪铺的水受到了污染，水不再绿，天不再蓝。农民平时务工，闲时务农。只是他们发现，树不再开花，苞谷不再结籽。白色的床单晾在阳台，风吹一天就变黑。烧砖烧石灰挣的钱还不够汤药钱。你要山的钱，山却要的是老百姓的命啊！不为自己考虑，也得为下游的人们考虑，也得为子孙后代考虑！生活在赵公村的村民们忧心忡忡。

老百姓急在心里，愁在脸上。

党的十八大全面部署了"五位一体"总体布局，经济建设、政治建设、文化建设、社会建设和生态文明建设协同发展、整体推进。在党的十九大报告中指出：农业农村农民问题是关系国计民生的根本性问题，必须始终把解决好"三农"问题作为全党工作的重中之重。2022 年 12 月 23 日，习近平总书记在中央农村工作会议上强调，要铆足干劲，抓好以乡村振兴为重心的"三农"各项工作，大力推进农业农村现代化，为加快建设农业强国而努力奋斗。全面推进乡村振兴、加快建设农业强国，是党中央着眼全面建成社会主义现代化强国做出的战略部署。习近平总书记的重要讲话，为建设农业强国、加快推进农业农村现代化、全面推进乡村振兴提供了科学指南和行动纲领。

阿坝州委按照党中央、国务院，四川省委、省人民政府的决策部署，坚定提出"一州两区三家园"战略目标，践行"重在保护、要在治理，推进高质量发展"理念，要求汶川围绕川西北阿坝生态示范区建设目标，切实融入东南绿色经济先行示范带建设。汶川县委书记、汶川特别旅游区管委会党委书记李建军表示："这一定位和部署是汶川推动经济社会发展的依据和牵引。汶川肩负建设'高质量发展引领区'使命，将以创建'无忧地·慢生活国家级旅游度假区'为抓手，助推全州转型发展。"在李建军看来，汶川要利用地缘交通、政策红利、气候条件、发展基础等条件，推进"全域旅游"，补足短板，促进文旅产品提质，培育支撑产业，以点带面，以点促面，不断提升产品品质、服务水平，全面推进乡村振兴。

汶川县不断践行习近平新时代中国特色社会主义思想，漩口镇党委政府深刻地知道，这才是赵公村转型发展的强心针，有了这副猛药，就不怕顽疾了。

漩口镇党委书记周波、镇长董红林带着汶川县委、县政府的尚方宝剑，多次深入赵公村，和赵公村党支部书记高强一起，了解情况，寻找路径。痛定思痛，关停所有的煤窑，关停所有的砖窑，关停所有的采石船，还赵公村以绿色和阳光。

赵公村内，原有向阳、闽川、蜀粤、裕民二厂、元亦5家砖厂，每个砖厂都有八九名砖工，每家砖厂每天都可以生产50万块砖。与其说生产的是砖，倒不如说生产的是钞票。每家砖厂，一年的利润都应在200万元以上。除此之外，赵公村域内还有2家地条钢厂、1家炼胶厂。不管天晴下雨、打霜落雪，赵公村村民都有稳定的收入。或者开煤窑，或者开砖窑，或者在几家厂里就近打工。这些工厂确实在带领老百姓致富方面功不可没。可是这些厂矿都是污染企业，它们都不可持续，获得利益是以牺牲环境为代价的。

周波、董红林多次深入赵公村，调研情况、开动员会、做部署布置。老板们多来自村里，通情达理。周波说："要干一番事业，我们共产党员只要不为自己的腰包考虑，又有群众的响应，关停这些企业，倒轻而易举。"

接下来是关停采石船。采石船在紫坪铺里打捞沙子，稍做分类，就可以卖到成都的市场。赵公村村委会书记高强告诉我，为了关停这些污染水源的采石船，他天天早出晚归，先是集中贯彻汶川水务局文件精神，晓之以理，动之以情，整治紫坪铺库区非法采砂行为。那段时间，他做梦都是在跟采石船老板苦口婆心讲政策，讲道理。汶川县按照上级指示，组织联合执法小组，扣留非法采砂船 29 艘，拆除 9 艘采砂设备。关停以后，再建立巡逻制度，杜绝湖面抽砂乱象死灰复燃。经过县、镇、村齐抓共管，有力护好了库区水生态。

关停了污染企业，算是"破"，破除了环境污染的老大难问题。但是，老百姓的生路呢？怎么"立"呢？高强告诉我，紧紧抓住乡村振兴契机，争取政府支持，依托县文旅项目，以农村小型工程建设模式，持续推进生活污水治理，持续推进赵公村污水处理质效达标。不断依托县政府项目支持、政策支持，依靠赵公山得天独厚的自然资源，引进龙头环保企业，依靠群众的智慧和力量，老百姓有了奔头，有了出路。

六

砖厂的轰鸣声消失了，私挖盗采杜绝了，紫坪铺库区清净了，告别过去破坏式的发展方式，未来的路又在哪里？漩口镇党委政府和村两委在经历迷茫、摸索、争吵过后，走出了一条独具特色的农旅融合康养旅游路。赵公村旅游发展，是近年来汶川县旅游发展的缩影。积极响应"两山"理论号召，赵公村陆续关闭污染严重的工厂、矿场，积极探索转型升级新路径，赵公村根据"产村互动、农旅融合"的发展思路，科学探索出"三产带一产、一产促三产、三大产业互动"的新型发展模式，按照"高端带低端、低端促高端、以点带面、以面强点"的方式，构成了"村中有产、产中有村、产村融合、农旅合一"的产业布局，再通过改善基础设施，打造微景观、微景点等多种途径，加快实现产业布局多元化。

▲ 欢庆佳节（张莞／摄）

近年来，赵公村持续招商引资 4300 余万元，建设无忧谷农庄、高山杜鹃基地、樱花基地民宿和户外拓展设施（比如，卡丁车、蹦床、团建设施等）；以点带面，辐射带动群众自身投资，改造完成 17 家农家乐，为旅游产业发展奠定良好基础。招商打造樱花里、素朴、无忧农庄等 3 家精品民宿，提供就业岗位 100 余个，游客容纳量达 1000 余人，实现年增收百余万元。

他们不断加强基础配套，积极争取财政支持资金 5000 余万元，完成素朴酒店、通村道路硬化等配套设施建设；陆续完成农网改造、安全饮水工程，铺就游步道 18 千米，硬化道路 3 千米，整顿提升村容村貌 70 余户，配套停车场 1 个，陆续修建有养老院、生态展厅、游客接待中心等。积极推进厕所、垃圾、污染"三大革命"，厕所改建覆盖面达 98%，建立"户分类、村收集、镇转运"处理模式，大力提升人居环境。有了基础设施，有了自然条件，还不足以让赵公村的老百姓的日子真正好起来。赵公村立足农旅融合，积极发展多元产业，在保持原本乡村风貌肌理的同时，种植樱花 400 亩、高山杜建 300 亩、珙桐树 200 亩，培植 500 亩竹林观光风景带，同时创建特色茶园，开设樱花节、采茶研学等旅游项目，开发配套的观赏性、体验性乡村旅游系列活动，有效丰富产业业态。

赵公村已经形成了一个初具雏形的内部产业循环链，一方面借助民宿和农家乐经济体，种养殖户拓展了产品销路，形成了长期战略合作关系，另一方面种养殖户凭借绿色生态的农副产品，又为民宿和农家乐经济体在无形中孵化了特色鲜明、符合当地特色的标志性农业品牌，两者相互依存、相互促进。

七

如今的赵公村，家家有产业，户户有奔头。他们依靠山清水秀、空气清新的天然环境、得天独厚的乡村资源以及不断释放的政策红利，依靠漩口几代人久久为功，绿水青山已然变为金山银山。现在的赵公村，已然腾笼换鸟，脱胎换骨，在阵痛中获得了新生。山自然绿了，水自然净了，天自然蓝了。成功上榜"四川省生态旅游示范区"，入选 2020 年中国美丽休闲乡村。

我行走在"云里雾里樱花里"的人间仙境，看见几十幢民宿，掩映在茶山中，掩映在竹林里，氤氲在樱花里。适合人居的自然环境，引来了无数的观光客，这里春可采茶，夏可闲居，秋可收获，冬可赏雪。人间仙境，不过尔尔。在向村支部书记了解中得知，在高效践行"两山理论"的过程中，赵公村始终坚持党建引领，强化党组织建在生态产业集群上、建在生态文明意识阵地上，通过"三会一课"、主题党日活动提升支部组织力，用好新时代文明实践站，加强"两山"理念的认识和宣传，让基层党组织和广大党员自觉成为推动生态文明建设的绿色先锋，把党的基层组织建设活力转化为生态环境保护的内生动力，构筑了生态文明建设坚强堡垒。积极健全自治、法治、德治相结合的乡村治理体系，成立矛盾纠纷化解工作专班，切实将矛盾化解在萌芽状态，借鉴复制"五联一和"震源村自治经验，积极开展扫黑除恶斗争和全民禁毒行动。依托"农民夜校""文化院坝""两联一进"等阵地平台，推动红色理论、红色基因"飞入寻常百姓家"。他们不断创新宣传形式，采用"打快板""绕口令"等方式加强防火防汛、疫情防控等宣传教育。组织村级文艺宣传队，以群众喜闻乐见的形式宣传"文明四风"建设及感恩教育活动，开展"卫生清洁户""孝善和美家庭"等先进典型评选，建立文明实践站 1 个，营造了良好社会新风尚。定期开展赵公村民宿产业集群服务人员技术培训，积极弘扬"大爱精神"和多元一体的民族精神，通过党风促乡风，以乡风带民风，让旅客切身感受淳朴民风，打造有温度的民宿产业。他们不断挖掘和引回致富带头人 4 人，培育本土能人和特殊工种人才 30 余人，发展绿色产业 4 家；积极为 20 户农民个人创业担保贷款近 200 万元，积极储备人才队伍，激发干事创业活力，为绿色生态产业发展蓄能。整合护林员、养路员、河道巡查员等力量，组建"多员一合"生态管护员队伍，既能加强对生态环境的专业管护，同时又充分利用生态公益岗位，带动群众特别是困难群众就近就业。

蝶变的赵公村足以证明，"绿水青山就是金山银山"是实现生态环境保护与经济社会高质量发展辩证统一，促进人与自然和谐共生的最佳路径。离开经济发展抓环境保护是"缘木求鱼"，脱离环境保护搞经济发展是"涸泽而渔",多年坚持,建设美丽乡村的"赵公村模式"不仅生根发芽,枝繁叶茂,更是硕果累累,为汶川"绿色崛起"提供了鲜活的生态样本,他们坚定不移地践行"两山"理念,将沉睡的生态资源转化为经济社会发展优势,努力打造新时代生态文明建设典型示范地。

八

利用一个周末,我又来到赵公村云里雾里樱花里民宿酒店。只见四周围绕 400 亩樱花,成就了与众不同的樱花里民宿。云里雾里樱花里民宿占地面积 500 亩,其中拓展中心 100 亩,在这里,可以拥抱着春天入眠;在这里,可以和爱人一起数星星。醉卧花丛中,漫天白云飘飞。特色亲子房、观景房、户外营地、野外烧烤、大型蹦床、游泳池……应有尽有,无奇不有。

我走进雅馨居农家乐。农家乐的主人周春蓉热情接待了我。周春蓉 2008 年就返乡创业了,她建立了村里第一家农家乐。周春蓉说,当时的赵公村用"穷乡僻壤"来形容实不为过,然而,每到夏天,从成都、重庆甚至西安到这里来游玩的人络绎不绝。她知道,尽管赵公山交通不便,但游客们更看重这里的气候凉爽、空气清新,很多游客说"一到这里就感觉特别舒适"。事实上,汶川南部片区的漩口、三江、水磨一带植被丰茂,覆盖率达90%,空气中负氧离子含量高达24000 个 / 立方厘米,尤其难得的是这里海拔800 ～ 1000米——处于"最适合人类生活的高度",是康养避暑的好地方。正是优越的自然条件,带来了持续不断的客源,也让周春蓉下定决心回乡创业。

周春蓉的农家乐很快吸引了游客入住,很多老年游客一住就是两个月甚至整个夏季，她顺势推出了食宿"包月"服务，价格通常在一个月 1000 多元至 2000 元，客人基本都能承受，经营者也有利润。随着"回头客""人带人"越来越多，当地农家乐如雨后春笋般开办起来。

在她的引领下，目前，全村发展农家乐 17 户、民宿 3 家、拓展基地 2 家，接待住宿达 600 人，能容纳 1500 人同时就餐，农家乐、民宿及旅游平均全年收入达 500 多万元，开办农家乐农户的年人均收入增加 2 万余元。她牵头成立了农家乐协会，统一了赵公村农家乐的管理，规范住宿和餐饮价格标准，努力让每个客人吃好、住好、耍好。

是不是每家每户都有农家乐、民宿呢？高强说："村里尚有 30 户村民没有开设农家乐，村委会积极拓展渠道，成立中药材合作社，总投资 80 万元，带领他们种植中药材。种植重楼、白芨、黄金、黄连、铁皮石斛等中药材 100 余亩。这些中药材也将带给村民们持续的收益。"

在笔者寻访时，时不时有电话打给赵公村这位 52 岁的支部书记高强。他实在太忙，匆匆忙忙带笔者探访无忧谷以后，他马上要去谈一个合作计划。他告诉我，要为村里做事，哪有不忙的道理？"我自己，也算是致富带头人，可是，我哪有时间去管家里的私事？我的养猪场都是全权交给别人打理。"

对于心心念念的赵公山，经过多次寻访，我也算是有了大致了解。赵公山和紫坪铺水库，构成"山水"，山里的 1000 余名村民、慕名而来闲居的人们，就是"人物"。经过整理、修葺一新的农家乐、民宿和形形色色的樱花、茶树等，构成了"花鸟"。现在的赵公山，就是一幅硕大的国画，经过政府的"点睛"，呈现在我面前的，正是一幅活生生的国画。在我看来，仙境不过如此，新时代的赵公山，真的是财神居住的神山。

城里房挤房，千房一面。这赵公村的民宿，有山水，有阳光，有蓝天白云，有沃野田园，有泥土芳香，有大树有鲜花有野草有山果，有莺歌燕舞，有乡里乡亲，有鱼虾嬉戏，有说有笑，有古今歌谣，有童音欢唱，有笛琴吟响，有大树弈棋，有河边垂钓，有牛马欢叫，有鸡鸭争鸣，有书声悦耳，有村童耍水，有饭菜自然飘香，有车有路有网。忙了一周，闲暇两天，居于这样的环境中，所有的疲劳，所有的焦虑，都随天上的云朵飘远了。

1000年前，范成大来到大面山（如今的赵公山），兴尽而归，赋诗一首《大面山》："春晓娑罗百叶开，仙翁精舍长蓬莱。朝元未罢门深闭，不管人间有客来。"表达的是归隐志趣。如今的赵公山，恐是"鸟鸣深涧樱花繁，仙翁精舍赵公山。乡人夜话门不闭，笑迎来客采茶玩"！

过　坎

——探访水磨镇老人张星明

一

一条青石板路在脚下伸延开去，两旁是迎风招展的幌子。一扇扇古色古香的门窗，直把人带回了古代。一尊"水磨"雕塑，矗立的春风阁，一个小型广场、万年台、大夫第，单就其名字而言就颇具来历，隐藏了万千故事。街边上，一座古式牌坊，刻有"禅寿街"的字样。禅跟佛联系起来，隐含了佛水援建的诸多意义，而寿，取寿江，长寿之意，因为历史上这里就有一个长寿村，历史上文人墨客多有吟诵。

操着不同语言的人群，三三两两地在这条古街上踱步。而遍观镇子里的居民，吸着烟袋的，挑花刺绣的，摆摊卖腊肉的，卖"九大碗"的，在飘飘的"幌子"下边干着各色"勾当"。

老老少少的脸上，显现了和气的神色。

我知道水磨镇自古以来就是一块适宜居住生活的土地：风景如

▲ 羌族刺绣 （余耀明／摄）

桃源，居民亦长寿。

　　而我就带着关于"寿"的疑问开始寻访。旁边有一家布衣店，两位白发苍苍的老者，正在闲暇时间"将军"，我不声不响地走了进去，直到当堂炮，马来跳，车二平三地走得不亦乐乎。看见旁边一个"生人"，他们就招呼我。我是不想打扰他们的宁静。

　　"想了解长寿老人，唔，找下壁子的张星明。"

　　"张星明，活字典，记忆好。"

　　"张星明，解放前是袍哥人家。"

　　"张星明就住在水磨雕塑的下面。"

　　"地震时候，是政府救了张星明，是广东人救了张星明。"

　　张星明老人的家人开了家面馆。大门半掩，由于时间是下午的三四点钟，还没有多少客人。我的到来不会打扰他们的生意。

　　敲了敲门，楼上有人应声。顺着走进去，就看见一个老人，戴着帽子，旁边有根拐杖，桌子上面一壶清茶。老人正在看电视，电视中中国女排正对美国女排。见有人来，老人关了电视，招呼我。

二

青石板路，"幌子"，包括眼前所见的万年台、春风阁，街外面的诺亚方舟的人工湖泊，青瓦勾檐，雕梁画栋，水磨雕塑等，现在看来，都还只是一些文化的符号，还不太具有文化的内涵。因为承载这段青石板路，成就这个"古镇"的历史还是显得比较稚嫩了一些。众所周知，是因为地震，党和政府举全国之力，在地震后的第一时间，展开

▲ 水磨春风阁 （周正／摄）

了救援工作，是中央政府的一声令下，才有了对口支援，才有了广东佛山市政府倾力打造的一座古镇。打造，是说明过去存在或者不存在的事物，按照人的主观意志，经过提炼、加强，而产生的事物。也就是说，我们现在眼前所看到的镇子，它是在古往今来一直延续的地域，修建了外观漂亮的建筑。诚然，广东佛山市政府在灾后重建进行规划时是高屋建瓴的，颇费周折，一群人走遍了水磨80多平方千米的山山水水，而那时，余震不断，次生灾害严重，援建组组长已经好几夜没睡好觉了，只有吃上几粒安眠药，才能勉强入眠。这个广东佛山对口援建水磨镇工作组组长，现在是一身的病——高血压、胸闷、失眠，他的牙龈发炎，不得不去医院拔掉两颗牙。下雨时，他用浑浊的河水洗过脸，在指挥时喊哑了嗓子。不仅仅是他

一人加班加点、夜以继日地工作，他所带领的援建组，无论是在组长的影响下，还是发自内心的自觉，都能够团结协作，全力以赴地投入紧张的工作中。

这样，才有了我们所见的"古镇"。这已经是个奇迹了，正因为有了这些物质外壳，才赢得了来自官方和民间的广泛赞誉，才有了四川旅游节在水磨的召开，才有了在水磨开幕的四川旅游发展大会。

水磨镇上三五成群，结伴而行的游客，广东佛山的援建工作，水磨的街坊邻居，包括这个镇子，正在使水磨逐步从文化的表层走向内核，水磨镇逐渐深刻和生动了起来。

但是，和周围人等看到的一样，"水磨古镇"的街楼和牌坊，而今眼目下，因为还没有太多历史的沉淀和风雨的洗礼，显得年轻了一点。

这就需要给他装上文化的内容，而不光是外衣，倾力挖掘其所包含的，而目前还没有被人们普遍认识和接受的历史、文化、人文精神。可能只有这样的文化，才是持续的动力，推动水磨持久不衰地转动。

作为水磨的内核，我们需要做的再不是打造了，而是要精心地挖掘，精心地呵护，精心地培育。然后才是发扬光大的问题。

如果没有了人文精神，可以肯定地说，古镇不配称古镇，只不过给它穿上了古镇的外衣。一个打扮得花枝招展的姑娘，涂脂抹粉的姑娘，如果没有了文化做底蕴，我只能认定她长相漂亮，而不能说她美丽动人。只有从她的言谈举止，举手投足中才能看出她是大家闺秀或是小家碧玉。光看穿什么衣服是不靠谱的。

眼前我们所见的水磨古镇，弄不好就可能是这个漂亮的姑娘。

水磨应该是国际度假旅游区，更应该是水磨人的家园。这个家园，就不单纯是一些房子的组合了。单看这个"家"字，就是房子下面一个"豕"字，豕突狼奔的豕，本意是指猪，猪有一个特点，就是生很多的小崽，说明古代人在造这个字时，就希望家中应该有许多小孩。表明了中国人的多子多福观念的根深蒂固。同时，猪是人驯养的动物，是家里面的财产。应该有了很多孩子，有一定的财产，才是家。家跟房子之间有很遥远的距离。房子只是家存在的必要条件。"园"，更是园地，是一个区域。西方人的 family，可以汉语翻译为"家庭"，是"father and mother I love you "，指的是父亲和母亲我爱你，可以让我们看到一个其乐融融的画面，孩子是这个画面的主角。

不管东方和西方，似乎都是这样的认识。家应该有氛围，有人物，有其乐融融的情景。家园就更不用说了，家园更应该是一个群体精神的寄托。物质外壳，比如，一拨拨的房子只是这个物质外壳的表征。在这些房子里，更应该有内容，体现一种精神，表现出浓郁的风土人情。这才能是家园。这样的水磨就有了精神。

但是这样的精神不是凭空而来的，它需要的是挖掘，更需要从传统文化中找到脉络和线索。

一个刚出生的婴儿，我们称他为"儿"，是毫无文化可言的。有一点年龄的小孩我们称他为"子"，他还没有文化，似乎正处在寻找文化的时候。长大的成人称为"人"，有了自己的奔忙，还不一定有驻足和回头，也还不一定有太多的自己的独立思考和判断。只有到了"叟"或"翁"的时候，遍尝人世间的酸甜苦辣，有了阅历，而不是一些简单经历的叠加，也有了时间思考人生况味。我们会认为这样的老人，就有了文化的深度积淀，对人生的理解也就更加深刻，待人接物就带有了自己理解后的态度和坚持。

而我要寻找和搜索的，是水磨才兴建的"古"镇背后的坚守。

张星明老人，生于 1923 年 11 月 15 日，我寻访他时已经 87 岁光景。他个人经历的曲折，无不和国家的命运相联系，特别是他见证和经历了汶川大地震，看见了水磨重建，他每天六点钟起床，然后喝一壶清茶，吃点早点，上半天就到上场去找老朋友万永和，下午就到下街子去找李和平老人聊天。小儿子开了一家面馆，孙儿已经读高中了，什么事情都不需要他操心了。日子惬意而舒坦地流着。

三

历史上，藏在青城后山的这座镇子，在行政区划上就经历了一个过程，直到1957年，人民政府进行了行政区划调整，才把水磨从灌县（现都江堰市）划归了汶川。

历史上这里的镇子，处在灌县的边缘部分，又处在与汶川接壤的地区。从这里进去10来千米就是三江。寿江沿着四十里塘，大雪塘，走过了三江，就径直奔向了水磨。新中国成立之前，宋国泰、杨耀廷等土匪头子，就驻扎在水磨这个场上，有吸鸦片的，也有背背子的，都在这个场上奔忙着。

此时张星明也就十多岁。母亲开了家旅社，就在街子的中央。袍哥盛行的时候，袍哥一方面把信息告诉政府，一方面又秘密地告诉匪帮，两头吃钱。那个时候，要在街上开个店铺，可以不跟官府合作，但绝不能得罪袍哥。母亲就在家照看旅社。背背子的，要翻巴郎山到懋功去的，都需要在这样的店子里"打杵"。因为旅社里的小掌柜混袍哥，其他的小"喽啰"也就不到这里来"燥堂子"，背背子的也落得个清闲和安全。

张星明直从"老幺"做到了"六排"，差点可以做"管事"了，可以跟舵把子跑堂喊人了，也可以和舵把子一起吃饭喝茶了。舵把子发现渐渐不容易喊动张星明了，因为张星明开始像舵把子一样学会了吸鸦片烟。一会儿是舵把子董明山，带 20 多个"兄弟"，呼而嘿哟地从水磨场上过去了，一会儿是宋国泰从卧龙关到水磨来当"老大"，杨永廷、王继昌、周四维、赵永清在街上都有自己的势力，但是水磨场上的舵把子，都走"清水"，不染"浑水"，不在街上"摆傻号"，不在街上杀人放火，俗话说，兔子不吃窝边草，岩鹰不打窝下食。

说起这个吃鸦片，张老爷子又来了兴趣。"周同志，那个鸦片害人呀。一担米才能换来一两鸦片。四百斤大米呀，换来一两鸦片，只能吸半个月。"还好，旅社生意好的时候，一晚上可以挣几十元钱。哪像过去当学徒，卖点盐、酱油、纸钱，师傅说了，和气生财，说话谦虚。

四

有些时候，老人又回到了现实。那是汶川大地震时，老人正在家里，打开电视看王励勤打乒乓球。桌子上放着一杯清茶。桌子就摇晃了起来。张星明老人感到大势不妙，赶快走出弄堂，扶住内花园里面的一棵栀子树，才没有被摔在地上。养了八年的小狗跟在后面形影不离，"汪汪"地叫唤。

不知道什么时候，100 多年的老房子还是垮塌了下来。小狗被砸在一旁，再没有了叫唤的声音。拖一拖自己的右腿，还好，还能动。而左腿，怎么也提不起来了。坏了，地震怕是要收了自己这条老命，张星明老人想。穿的对襟衣服上也到处都是血。

是的，这么些年来，张星明老人和阎王老爷打过几次交道。解放的时候，被安排在川西森工局当工人，反正那个时候是六点钟起床，然后上山砍树，累整整一天，晚上"卷"在被窝里就睡着了。

第二天又重复前一天的工作。累是很累，可是一个月有 80 元钱的工资，养活一家大小也就不成什么问题。鸦片烟瘾在劳累中也就不知不觉中戒掉了。

也不知道是哪一天，张星明和川西森工局 8000 多号人马一起上山。树要砍倒了，也不知道是哪根神经不对，张星明突然脚下一滑，幸好树没有压在自己身上，不然那次就会要了自己的命。脚在那次摔跤中还是断掉了，好在没有生命危险。

张星明老人最近一次和死神打交道正是 2008 年 5 月 12 日的地震。水磨镇离震源牛头沟不过 7 千米路程，是汶川除映秀外离震源最近的一个镇子。顷刻之间，浓烟滚滚，张老人听到房子喊喊喳喳倒塌的声音，此起彼伏的哭爹喊娘的声音。大地震刚刚结束的时候，才发现自己的左腿抬不起来了，身上到处都是血污。

张老人心想，这下可完了。这个受灾小镇处在 213 国道外，外面怕没有人知道这个情况吧。

张老人的小儿子张洪建已经 50 多岁了，和老婆高燕经营了一家卖面食的铺子，养有一个独女张小雪在汶川县城读书，外面的消息并不确切，一会儿说震中在汶川县城威州，一会儿说在映秀，一会儿说汶川已经被夷为平地。说什么的都有。夫妇俩心急如焚。年迈的父亲又受了重伤，救援队迟迟未到。听周围人说，那几天张洪建三天没有吃一粒米，妻子高燕也只吃了一袋方便面。

道路稍通的时候，张洪建不能再去顾及远在威州读书的女儿了。父亲一辈子受了那么多艰难，现在无论如何也要把父亲抬出去治腿。

张洪建用木条做了一个简易担架，找来刘老四、刘太明、彭勇、张俊华等街坊邻居，穿着胶鞋，抬上父亲就出发了。出水磨的路还没有通，最后张老人还是坐政府组织的冲锋舟走出了水磨，被安排在广东中医院治病。

张老人至今还记得，广东中医院的医生可好了："那肯定比照顾他们自己的父母还精细。""广东妇联好几个干部，天天陪着我。有给我炖猪蹄的，有给我买水果的。""周同志，说实在的，那些天家人忙得衣服都没有给我带，我穿的衣服都是广东的好人给我买的，他们叫我每天换衣服。""我出院的时候，几个医生围着我，说，张大爷，你的牙齿在地震中打掉了，他们给我 1000 多元钱，叫我回去把牙齿安上。哪里来的这么多好人呀。"张大爷不无感慨，"没有党和政府，我张星明肯定见阎王爷了。"我静静地听着张大爷的述说。

五

2008 年 6 月，中央政府决定，由广东对口援建汶川。广东省人民政府决定由佛山市对口援建水磨镇。

佛山市党委和政府做了大半年规划，用了几个月时间，就让水磨镇焕然一新了。让水磨镇的 63 家高耗能企业迁出了水磨。水磨古镇正在经历脱胎换骨的变化。司马迁的《史记》中记载水磨镇老人村是长寿之乡；北宋苏轼在《和桃源诗序》里说这里是名副其实的桃花源；现代大画家张大千也曾情系老人村，创作国画《老人村》。历史上的水磨镇绝不是今天这个样子，而是一个世外桃源。但自从 20 世纪 90 年代以来，这里就变成了烟囱林立，黑烟滚滚的工业重镇。

广东佛山水磨援建组为做水磨重建的规划报告心急如焚。

有了北京大学中国城市设计中心的主任陈可石教授的规划方案，有了广东佛山援建队的加班加点，有了几百个佛山援建队的不眠之夜。才有了今天举世瞩目的水磨的新生。

现在，摆在我们面前的如一幅画卷的水磨古镇，里面有了它的主人。

张大爷给我讲着这些"故事"，脸上终于露出了笑容。经历这样的地震，自己的腿被打断了，他说要是没有党和政府，就是痛都要把自己痛死。

张星明老人在他的房子里给我讲述他房子的事。祖辈传下来的房子，地震中彻底垮了，是佛山援建队给他重新修了新房。

他的小儿子依然开了家面馆，能够养家糊口。张星明老人在1978年平反后，逐渐拿到了退休金，现在他每月能领1600多元的补贴。

每天，老人家想几时起床就几时起床，但是他几十年来养成了一个早晨六点起床的习惯。早晨先喝壶清茶，然后想吃什么吩咐一下，鸡有，蛋有，肉有。"只要自己喜欢，除了龙肉没有，什么都有了。"

在采访张大爷的时候，我看见他说起眼前的情况，脸上绽放了笑容，一扫开始的阴霾。说着，他给我讲起了"颜柳欧苏赵"，讲起了"灯高胡弹昆"，说着他比划了起来，"喃打个车……郎当郎当的当。……吕布西凉去买马……王司徒连环用下七星刀去刺杀董卓……"

张大爷的日子，越过越滋润了起来。如今，随着水磨的知名度越来越高，到他家来的客人也越来越多了起来。

现在张大爷两眼望去，水磨高大的烟囱没有了，寿江水变得清澈透明，青山绿水萦绕这个小镇，寿江的对面，阿坝师专（现阿坝师院）新址上，到处是奔忙的推土机和铲车，一根根塔吊搭建了起来。三三两两的游客穿梭于这个老街，广东的来了，北京的来了，全国各地的都来了，绿眼睛黄头发时常背着大背包，不时驻足于这个小镇上。张老人听见说不同语言的人问情况，谈感受。"周同志，看来我不学习说普通话不行了，跟不上潮流了。"

现在整个古镇上，店铺争先恐后开了起来，卖民族饰品的有了，咖啡馆有了。水磨镇的人们正在打开胸襟，迎接来自四面八方的客人。这些都是张大爷以前不曾想到的问题。

原来破旧不堪，甚至被很多人抛弃的水磨老街，地震中100%受损，98%倒塌，现在已经重建成为禅寿老街。老街融合汉、羌、藏文化于一体，有春风阁、万年台、大夫第等景观，恢复了水磨古镇的盛装，美比丽江古城；紧接老街的是延续禅寿老街建设理念的"中国最美羌城"，由和谐广场、170幢居民楼、农贸市场、飞鸿广场等组成，特别是这座羌城，依山取势，高低错落，每一座房子都是一座别墅，只不过带有了羌族民居——羌寨的特点——外面是一条绕过每家每户的"阳沟"，依据了羌族无水不成寨的特点，每家"碉楼"独立成三层的"楼房"，一层住牲畜，二层住人丁，三层住神灵。依据是如羌族研究专家赵曦的羌族人的黑黄白三色观念，黑对应的是地狱，黄对应的是人间，白对应的是神灵。只不过，现在把一层用作了羌族产品、艺术品的展示、买卖区，这些古色古香的地方，不仅可以居住，而且每家都有一个商铺可以做生意。也适应了广东佛山援建时的理念，让每家有产业，每人有事做。这样，顺应了这样一种最美羌城产业转型的要求。而屋前左侧是汶川县第二幼儿园、福利中心和卫生院，在清漪美丽的寿溪河畔呈一舟形排列；右侧则是正在开挖施工中的寿溪湖，与之滨水相邻的是水磨中学，水磨中学的对面是已经奠基的阿坝师专。今后，在水磨可以一直从幼儿园上到大学。援建组的黄写勤说，去年11月他站在青城后山山顶俯瞰水磨镇，看到小镇支离破碎，到处是断壁残垣、垃圾杂土。如今，再看水磨有路、有桥、有绿化，有特色民居、有学校、有景点……"水磨从一个高污染、破损严重的小镇向一个宜居的旅游名镇转变，这才是它最本质的变化！"在新中国成立60周年前夕，一座有文化魅力的滨水小镇终于逐步矗立在世人面前，汶川正在崛起一座"生态新城"。"我们都觉得佛山援建把水磨的发展往前推进了50年！"而像我，2008年以前，来这里住过很多回，2009年在三江参加建设AAAA级景区，多次从水磨路过。那时候工厂正要拆迁，到处还呈现出脏乱的外观，时间仅仅过去一年，现在走在水磨干净的石板路上，到处出现生机盎然的画面，修建时的轰鸣和嘈杂正在隐去，由此带来的是鲜活、生动、积极、年轻的古镇的崛起。

我有跟张大爷一样的时不我待的感觉。

六

说实在的，水磨已经有了华美的外衣。所以游人一来，就咔嚓咔嚓拍照。水磨人很清楚，"要靠我们自己，恐怕水磨镇50年后还不如现在漂亮"。诚然，漂亮是漂亮了，但是美丽呢？漂亮绝不等同于美丽。漂亮是外壳，美丽是内涵。人们所担心的，是见到一个漂亮的打扮时髦的姑娘在公共场所狼吞虎咽，在公共汽车上旁若无人地吵架似的打电话，一说话就妈天娘地的不堪入耳。如此等等，都像一个暴发户除了钱外什么都没有。这样的一切，就是人们所说的没有文化的表征。因此如一个女孩的美丽，是跟文化联系在一起的，积淀越深，也许就越厚重，越美丽。而不是光有漂亮的外衣。

一个镇子或者旅游地，我们当然希望其不仅仅有漂亮的外衣，还需要有深邃的内涵。这样才能厚重起来，才能深邃起来，才会有自己的特点，才会有持续的动力和活力。

所以有人说，水磨目前还没有完全准备好。担心的不是它的不漂亮，而是它有可能还不完全美丽。比如，它的软件，说穿了是人的素质还没有相应地跟上。这样，单看是表象，实则是本质的事。诸如清洁卫生这样的小事，诸如商人的以次充好这样的事，诸如广告的漂亮和内容的不对等的事。

我们的担心不是没有道理。

震前，汶川打造过西羌第一村。远远地就见几个大字，很漂亮，是中国最早的人类学家费孝通先生的题字。只不到几年，它就如一颗流星一般陨落了。痛呀，谷运龙先生痛，在他的文章中，我看见了他的泪流不止。可是，痛定思痛，问题还出自短时期内这个第一村还没有准备好，我们还不能只看到它漂亮的"幌子"。当外面的游人来了，开着汽车来的时候，压死你一株禾苗怕是不应该和别人大动干戈，而更应该有羌族人的以礼相待。不要仅仅只盯住钱袋子，而要真正地如张星明老人的师傅教的和气生财、说话谦逊。来的都是客，不管他消费不消费，都应该是始终如一的态度。要把他们当成潜在的消费者。人们来到异地休闲娱乐的原因并不是钱袋子太鼓了而非要来消费不可。他们往往是来寻求休闲，寻求异样的感觉。诸如对民族地区的人们的淳朴民风的基本理解，如果现实的情况恰恰相反，如果发现这里只不过如都市一样世俗，那这样的旅游目的地也就缺少了魂灵，它也就可能香消玉殒了。

所以，水磨还得有水磨的坚守，水磨还得有水磨的特立独行，水磨还得有水磨的文化。而只有这样的文化，才能为水磨提供持久的动力。文化具有地域性，具有时代性，具有创造性。这样的地域的文化特质在哪里，规划的时候佛山援建组已经有了非常清醒的认识。重建当然还没有完全完成，现在摆在地方政府和水磨人面前的，正是文化重建的问题，水磨人一定要找到它自己的文化特性。

而文化往往被理解为一段历史。如一个人的厚重往往跟他的积淀联系在一起。而这个积淀也不是与生俱来的，往往跟人生经历的丰富和对人生理解的程度有关联。这样一个饱经风霜的人生经历往往就决定其对人生的理解的程度更加深刻。所以，我愿意去寻找一个过去叫老人村的一个老人的文化表征。

一个地域的文化也是如此。历史积淀越丰富，可能其文化"程度"越深厚。

▲ 幸福新居 （张茏／摄）

当然，我们也有理由相信，水磨的可持续发展正在于其文化的独特性。水磨绝对不是过去的西羌第一村——当然我要说的是过去——只见到旅客的腰包而对旅游的目的视而不见。现在的西羌第一村，在地震之后肯定也已经醒悟过来了。水磨镇当然不会是过去的西羌第一村。因为这是地震之后的痛定思痛。我们在采访的时候，尽管还有极少数的不和谐的声音，也因此有人说水磨还没有完全准备好。但是水磨镇，就如其中一个很著名的村落老人村一样，它村子里的每一个老人就是一部历史，对他的后人会有某种教育。我一直在意这些老人，特别是他们在面对困难时候所采取的态度和对人生的理解。这关系到水磨镇是否仅是一个漂亮的姑娘。另外，让人欣慰的是，水磨和汶川其他乡镇一样，都是震后浴火重生的一个"古"镇。所有人都明白，没有中央政府的统一调度，没有广东人民的大爱无疆，水磨也就"泯然众人"了。水磨人不能忘怀这段历史，不能不怀揣一颗感恩的心。而这段经历，把水磨和以前的西羌第一村区别开来了。

当然不仅仅是在起步的阶段，不管我们走到什么样的程度，都不应该忘记这些历史，这些文化。只有这样，我们才具有持续不断推动水磨转动的动力。

我不愿意来写一个人的历史。恰恰是因为这样一个叫张星明的老人曲折而感人的经历，叫人不能忘记。可以把他的经历分成几个

▲ 跳萨朗　（张莞／摄）

段落，解放前混袍哥，吸食鸦片，跟土匪跑过堂，那样一个颠倒黑白的时代让人差点成了土匪。好端端的学徒，读"人之初，性本善"读三百千，读四书五经，深受传统文化教育的人，受到师傅教习做小本生意的商贩，变成了吸食鸦片的差点搅进"浑水"的"坏"分子。

1949年后，这个小本生意人先同样是受到了教育，得到了锻炼，丢弃了诸如吃鸦片烟的恶习。特别是大地震之后，受到党和政府的救济，才有了坐冲锋舟走出都江堰，到广州做手术的经历。现在老人时常教育他身边的孩子要记住党的恩情，教育他的子孙要靠自己的双手来改变自己的命运。他亲眼看到了佛山人在援建水磨时候的丰功伟绩，见证了水磨的巨大变化。现在的他，领1600多元一个月的退休金，喝清茶，和朋友聊天。我想张星明老人虽然只是一个个体，但是具有典型意义。现在社会价值取向多元化了，但是一个人还是应该有自己的坚持和操守，有自己的兴趣和爱好。当我们为生活忙碌奔波的时候，仍可以驻足流连一下风景，对比一下过去未来，哪有过不去的坎呢？

这样的老人的经历，尤其是对抗震救灾中自己命运的认识，也许是水磨文化的一个重要组成部分。

从劳模到党员

——寻访三江街村唐文发

　　三江街村唐文发老人的家里，珍藏着一幅长达 2 米的黑白合影，上面写着：

　　毛主席刘主席暨党和国家领导人接见参加建国十周年观礼的全国各民族观礼团青年学习团合影。

　　落款时间是一九五九年十月。

　　唐文发清楚地记得，这是 1945 年 10 月参加天安门国庆庆典，在中南海怀仁堂国家领导人和他们一起照的照片。

　　1959 年 9 月，三江农民唐文发收到一份特殊的请柬，请柬的正面写着：

　　为庆祝中华人民共和国建国十周年，定于十月一日上午十时在天安门举行阅兵与群众游行大会，届时敬请唐文发光临。

　　　　　　　　　　庆祝中华人民共和国建国十周年筹备委员会

唐文发打开一看，里面写着：

为庆祝中华人民共和国成立十周年，定于一九五九年九月二十八日下午三时半和二十九日（上午九）时半在人民大会堂举行庆祝大会。敬请光临。

唐文发看到这样的请柬，心里颤抖了起来，心想我唐文发何德何能，何以收到署名为国家领导人的请柬？

唐文发知道，自己出生在一个贫苦农民家庭，上无片瓦，下无粒米。父亲靠给土司做长工为生。

新中国成立的时候，唐文发也有十三四岁了，他深知，自己可谓生在旧社会，长在红旗下，他见证了穷苦人翻身做了主人。

1958年，大战钢铁，唐文发被抽调到汶川县农具厂，心想，这下可以当工人了，头发根上都是劲。农具厂袁永发当书记，县工业科李祥明亲自挂帅，一定要把这个农具厂办好。

厂倒是建立起来了，就像一个房子有了毛坯，唐文发知道，自己名义上是工人，可是过去都没有当过工人，没有一点技术。钳工要如何做？锻工干什么？自己没有底。县上决定让唐文发到云阳县去学习技术，回来当炉铁工。到云阳，县上安排唐文发学三个月，去时才发现人家用土高炉炼铁，这需要学多久？那时年轻，一看就会了，国家不正急需用人吗？哪里要得了那么多时间，自己边做边看边问，不到十天就学会了整套技术。马上赶回汶川投入建设中。

回来后，唐文发就做了车间主任。全县56个红炉，每个炉子需工人24人，加上班长、队长和一个顶班，一个队共有27人。县上给了他们任务，一个月得生产6000斤铁。唐文发领导了一个班，心想人活一口气，旧社会那么艰难的日子都挺过来了，政府这样重视自己，怎么着也得响应号召，多快好省地建设社会主义。想着英雄黄继光、邱少云为了祖国，牺牲自己的生命，他们都在所不惜，唐文发也就特别卖力。他组织了全体队员，现身说法，讲自己的父亲给土司当长工，被土匪"杀猪"，说自己过去在土司家里过日子，要什么没有什么。现在我们翻身做主人了，是建设自己的祖国，都得像抗美援朝中死去的英雄一样卖命。

说干就干，别看唐文发个子不高，可身上有的是劲。第一个月，他所带领的车间就生产铁13800斤，大大超过了县上规定的任务。以后每个月的产量都排在全部56个队的首位。这个不是靠说就能完成的事情，正是一锤子一锤子，一把火一把火，一铲子一铲子地炼出来的。很快，唐文发就出名了，五四青年节，他被选拔为优秀共青团员，到成都参加颁奖仪式。

从成都回来，唐文发更加受到了鼓舞。他带领车间月月得先进。唐文发不再是汶川的唐文发了，他是四川的唐文发。九月初，各省区选派代表到北京参加建国十周年庆典，选谁呢？通过层层推选，最后，唐文发就被选为劳模，参加建国十周年庆祝活动了。

唐文发抑制不住内心的喜悦，到民政局开了介绍信，省长李达昌讲了话，最后由凉山州州长潘战云带队，去北京参加国庆十周年庆祝活动。到北京了，心里那个高兴劲就不用说了，不但不需要做什么活，吃现成，自己只需要带个嘴巴就可以了，甚至宾馆里被子有人叠，卫生有人打扫。土司老爷也不容易享受到这个待遇吧？

10月1日，天安门举行盛大的庆祝活动，毛主席站在天安门城楼上，向大家挥手，亲眼见到了毛主席，唐文发的眼泪刷地涌出来了。

从北京回来，唐文发心想自己是优秀代表了，是劳动模范了，处处都得像劳模的样子。干工作那是没得说的，想想那些死去的烈士，自己没有理由不勤勤恳恳地工作。

这样一直到 1962 年 3 月，县上梁书记说农村困难，要唐文发支援农村，唐文发、郭子效被抽调回了三江。周红兵到三江搞运动，看到农村还没有发展起来，农村缺少人才，说，怎么把农村的干部调出了农村呢？这样，唐文发被安排在三江街村做生产队长。1962 年的 12 月中旬，唐文发回到农村的时候，才看见农村连萝卜缨子都没有吃的，吃什么，吃泥土，吃粗糠，看到这样的情形，唐文发的眼睛里噙满了泪水。自己也是从农村出去的，怎么办，自己是劳模，自己一定要待在农村，得先把生产搞起来。

这样，唐文发带领全队头年就恢复了生产，第二年就脱贫了，第三年粮食就装满了仓。

政府看见唐文发踏实肯干，发展唐文发加入了共产党，后来，组织安排唐文发当大队长，当了六年大队长后，唐文发被选为村书记。

这么些年来，唐文发对自己的人生有一个总结，那就是：一定要服从党的领导。

特别是 5·12 汶川特大地震发生后，唐文发老人的家里受到很大损失，他的邻居陈凤小朋友失去了父亲，母亲丢下陈凤的奶奶和陈凤的弟弟跑了。一家人艰难地活了下来，是党是政府赶到了三江，人民子弟兵从水磨爬几千米的盘龙山，扛来了大米，救济老百姓。

唐文发老人动情地说："要是在解放前，发生这样的灾难，那是想都不敢想的事情，我们这些人就只有乞讨或者饿死了。哪里等得到国家领导人给你合影，给你写信？"

见到了人民子弟兵，就像见到了自己的亲人。广东惠州市长助理提议给陈凤一家修住房，住房修在哪里呢？范助理特别犯难。唐文发特别高兴，他看到了自己的儿子也深明大义了。儿子看到了政府的难处，主动爽快地答应了将小陈凤的房子建在自己家自留地里。唐文发说："这是对的，谁叫自己是共产党员呢？地震了，自己家也受灾了，也帮不上别人什么忙，答应一块土地算什么呢？"

　　前些年，笔者前去唐文发家采访的时候，还看到了唐文发近年获得优秀党员的证书，也看到了惠州援建帮助小陈凤一家修的房屋。只是唐文发老人走了。我清晰地记得老人戴着帽子，系着围裙，精神矍铄的样子。

二访卧龙英雄沟

爬英雄沟是 20 年前的事了。2003 年 3 月 29 日我和同学一起游卧龙，先是观看了国宝熊猫馆，到了英雄沟后，方觉看熊猫倒在其次，不去英雄沟才是虚度此行。

我是二进英雄沟了。第一次是 2000 年，也是春天。岩上悬挂的冰块、冰柱随处可见，又值气温回升，这些悬物随时都可能掉落。我倒紧张起来了，学生觉得新鲜，时时摸摸路边的冰柱而对造化赞不绝口。偌大的山体晶莹剔透，除了被银白耀眼的冰块覆盖，还有雪白飞溅的瀑布击打山石发出清脆的轰鸣。峰回路转，远去的涛声随山势而去，前方的水流声纷至沓来，在峰中激荡回旋，形成奔流不息的交响乐，自然亲切，心情也豁然开朗。极陡极窄的山路盘旋，时而有冰山阻路，稍不留心就会滑倒在岩峡沟底河谷。山路又险，又担心头上的冰，心情倒紧张起来。我没有前行，走过第一个洞口就打退堂鼓了，部分同学想当英雄，继续前行冒险。我倒替他们提心吊胆起来了。只要稍不小心就会掉下河谷，该是怎样的惊心动魄呀！

大自然把什么好处都给了这英雄沟，洞都是自然和人工和合而成，仙女洞、水帘洞每个洞各有不同，却是通行的必经之道。我没

251

有亲身体验往前攀援真是遗憾之至。大概游览英雄沟需要的是英雄气概，不能游览全程，只能算英雄气短，归在狗熊一块了。我们几人在下面等那些前去的同学。但见四周除了瀑布冰柱之外，整个山一片古木参天，远近不同，姿态万千。树皮龟裂，露出褶皱，树枝肆意盘旋，犹如盆景。有的葱绿，有的深蓝，有的色彩丰富，熠熠发光。山势时而壁立，时而缓和，疏密有致，搭配均匀妥帖。怪石嶙峋，奇峰突兀，氤氲缭绕，时有清脆的鸟鸣传来，真乃人间仙境，美不胜收。

但我哪有兴致去光顾这些东西，只对同学的安危担心得要命。

这次游英雄沟，下了大决心。说好了不能中途当逃兵。

山下设有卖门票处，现在没有售票。究其原因，倒不是管理者仁慈，主要是要担当安全风险。倒有几家藏民在租手电筒，以备爬洞照明之用。开始我们还没有准备租手电筒的，那次没有钻上山，也不知洞有多远洞有多深。听上过山的朋友说，就是白天上山，不要手电还根本不行。过第二洞时，方见洞内一片漆黑，伸手不见五指，洞内的冰会随山势滑落，人不小心踩在上面都会遇到生命危险，洞内陡而滑，前面的同学如果摔倒，或者遇到冰体滑落，后面的同学都要连带遭殃，一损俱损，一荣俱荣。我们一手拿手电一手搀扶其他同学，没有拿手电的同学摩挲洞壁，小心翼翼，踽踽前行。洞内空气稀薄，洞体长而险，我想即便是我们这些唯物主义者单独行动都会感到孤独无助、感到恐怖和绝望。爬这个洞之前，已有个别同学望而生畏驻足不前了。像我第一次爬这英雄沟一样半途而废。

爬过这个洞之后，危险真的来了。路边已有了栏杆，不像第一次来时那样危险了。危险的是随时随处可见的许多滑冰。路边很多栏杆被滑冰击断了。山体跟地平面几近垂直，仰望山上，唯大片大片的冰如巨石，危如累卵，冰因阳光照射形成反光，色彩斑斓光芒四射，但随时都可能滑落。前面一支队伍刚好爬到仙女洞，后面队伍还在第二个洞内，中间一两个同学还在两洞之间，我在前面的一拨中，见山上的冰雪，吆喝后面的同学注意安全。两位同学稀奇雪景，还在嬉戏追逐拍照。刚吆喝过后，果然伴随嚓嚓的滑落之声，冰雪随山体四处溅射，一阵雪崩。还算运气，没有出现人员伤亡。如果那两位同学再停十秒，后果将不堪设想。我们倒真的遭遇了一次危险，现在想来，还心有余悸。后面还有两个洞，一个险似一个，后面的山上到处都有雪崩的可能，胆小者早就望而却步了。四洞之后，光景豁然开朗。远处有雪山，近处有灌木丛，不远处有原始森林。我相信了有些地方人是不能去的，比如，这原始森林和远处的雪山。山上还有洁白的溪水，碧绿的潭。不知哪朝哪代的人用原木搭的桥，用篱笆砌的房子。桥上有青苔，房上有鸟巢。淙淙的水流声，唧唧的鸟鸣声，蓝天白云，雪峰古木，世外桃源般。倘佯其中，整个人都酥了。

我倒想，还是老人家说得好，"无限风光在险峰"！登山的乐趣，在登的过程，在险的体验，如果一马平川，没有路途艰险，也没有那么多人拄拐棍，男的搀女的，大的拉小的，慕名而来，冒险登山了。真上了山顶，有"一览众山小"的意趣，有牛放说的"山登极顶我为峰"的豪迈！

整个山中只见了一位老人，他才是这山的主人，吃在山上，住在山上，采山间的野果，取山上的泉水酿酒，得山间之灵气。老人70多岁了，身体硬朗，鹤发童颜，笑口常开，无欲无求，他的日子比神仙过得舒坦，比诗人活得淡泊。木头做的房子，像俄罗斯新贵的别墅，门前摆了几味中药，卖也可，不卖也可，老人总是那么和颜悦色。他的生活不是为了卖药。有人问老汉，现在不是国民党了而是中华人民共和国了。老头嘿嘿地笑，他只知道现在政策好了，很多老百姓都下山了，上山的都是过客不是主人，他们是来寻找什么的，是猎奇而来的，早上来下午就得匆匆忙忙地走。不像老头，悠然自得，像闲云野鹤。

如果不上山，肯定会为自己当狗熊而遗憾一时，如果你上山没有见到这个老头，我倒觉得游这山也没有意义。山上的泉、瀑、涧、雪、树，景致倒在其次。有了水，山有了灵气，有了人，山有了精神。那种无忧无虑，悠然自得，清心寡欲，随遇而安，也远非常人所能及。外面四处喧嚣，山里一派宁静。流泉花鸟，炊烟随风婀娜，山一碧如洗，白云几片，有静有动。偌大的山，和这老人一起，构成了一幅绝美的中国画。

临下山，夕阳坠落，霞光染红绿林。游兴未尽，不得不归。我们于英雄沟而言，只是过客，不是英雄。敢问老人，敢问大山，谁为英雄？

时隔多年，不知山顶积雪有无融化？山顶老人，是否安康依然？

萝卜寨冬晨

你可能见过这样的民族，他们用马背驮着他们的房屋，逐水草而居。你或许住在城市的钢筋混凝土建的高楼里，却遭遇"住在闹市无人问"的尴尬，感觉自己如一只被束缚在鸟笼里的小鸟。城市里，交通虽如人的毛细血管四通八达，但在城里住久了，见的多是"高墙院角的天空"，抬头兴许能见蓝天，却不见白云。兴许能见几绺白云，但也不能给你带来激情。

可是有这么一座"城"，"云霞缠其腰"，"君"临城下，抬头就望见烟雾缭绕的上空，一抹金灿灿的霞光从东边一个斧铲形的缺口透过来，透过高低错落的密林，照在"城"上参差有致的玉米堆的楼顶。整个"城"是黄泥"雕"成。黄泥的"黄"是土黄，玉米堆的"黄"是一壁金黄，二者交相辉映，互为表里，美妙绝伦！冬天的脚步来得紧，把夏天和秋天追到山那边去了。山坡上的密密匝匝的树林还来不及褪去它的秀色，就被霜染了一层釉。浅树上抹淡一点，小草上涂轻一点，那些长了弯弯脖子的树就给它泼浓一点。那一层层的树叶还精神抖擞地舒展在大树的手臂上，离太阳近的树长得矮，矮得如草坪，叶子也不那么宽大，却肥硕如手掌，炽烈的阳光离它们近，它们撒娇的时间多，也就不那么长进，长个墩墩实

▲ 萝卜寨　（张莞／摄）

实的矮个，它们的根却错综复杂交织一起，把岩石紧紧抱住。山腰的树吸取的营养多，树干茁壮，叶子也就宽大了，初冬的阳光懒洋洋地透过来，很快它们就染了一层或深或浅的红色，深红、大红、浅红、普红，深黄、淡黄、浅黄。不同的树的叶的色彩不同，同棵树的叶略有深浅变化，不同方位的树叶感受到的阳光的角度不同，阳光对它们呵护的方式、数量亦有区别，穿过叶间的空隙，偶有金风掠过，树叶也似乎沙沙有声，像在低吟。站在"城"上仰望，看到的树林，是那样有层次，那样有质感，那样有精神。炊烟清而净，从不远处婀娜着向天空跌宕开去，云霞在背后的河谷边，不像炊烟那样如轻纱几缕，却似风那样有几层厚，有几许不紧不慢，不急不躁，不寒不温，不张不弛的散漫。它不是慢条斯理，也不是汹涌澎湃，它"我行我素"，却又"固执己见"，它空灵、隐逸、悠远、静谧。

256

往下看去，却是万丈深渊，我身处的这座"城"，就成了一个悬在半空的"碉堡"了，古代冷兵器作战，碉堡不是用来进攻，而是用来防御的，大抵叫做"人不犯我，我不犯人"。

我身处的这座"城"，在初冬的早晨，显得那样温柔，又是那样刚强；显得那样温文尔雅，又是那样特立独行。说它温文尔雅，是它跟周围的环境一样，那样静谧，那样和谐；说它特立独行，是它显得那样小巧别致，是城市却又远离了城市。一般的城市逐水而建，这座城却十足地建在山上。

但萝卜寨是实实在在的"城"，因为它有城市人群居的特点。你到都江堰，见到的城市高楼林立，一排排，一行行，横是街道，竖是巷道，如一盘棋，哪个棋子少了都不行，你再刻制一颗，就新旧有别，大小有异，情态有殊，风格有隙，就显得格格不入了。医院、学校、工厂、民居，生活区、学习区、工作区，水网、电网、电视网、天然气网、光缆网、交通网，政府、法院、公安、军队，有区别有联系，它本身就是一个系统，互相牵制又互相依赖。萝卜寨也是这样一座"城"，它有自己的"居民"，有自己的医院，有自己的学校，有自己的"工厂"，有自己的郊区。每家每户自成一体，又那样联系紧密。你任意从一家的楼顶上，不需要其他工具，顶多只需要借助羌人的独木梯，就可以"飞檐走壁"，信步到另一家的楼顶，从楼顶爬独木梯下去，下到二楼，你就可以直接到另一家去做客，见到羌人家里悬挂的陈年的猪膘肉，喜客的羌人就会邀你喝陈了数年的咂酒。你到了堂屋，两边是厢房，里边是厨房，外边是宽宽的回廊，四周还有锦簇的菊花。直接绕过堂屋空坝前的石梯就下楼了，一楼是给牲畜"住"的，给不同的牲畜都"分"一间房子，猪住左边，牛住右边，羊在中间住，小鸡可以"自由"进出羊和牛的"住房"。打开羌人特有的木锁，你就到了"城"的"街道"，这个"街道"四通八达，横平竖直。街道下边是水网，街道里有"办事处"，有学校，有医院，一般的事情你都能在这座"城市"中办理。

我在"城"里周游，不觉到了王明杰老人的家。老人70多岁了，身板像这寨子一样坚实，身上每个"零件"都完好无损，牙齿都没有松动一颗。面色如才见的半山的树叶，很有光泽。脚上打绑腿，提一筐猪食箭步如飞。听说老人故事有一箩筐，情歌有一箩筐，上山做活的时候，带一兜故事上路，下午回来，唱一路山歌下山。王老人说羌人都有这样的本领，不仅仅男人能唱，女人也能和，逢年过节还要跳萨朗，载歌载舞。要不然，恋爱结婚也就没有情趣了，过节喝酒也就没有意义了。王老人还端了一筐苹果，"犒劳"我们一群"劳军袭远"的疲敝的"部队"。

果真远处有山歌飘来，那是一腔欢笑的牧歌，打破了四围的寂静，羌人又该有一天的忙碌了。外面的公路也延伸过来了，汽车的喇叭从山下蜿蜒而来，一群群的游客提着相机来了，一群群的画家提着画板来了，一群群的山外的学生怀揣梦想来了。他们来了又去了，去了又再来了。因为这萝卜寨看似一座城，却是一本书，怎么读怎么有意义，每一次读都有不同的收获。我也想读这本书，却难以解读这本书。

开了春，再去翻萝卜寨，肯定会有另一番解读。

山茶花

见到各种各样的花儿，我都是欢喜的。各种花儿，是各种美丽。各种花儿，用它的生命，尽情地怒放着它的美丽。生命燃烧的尽头，是枯萎，是凋谢。可是也孕育了果实，孕育了新生。

没有哪种花儿招惹了谁。开放的过程，也许，就是等待的过程。等待着阳光明媚，等待着彩蝶翻飞。它静静地开放在山坡，开放在田园，开放在原野，开放在路边，开放在悬崖。不过，它都按照自己的节奏，尽情地展示着它的美丽。也许，开放的过程遇到了风雷，也许开放的时候遇到了采摘。也许没有等到彩蝶的到来，它就走完了它的一生。

特别瘦弱的花朵，开在了草原。那么多的花儿，等待了一年，就为了这一天，为了这一瞬。都齐刷刷地，把个草原的颜色，染了一遍。一朵太小，让人看不见。可是这是一片，都在一个季节，一个夜晚，都起床梳妆打扮，都把它一生的美丽，绽放出来。

岷江河畔，汶川山野，一年四季，都开满了花朵。三月有野桃花，四月开樱花，三月的末端，李花、梨花，开在了农舍的周围，一片片的油菜花，开得一片金黄。直到五月，远处的山顶上，还是一片雪影。六月，则有漫山的杜鹃花，七月则有星星点点的百合。

所有的花儿都有它们自己的颜色，开出的都是一个漂亮的图案，开出的是它们自己的个性。可每一种花儿，有它们生长的土地，有它们开放的地盘，有它们开放的过程，有它们开放的季节。在属于它们的季节，它们要把所有的芬芳喷发出来，把所有的情感表达出来。不管有没有观众，有没有被倾听。

我静静地走近它们，远处，看见的是漂亮的颜色，近处，闻到的是芬芳的味道，再近处，能听见花开的声音。

每一种花儿，是每一种生命。它们把所有的亮色，在它离开这个世界之前，用生命来渲染。每一种花儿开放的时候，我都欢喜。

不过，细细数来，最最欢喜的，是我看见了山茶花。

我见过一片的月季，一片的荷花，一片的玫瑰，一片的百合，一片的梨花，一片的樱花，一片的海棠，一片的杜鹃。没有错过开放的季节。在一片山坡之上，在一片原野之中，有这样的一片花儿，给所有的山坡增添了亮色，给所有的原野装点了生气。

我没有见过一片的山茶。我只见过一株山茶、一拢山茶、一朵山茶，在寒风割去了所有的繁华的时候，在春天来临的脚步声中，在炎炎烈日烤得所有的生命奄奄一息、望而却步的时候，我还是看见了山茶。即使数九寒冬，山茶树还是倔强地站在悬崖边上，还是披着绿色的衣服。只有它，还在孕育几个花苞。在绿叶的怀抱里，一朵山茶，静静地开放。世界的冷，它是不怕的，别人的眼光，它是不在意的，依然我行我素，开在了悬崖的边上。

不知道，所有的花儿，是不是都在等待一只蝴蝶的到来。但是，所有的花儿，不是等蝴蝶来了它再开。我不愿意是一个顽童，看见一枝花儿那么漂亮地开，我把它摘下来，让它在我的怀里枯萎、凋谢。我宁愿在远处，静静地看见，花儿那么义无反顾地开放。

　　我看见，那一枝山茶花，静静地开。山茶花，它的山味，注定它不是玫瑰，注定它不是荷花，经历过风吹雨打的山茶，注定开得很坚强。不要大红大紫，不要众星捧月，只需要一个劲儿地，在寒冷中开出属于自己的颜色。

水磨秋晴后雪

　　水磨的秋天很矮，比屋子高的山坡被厚厚的雾气包裹着，一不小心雨点就倾洒而下，像受委屈的小儿没玩没了地哭泣，从早晨到中午，从中午到晚上，又从晚上到早上，一小时过去了，半天过去了，一天过去了，一星期过去了，这水磨的雨点就喋喋不休地下。吊脚楼、廊桥、古刹、羌城，就像穿了纱裙，隐隐约约、朦朦胧胧、明明灭灭，如古时阁楼里含羞的女孩，还没有开过脸，犹抱琵琶半遮面，梦倚南楼，轻眯望眼，有顾盼而不神飞的神色。

　　天气总不能永无休止地下雨。星星月亮躲进了云层里，它们也倦了。星星醒过来的时候，月亮也从远山边探出了脑袋。鱼肚白的天边，有远山和它呼应。一层浅浅的霞光过后，天幕就成了藏青色。太阳把云层赶到山那边去了，山色就饱满了起来，像浓墨重彩的油画，高高矮矮的山，胖胖瘦瘦的山，远远近近的山，是画布上的构图。脉络清晰，层次分明，搭配合理。隐居在山上的清泉流出了淙淙的声音，还有三两声或远或近的鸟鸣渐次唤醒了山边的枫树和三叶草。

　　矮矮的天空突然就升高了，比房子高了，比山高了。天幕上只一颗太阳了，月亮暂时谢幕了，星星又藏在了天幕的后边。这画幕干净，只一色的幕布就铺满了整个天空，只一颗小小的太阳耀眼，把情感铺洒在了整个水磨。水磨就饱满了起来，就勇敢了起来。

天边的远山，茫茫一片水晶似的白，近处的尖子山上，尽是一色的青，有了凹凸，有了起伏，也就有了变化。大师们又恰到好处地在山腰上勾勒了隐隐约约的人字形房屋。屋顶的炊烟，先还是一缕青线，在高过半山的地方就隐去了。一幅清晰的画卷就呈现在了世人面前。这画有了天幕上的太阳，有了远山的雪影，有了近景中朗润的树木，有了隐约其间的房子。有远山的幽远和写意，有了近处的细节和写实。画卷的内容就饱满了，就充实了。

远处的鸟啼，近处清晰可辨的鸟鸣，像是被高人不经意地弹拨

▲ 汶川雪后小景　（周正／摄）

的琴弦，摄人魂魄，而其自己又被陶醉其间，周围的俗人，也该忘记了山外的喧嚣，而沉浸于这来自自然的乐音。

远山的雪更现洁白了。千里冰封，万里雪飘是1945年北方的

雪景。2011年水磨的早雪就下在了秋天的末端，下在了水磨的远山上。它们该是偷偷降临人间的仙女，趁有星空的夜晚，水磨都已经入梦的时候，轻轻地降临于水磨的。或者是，在有白雾笼罩的时候，悄悄地来到水磨的远山的。只是在水磨倦怠了阴雨的一个突然的时候，就静静地来了。人们还没有什么准备的时候，它就来了。

这水磨的秋天突然高起来的时候，远山仙女般的雪，近处的翠烟，隐约其间的流水和鸟鸣，就让水磨鲜活了起来，灵动了起来。

九九台蝉影

　　喧嚣了一天的大地逐渐沉寂了下来。踱上树影婆娑的小径，伴着朗朗清风，登上九九台。蝉子却如白日的忙碌，鼓动肚腹，搔首踯躅，卖弄风情。

　　九九台，在三江口盘龙前景。过了索桥，登上九九八十一步台阶，就上了九九台。崎岖的石级，有时窄不容脚，有时矮不及步。高不过30层楼房的九九台，却如陡崖般，石级蜿蜒盘旋而上。石级外边是悬崖，长满了杉树、杂树，都一个劲地拥挤着，直指苍天。黑石河流到九九台边，却形成阴森的峡谷，旁边尽是树木和野花，层层的绿色和叠叠的花香拥挤着，把九九台映衬得险峻而幽深。矮矮的九九台，树木杂陈，花香叠缀，溪谷幽幽，水声潺潺，瀑布紧随山势，飞流直下。树木间藏了鸟儿，扑棱棱地飞到另一层花树上去了。不过，我们的行进和驻足，丝毫不会打扰鸟儿的节奏，蝉子也一个劲儿地鸣叫，此起彼伏，前赴后继，你方唱罢我登场。

　　不过，即使外边是火炉的天气，到了三江，到了九九台，一定也不觉得燥热，反而，心里升腾起一股清凉的意境。这得感谢深谷，感谢泉流，感谢树丛。它们在一起，释放了清香和清凉，把大量的氧离子灌入每一个毛孔。

因此，即使是夏季，即使是外边鼓噪的季节，外边闹哄哄的季节，三江依然一碧万顷，依然我行我素地保持了清净和自然，流水依然以不快不慢的速度向前游走，甚至在九九台前打一个漩，流连流连风景，再慢腾腾地向着远处流去。它是在留恋什么？

这样的地盘，孕育了这里的清爽和舒坦。

因此，就是驻足在九九台，最躁的蝉子，奏出最躁的琴弦，也给人唱歌的节奏，唱歌的舒缓。即使没完没了地鸣叫，也是悠扬婉转，低分贝，慢节奏，抑扬顿挫。嘶——嘶——嘶嘶——嘶。你知道，在乡村，在城市，在树梢，在丛林，蝉子在泥土里孕育了三年，吸食土地和树叶的养分，修炼和积聚三年，只为了三个月的潇洒和逗留，只愿来到这个光明磊落的世界，可是，扑面而来的炎热，熏得蝉子不停叫唤，以排减身上多余的热量，天气越热，它们也就叫得越勤，嗓门越大，直叫得人心绪不宁，心情倦怠。而在九九台，蝉子个头也会小了些许，森林里的好天气也让蝉子有了好心情，它们不一如既往地聒噪，不如它的兄弟姊妹那般喧嚣，只嘶——嘶——嘶嘶——嘶，节奏和音高，都舒缓而低调。这样的蝉鸣，配合鸟唱，混合水声，反而形成三江晚唱交响乐。人是不配去打扰它们的，也是不会去打扰它们的。

它们生活在这样一个不被干扰的空间中，生活在远离干扰的情景中，也给这样清净的空间布撒了和谐的旋律。

乡村记

　　每一个人都有一个故乡情怀，每一个人都应该有一个乡村情结。

　　小学课本里节选了鲁迅的《故乡》。懵懂年代，还没有离开过故土，也不知道什么是故乡，对故乡没有什么概念。走得最远的地方，不外乎是"场"，是"镇"。那个年代，甚至连"城"都不曾见过。北京、上海、成都，只是看到书里讲过，听他人谈起过。具体什么样儿，小脑袋瓜子往往想不出来。不像现在，条件好了，小孩也可以天南地北，走街串巷，甚至飘洋过海。像我，小时候基本足不出户，稍微大一点儿，就多了对外面世界的憧憬，对未知世界的渴望。坐在门槛上，常常想，山那边是什么样儿，山外边是什么情景。都五六岁了，记得是腊月的某天，天上密密匝匝下着雪，那年供销社给每家每户发了"赊销布"，后来知道，这"赊销布"，既然是赊销布，是先赊给农民，有钱时再还。可是这赊销布的钱，再后来，都没有还过。据说是中央领导到农村调研，他见不得农村还如此贫困，就发了"菩萨"心肠，把布无偿分给全国的老百姓。除了发布之外，还发了十几斤棉花，一件毛衣。我们家用这布和棉花给全家四人每人缝了一套衣服，弹了一床棉絮，还给母亲缝了棉袄、裤子。还剩了一点布，母亲就给我做了一顶帽子。我戴着新帽子，哭着闹着，非要去赶一次场。母亲拗不过我，终于松口："说清楚，到场上去的路很远，早上去，下午回来，我是不得背你抱你。"我满口答应。到了开县麻柳场上，看到商品摆满了货架，地摊上到处都是我喜欢的东西，我缠着母亲，非要买糖吃。母亲打也不是，骂也不是。我不愿意让步，小孩也有个脸嘛。这时，我第一次见到了幺爸，他从荷包里掏出三角钱，记得那个时候红糖八角钱一斤，我用这个钱买了小半斤糖，母亲说："你不能吃独食，给你弟弟带一点回去。"我现在已经记不清给弟弟带糖回去没有。

　　小学二年级时，要到 20 里外的中心校去参加期末考试。那时也没有手表，没有闹钟。担心考试迟到，父母听鸡叫二遍就起床，因为要考试，出远门，父亲破例在头天晚上煮了腊肉，犒劳我这一名"远征军"。走到学校后面的山坡上，我们一群参加考试的孩子，一起吆喝"懒猪起床，起床的不是懒猪"。让声音穿破夜色，传到老师的耳朵里。记得父亲给了我五角钱，叫我考试结束后在街上吃碗面。记得那时候面条一角五分钱一碗。就是吃了面，都还有三角五的结余，还可以买点饼干，饼干三角一盒。还可以剩余五分钱买五颗糖。我把五角钱放在裤袋里，捏在手心里，没有舍得用。估计我当时心里面也进行了一番斗争，心想，火柴三分钱一盒，盐一角七一斤，煤油三角八一斤。一盒火柴可以用一个月，一斤盐可以吃两个月，一斤煤油可以照两个月。算来算去，总觉不划算。把五角钱原封不动交给父亲，记得父亲说："这娃儿没出息，钱都用不来。"我听到他的骂声，没有和他计较，不住地摆谈在街上见到的衣服，见到的楼房，甚至还见到了拖拉机，见到了汽车。我没完没了。父亲终于笑了，说："乡巴佬上街（gai），嘴巴都要摆歪。"

　　小时候，见到的到处都是乡村，确切地说是农村。那个时候还没有故乡的概念，也没有乡村的概念。农村，区别于城市，城市里住的是居民，是市民，是工人，是干部。农村里，住的是农民。一般的理解中，天下农民一般穷，农民面朝黄天背朝天。农村，字里行间中，仿佛跟贫穷、落后等字眼联系在一起。而乡村呢？乡村多指精神的故乡，乡村似乎跟精神世界联系在一起，跟文化联系在一起，带有家乡、亲切、友善、团结、和睦、热情等味道。乡村带有乡土气息，带有热情好客的意味。乡村是一个画面，是田园山水、茂林修竹、鸡鸣犬吠、炊烟袅袅，活泼生动，令人向往。

不同的季节里，乡村呈现出不同的风貌。春天里，绿树繁枝，鸟语花香，禾苗吐绿。秋天里，天高气爽，硕果累累，兰桂齐芳。冬天里，白雪覆盖房顶，田埂是一条条弯弯的曲线，一丛丛的油菜，一片片的麦田，把乡村的画面装点得静谧、坦然。

一句话，乡村是四时不同的山水画。既然是山水画，画里就有互相搭配、和谐共生的山水、花鸟和人物。而劳累了的城里人，特别是那些作家、画家、音乐家，都愿意挤时间回到乡村，感受生活，寻找灵感，找到归宿。

而故乡呢？故乡是过去生活的乡村。一般都要离别多年以后，才有了对故乡的认识。"少小离家老大回，乡音无改鬓毛衰。"而且，随着年龄的增长，对故乡的认识也就像陈年的老酒，愈来愈浓烈。年少时候，"少年不识愁滋味"。眼光是向上的，思想是向外的。一般也没有离开老家多少时日，在家里，一个人的行为，多多少少不太合父母的心愿。父母望子成龙心切，但不是每个人都是人之龙凤，我们每一个人都是普通人，他们把自己未竟之事业束缚在儿女身上，把未能完成之理想，强加在我们身上。长到十来岁时，更是受不了父亲的呵斥，不愿意听母亲的唠叨。这个时候，哪里想待在老家，对父母的态度是"眼不见，心不烦"。一双未硬的翅膀，早就想展翅翱翔，一身未丰满的羽毛，早就想呈现荣光。等真真离开家乡了，年深月长，才发现老家才是避风港，老家才是精神的原乡。

只不过，现在的时代，事情已经发生了变化。历史上，人们离开故土，三年五载不能回到家乡。路是羊肠小道，多靠步行或者骑马赶路，一时半会儿，难以赶回家乡。固着在土地上的一大批人，不需要背井离乡。离开了故土的一群人，事业上有成，方衣锦还乡。道路不通，交通不便，阻隔了他们回乡之路。哪里有那么多的一帆风顺、平步青云，事业受挫时，年龄更长时，心灵得不到安放，自然而然，他们把思念寄托在故乡，有道是"吾心安处是吾乡"。现在呢，就是远在天涯海角，也是近在咫尺。方便的通信，不再需要鸿雁传书。甚而至于，这20年来，连写信都成了历史。QQ上可以聊天，微信上可以视频，打开手机，直接就可以见到自己的朋友和亲人。若视频上还不能解决你的思念，你直接开车就可以回老家看上一眼。再远处，你赶高铁，坐飞机，赶回你的家乡，也是像你小时候赶场一样，多则一天半天，少则一小时、两小时，再去描写思念故乡，多半是无病呻吟、为赋新词。

之所以始终对故乡念念不忘，而且随着年龄与日俱增，是因为渐行渐远的不是故乡，而是无忧无虑的童年，是儿时的小伙伴，是陪你长大的亲人，是曾经满是烟火气的村庄。记忆里依稀记得放学回家那条泥泞的小路，走过整个童年的春夏秋冬，即使赤着脚，饿着肚皮，也是因为少年不识愁滋味，即使磕磕碰碰，也还留存着童年的较真与天真，而没有五心难猜。那个时候知人知面就知心了。

二

中国的地域特征，决定了中国的传统文明形态。北方为大漠，东方和东南方是大海，西南方和西方是大山，长江和黄河横穿中部、东部和西部。黄河这条母亲河，贯穿整个黄土高原，孕育了中国的文化传统。黄土疏松，便于耕种，不太需要工具的革新就可以维护以家庭为单位的生产生活，从而形成"鸡犬相闻，民至老死不相往来"的自给自足的生产生活形态。

这种生产生活形态，便是具有中国气质的农耕文明形态。这种农耕文明形态，可以说就是乡土文明。从古至今，文人墨客所从事的文化活动，总是囿于这种乡土文明，逃离不了乡土的藩篱。从老庄哲学开始，到陶渊明、谢灵运，到司空图、王维、孟浩然，直到20世纪后的沈从文、汪曾祺、刘绍棠，他们从理论上为乡土文明注入了动力。在实践中，在写作中，为乡土文明注入了源源不断的血液。乡土文明中的乡土文学，从这一条根脉一直源远流长。

20世纪以来的100余年里，人类所创造的物质财富超过了20世纪之前的所有时代的总和。思想的交相碰撞带来了技术的日新月异。科学技术的革新带来了生产生活方式的变化和物质的极大丰富。物欲横流的时代，人们的欲望却无止境。人之所以为人，是人能思考，人有文化。思考却始终没有结果，精神层面始终不能得到满足。传统的农耕文明被撕裂，新的工业文明形态正在生长。在传统和现代之间，人的精神世界总是极度矛盾的。现代人常常这样说，往前数三代，你的爷爷总是农民。从农村费尽力气走进城市里面的人们，总有一个关于城市的梦想，总有一个乡村的情结。乡村成为人们在城市里面徘徊时的精神寄托，乡愁成为一个时代里文学的母题。当前时代的作家，或多或少，总有关于乡村的描写，关于故土的叙述。

院墙外种满了五六亩竹子，竹林边有两条小溪。这让笔者想起"凤尾森森，龙吟细细，一片翠竹环绕""有千百竿翠竹遮映""后院墙下忽开一隙，清泉一脉"的潇湘馆。潇湘馆偏冷，偏灰色调，潇湘馆不是乡村。

成都平原曾经到处是乡村。成都平原的乡村得益于都江堰灌溉工程。秦昭王派李冰治蜀以后，兴修都江堰水利工程，"深淘滩，低作堰""水旱从人"，乡民们从而旱涝保收、衣食无忧了，到处生机盎然。乡民们自是有了闲暇，也就有了闲情逸致，饮茶读书，吟诗作赋。从而继续反哺乡村，回馈乡村。

不知道从何年月始，工业文明开始冲击乡土文明，农村的土地，多修了工厂，多种了风景树。工厂冒烟，把乡村熏得乌烟瘴气，风景树多卖与城市。没有工厂的乡村，也逐渐变成钢筋混凝土的森林。这样的乡村在流血，在哭泣，在挣扎，乡村也就不复为乡村了。

三

重提乡村，又提乡村振兴，是近年的事。钢筋混凝土的的森林里，需要的是大量的农民工。农民工为城市建设，起早摸黑。他们从乡村走出来，换了一个地方继续劳累。这可苦了原来的乡村。大量的农民进入城市，他们是城市的建设者，可是他们很难从城市获取尊重。费力的劳动，换来的是微薄的薪水。

他们的家里，多剩下老弱病残。老弱病残辛劳一辈子，继续耕作在农村的土地里。累得腰酸背疼，却换不来城市的安逸和舒适。离乡背井的农民工，远离了嗷嗷待哺的儿女，他们把子女"扔"给爷爷奶奶。这些子女也就成了留守儿童，这些老人也就成了留守老人。留守儿童和留守老人相依为命，有道是"隔代亲"，他们想，再苦不能苦孩子，对这些留守儿童百依百顺，言听计从。少了父母的言传身教，留守儿童耍手机，打游戏，积久成瘾。老人们如果荒芜了土地，也只是荒芜一季土地，可是，父母们荒芜了孩子，则是荒芜了孩子们一辈子。有道是，最大的投资是对孩子的投资，没有时间、精力陪伴孩子，可能是荒芜了孩子一辈子啊！照顾不了家人，照顾不了孩子，让孩子荒芜了，得不偿失。可是，不这样做，行吗？农村的土豆不值钱，苞谷不值钱，喂猪不值钱。一句话，种地不值钱。一家的开支，都指望着自己呢！

现在，大机器代替了手工操作，计算机、互联网、区块链、机器人代替了人工劳动。城里面到处是高楼林立，能修房子的地方都修了楼房，城里面哪里还需要那么多农民工。

乡村却有大片的土地被抛荒，被抛弃，被遗弃。传统的小农经济受到了无情的冲击。乡村亟须振兴。农民工进城，不管怎样，总是学得了经验，增长了见识，这为乡村振兴提供了契机。政府也为乡村振兴提供了政策支撑。

四

汶川，处在山区。又不像成都平原。山区里有的是山，有的是一山比一山高的山。南面，映秀境内有上山15里，下山15里的娘子岭，漩口有与青城山同脉的赵公山，三江有海拔近4千米的盘龙山，西南卧龙境内与小金县毗邻，有海拔6250米的四姑娘山，北部，威州境内有什达格山，海拔4800米，有海拔5314米的小雪隆包山，它们都处在邛崃山系，邛崃山系从鹧鸪山出发，贯通理县全境，纵贯汶川的西部，呈南北走向。纵贯汶川东部的，是从松潘、九寨沟交界的弓杠岭，绵延不绝，在茂县南新境内突然继续隆起，形成九顶山。再向南到了汶川境内，一路奔突，直到汶川漩口境内，突然刹车。再向南，就是天府之国成都平原了。一条龙门山，形成一道坚不可摧、势不可挡的屏障。山的东面，是什邡，是彭州，是浅丘，是平原。一道大山，挡住了喜马拉雅山以东青藏高原的寒气，让浅丘地区和平原地区风调雨顺，成为四川盆地西部的盆沿。汶川全境，东面是龙门山系，西边是邛崃山系。山有山的劣势，可是也有山的优势。

成都平原，阡陌纵横。即使在乡村里，也是一幢幢的院子，院子周围是田园，是菜畦，是一丛丛的竹林。走到哪里，都感觉是一个样儿。这样的环境形成了平原人的殷实和含蓄。而山里呢？山有高矮胖瘦，山有纵横交错。每座山都形成不同的样儿，山梁高高低低，绵延起伏，而从梁的每一个点，延伸开去，从海拔五六千米一路向下到海拔七八百米，自然就形成了不同的点，不同的线，不同的面。每一个点上，都可能长了不同的树种，每一株树又有不同的枝丫，不同的形状，不同的颜色。每一株树上，又栖息了不同的鸟儿。在山的顶部、腰部、底部，就有了一些平地，大块的平地处，形成自然村落。依据山势，或又是大小不一形状不一，朝向不一的房屋。房屋的周围，是不规则的地块。这样的组合，以大山作为背景，自然形成一幅幅山水田园画面。大山包容而敦厚，各种动物栖息其间，人们与这些动物和睦共处。自然的鬼斧神工，把山装点得四时不同，而每一个时节，都显露了勃勃生机。山里人的性格，跟大山一个样，敦厚、朴素。他们常常给人的感受是大自然的伟力，大自然的不可抗拒，他们常常感恩于大自然丰厚的馈赠。

有了山，就有了河谷。汶川境内，一条岷江把两座大山劈成峡谷。峡谷内又有不同的泉，不同的沟，不同的河。一条条溪水，汇成了杂谷脑河、草坡河、渔子溪、寿江、雁门沟、七盘沟。这些或大或小的溪流、沟渠，都汇入了岷江。可以这样说，汶川，就是一条条沟组成的。较大的沟内，形成乡镇，较小的沟里，形成村落，再小的沟里，就是人家，就是住户。

汶川的文化，自然就是大山夹持中形成的沟谷文化。因此，常常听到水磨沟、三江沟、盘龙沟、雁门沟、七盘沟、卧龙沟、草坡沟的名字。单说这一"沟"字，从造字法来看，左边是水，表明性质。右边带有互相交叉、重重叠叠的意味，表明状态。沟内，也就形成千奇百怪的形状，再和大山搭配，每一条沟内，自然就形成了不同风景，自然就有不同传奇。以水形成的景致，就有了泉、湖、泊、荡、潭、瀑、溪、沟、河、江、滩、洞、池、涡、汪、洼、湾、流、涵、渊，等等。大致就有1200个汉字。这些汉字都各有用途，都表达不同的意义。现在我们常用的以三点水为偏旁的字有100个左右。说明，比起古人而言，我们对水的认知，在下降。以山形成的景致，就有岗、峡、峰、岸、岳、岩、岭、岚、嶐、崖、岔、峭、嶂、崩、岐、屹、崛、峪、崇、峻、峦、嵌、嶙、峋、幽、崎、岖、嶙、巍、峨、崤、岫、巍、巅、岱、呑、崚、嵘、岜、峁，等等，大致有山旁的汉字在500个，说明古人对山的认知也是丰富的。这些带山旁的汉字，表明了山的不同形状，不同位置，不同特点。有了山，有了水，从这些不同义旁的汉字可以明确，山和水有不同的情状，有不同的个性，有丰富的内涵。而且，山里有不同的树，大小不一，色彩不一，用途不一，山林间又栖息了不同的鸟兽，不同的花草。一座山，包罗了多少物象，包含了多少情感，多少故事，多少意义？况且，汶川有多少座山，大山小山绵延不绝高低起伏，这些山该蕴含了多少宝藏，多少传说，多少故事？哪里像平原，有几个汉字描写平原，记录了平原的不同色彩？望眼即穿的平原，蕴含了多少个性？

古人在造字时，似乎单单为汶川造了几个字，记录汶川的特殊性。汶川的汶，用途比较小众，似乎只出现在汶川、汶水两词中。

查《水经注》，知道汶川有一条江，繁体的"寿"加一个右包耳。我知道右包耳，本意是"邑"，指的是地方。读音和"寿"一样，读"shòu"。查字典，一般的字典中没有收录这个字。办法有，认半边。多数时间，认半边没有问题。遇到一个"垴"，有三个"垴"跟汶川有关：寿星垴、东界垴、西瓜垴。垴读音为"nǎo"。水磨现佛山援建的飞鸿广场，古时叫僚泽关。大抵是三国时期蜀汉定都成都，诸葛亮从现重庆涪陵迁僚人到此居住而得名。这个"僚"字，现在用得也比较少了。

但，我在汶川，查关于汶川的资料，遇到几个汶川的地名，有时认半边，没错，有时认字认半边，却闹笑话。

汶川雁门有一个村子，叫芤山，草字头下边一个孔，不读 kǒng 读什么？你读 kǒng，就错了。芤读 kōu，意思是葱。芤山，历来产葡萄，产水果，很少听说产葱。估计，过去因产葱出名吧。上芤山调研时，当地老百姓告诉我，此地还有一段传说：诸葛亮担心死后曹操掘坟，他在临死的时候，做了安排，安排三个人给其下葬。他告诉下葬的人说，我不会亏待你们，给你们准备了两担银子。你们两人挖坑，一人做饭。他对挖坑的人说，挖 72 座坑，把我埋在其中一个坑里，你们看，我只有两担银子，你们三个人不容易分。我给你们出个主意，你们回家吃饭的时候，把伙夫打死，你们一人得一担银子。他又给煮饭的伙夫说，我只有两担银子，你们三个人不容易分，要不这样，你在饭里下些毒药，他们俩毒死了，两担银子不都是你的了？就这样，上山去安葬的两个伙计把诸葛亮埋了，回来打死了伙夫，伙夫在饭里下了毒药，毒死了两个伙计。就没有人知道诸葛亮埋在哪里了。人们只知道这座山埋了诸葛亮，诸葛亮字孔明。人们就造了一个字：芤，意思是埋葬孔明的地方。

汶川还有一个绵虒镇。初到汶川，我不认识"虒"，心想，厂字下边一只老虎，读"hǔ"吧？当地人读成"mián chí"。究竟是读"hǔ"还是读"chí"？莫衷一是。查字典，发现这个字读"sī"，指的是一种有角的虎。绵虒为什么叫绵虒，是过去这里有一种长角的虎吗？不得而知。

绵虒飞沙关有剈儿坪，这个"剈儿坪"，《汶志纪略》有记载。寻访当地人，当地人说，这个地方叫"kuà"儿坪，应该指的是同一个地方，我想，剈读"kuà"吧？一查字典，发现，不对，剈读"kū"。后来想清楚了，老百姓一代代传下来，人们种地，有时候把小孩挎在身上。传说，禹的母亲生禹时，是剖开其母亲的胳肢窝，从胳肢窝里取出了禹。剈儿坪，意思是指，剖开胳肢窝，取出小孩的地方。后者，神化大禹出生。前者，生活中，人们挎着小孩。都能解释得通。但，后者，更符合人们的认知能力。

从历史地理学的角度而言，古老的汶川地域，可以从古树的角度，看见一个异样的汶川。单单古树，汶川境内珍稀树种就有珙桐、银杏、水杉、红豆杉，它们都是孑遗植物。最大的银杏，当数龙竹园的银杏。百度地图上可以查到"白果树"，银杏就是白果，这个地方以树来命名。我两次爬上山去，久久伫立。见它枝丫婆娑，树干估计要十来个人才围得过来。书上说，山中也有千年树，世上难逢百岁人，大抵就是说的它吧。水磨是著名的长寿之乡，流经它的河以寿命名，称为寿江。我遍访四周，90多岁的老人不少，但是上100岁的人，我还没有找见。听三江刘志全老人讲，这棵树不是最大的，在三江，有树长成了森林。因为山太大，遍访数次未果。就在这样的大树下，我常常想，不知道这棵树是何时种下的，在这棵树下，又发生了多少故事？我十多年前去见过这棵树，十年后发现，它还是那个样儿，一点也没长胖，一点儿也没长高，它还是旧时模样。长到现在，它也该经历了几多朝代，经历过几多洗礼，几多浩劫，又经历了几多陪护，几多膜拜，见证了多少人的喜怒哀乐、爱恨情仇？以银杏命名的，汶川还有一个乡，也叫银杏，只是合乡并镇以后，取消了这个乡的建制。白果树属于龙竹园，属于三江。它只是三江一座山上的一棵树。三江龙竹园的白果树，这么壮，这么牛，三江也没有以这棵树命名，那以银杏命名的乡的银杏，又该具有何等的气魄，何等的情状？

三江还有成片的珙桐。它们和汶川的水杉一起，都是孑遗植物，也叫作活化石植物。它们的起源久远，在新生代第三纪或更早有广泛的分布。其中大部分已经因为地质、气候的变化而灭绝，只存在很小的范围内。这些植物的形状和在化石中发现的植物基本相同，也保留了其远古祖先的原始形状。孑遗植物的近缘类群多已灭绝，因此也是比较孤立、进化缓慢的植物。

孑遗植物，绝世而独立。地质时代的变迁，造成大量动植物死亡、灭绝。而汶川，居然还有这样三种孑遗植物同时存在，要有什么样的气候，要有什么样的条件才能让它一直绵延，一直传承？

动物活化石熊猫，也生存于汶川这块地域。

动物活化石、植物活化石，都生存在汶川的崇山峻岭中。这该是多么神奇的一片土地？

五

汶川有乡村振兴的自然条件。人们与动物活化石、植物活化石共生于这片大自然馈赠的土地。汶川的地域面积，达到4400平方千米。

从都江堰出发，穿过友谊隧道就到了汶川的地界。即使在成都平原热不可耐的时候，你一穿过友谊隧道，路边是截断岷江云雨的紫坪铺水库。碧波荡漾的水顿时让人清凉,一碧万顷的山,阻断了夏日炎炎。

▲ 秀美乡村 (张苋/摄)

再往里走,是水磨、三江。满眼的山,满眼的树。山里的温度自是比都江堰低了三四度,比成都低了七八度。这是在河谷边的镇上。乡村里,白墙绿瓦的房子鳞次栉比。它们都掩映在树丛中、竹林里。树林吐露出来的空气,负氧离子不知比大城市高出了多少倍。一到夏天,成都的、重庆的大爹大妈,实在受不了热浪的侵袭。电风扇吹出的风,是热风。通宵达旦开着空调吧,可是得出门买菜,得做饭,得洗碗。你总不能一天到晚关在屋子里。

汶川自然就成了老人们避暑的好去处。三江、水磨、卧龙、耿达就成了老人们避暑的好去处。仅在2022的夏天,有4000常住人口的三江,一下子就涌进来3万人。三江的百姓,每家每户修起了楼房,修起了旅社,修起了宾馆。装得一家比一家漂亮,接待能力一家比一家强。大爹大妈们只需要付 2000 元一月的费用，吃有人管，住有人管。他们需要做的，就是"袖手旁观"，当甩手掌柜。吃，跟主人一起吃，主人吃啥你吃啥。吃的都是主人自家的腊肉，自家的豆花，自家的鸡蛋，自家出产的小菜。又绿色，又环保，又舒心，又放心。你实在过意不去，或者闲不住，那也好说，跟主人一起劳动，一起洗菜，一起择菜，一起烧火，一起煮饭。主人总是把你当客人待，你嫌主人做的饭不好吃，你也可以自己动手。你还可以租一个套间，或者租一个通间。套间里面，一应设施俱全，锅碗瓢盆都是现成的，你可以拎包入住。不管哪一种"租"法，你的生活都可以跟家里一模一样。但是，这里没有你城里家中暑热，心情自然就放松了。

在三江，在水磨，寿江边都有一条绿道。吃了晚饭，还可以沿着绿道散散步，消消食。因为四周都是山，每天早晨起来，你还可以爬爬山，活动一下，锻炼锻炼身体。

从水磨与漩口交界处的寿江大桥往漩口，往映秀左拐，再走 20 千米，就是耿达，再进去是卧龙，是四姑娘山。每到夏天，来这里避暑的人更是络绎不绝。2022 年夏天，到耿达避暑的人数达到 5 万人，你不事先预定，根本找不到住处。人们来到耿达的乡村，享受着天然氧吧带来的微风，带来的清凉。

从映秀往右，沿岷江上行，自是另一派风光。直到了绵虒。绵虒是一个分界岭，绵虒以下，绿色渐增，雨水渐丰，越靠近灌县（都江堰），受汉族地区文化影响越深。房屋式样亦跟汉族地区无异。从威州沿杂谷脑河拐进龙溪，路过一片片玉米地，到了阿尔。寨落的尽头，原始森林古木参天，溪流淙淙有声。再远处，冰雪四季覆盖的大山，给人一道神秘和静谧。

六

  20多年前，我第一次去汶川。沿317线过飞沙关，岷江对面一座耸立的碉楼，上面书写有费孝通先生题字：西羌第一村。再走几里，就到了绵虒镇。在以前，只在书本上见到过少数民族的介绍，对少数民族没有概念，没有认知。看到这个碉楼，看到这个题字，一下子就觉得少数民族不仅出现在书本上，而是实实在在地，感受到少数民族文化扑面而来。威州以上，是典型的羌族聚居区了。

  他们住的房屋自是与汉族地区不同，他们穿的衣服自是与汉族地区不同。他们生活在半山或高半山上，周围是峡谷，山体高耸入云，令人望而生畏。我从山里来，曾经见过山，但是尚未见到过这么大的山。过都江堰以后，汽车一直在岷江边，一直在龙门山的脚下奔跑。跑了几小时，还是在这座山脚下，偶有一条纵深的沟，上面都架了桥，汽车在桥上稍纵即逝。与这大山相比，这些沟的宽度简直可以忽略不计。"两岸连山，略无阙处。"只不过，我不知道，这一条沟进去，又该是沟深莫测，里面说不定豁然开朗，说不定又是别有洞天。这些沟里面都隐藏了许多未知，带给我几多诱惑。

  比如，过草坡沟，感觉出口处呈现一条小小的沟，可是从这沟里进去7千米，就是两河口。左边一条沟，右边一条沟。越来越开阔，越来越明朗。两座山夹拢来，仿佛形成一道门，那么狭窄，窄到感觉只能容纳一个人侧身走进去。哪知里面，却是田园，却是生机，却是"初极狭，才通人。复行数十步，豁然开朗。土地平旷，屋舍俨然，有良田、美池、桑竹之属。阡陌交通，鸡犬相闻。其中往来种作，男女衣着，悉如外人。黄发垂髫，并怡然自乐"。跟陶渊明描绘的桃花源并无二致。插进岷江的哪一条沟不是这样，从寿溪进去，是水磨，是三江。三江是三条河的意思，左边是西河，中间是中河，右边是黑石河。三条河在三江口汇聚，形成了三江镇。单从黑石河看，兔儿岗和圣因寺两座山峰隆起，感觉它们都要合拢来，可是，不知道从哪个时候开始，山上的水经过切割、洗刷，硬是把一座山拦腰截断，活生生地截出一道门来。从门进去，曲径通幽，峰回路转处，周围是藤蔓，是碧萝，是森森树木，是嶙峋怪石。只听水声淙淙，鸟虫欢鸣。"重岩叠嶂，隐天蔽日，自非亭午夜分，不见曦月。""春冬之时，则素湍绿潭，回清倒影，绝巘多生怪柏，悬泉瀑布，飞漱其间，清荣峻茂，良多趣味。"只是，这里没有"属引凄异，空谷传响，哀转久绝"的猿鸣，这里只不过是一个小小三峡的峡谷，进得门来，有村落井然，有田园交错，有人烟躬耕，一派田园风貌，再进去，不知还有几多村落，几多山谷。

从映秀的渔子溪进去，说是溪，确实是不大的沟谷，里面进去20里是耿达镇，再进去10里，是卧龙镇。平时生活了万余人，暑时生活了不下六七万人。

每一条沟，你都不可小觑。你不知道它有多幽深，有多绵长。世世代代，不知里面又隐藏了多少未知的故事。峰回路转，柳暗花明，曲径通幽，高深莫测。

虽然都是沟，绵虒以下山清水秀。绵虒以上则越来越干燥，越来越苍茫。山体毫不掩饰，露出了肌肉。往往在肉眼不可及处，山坳里，山顶上，溪谷边，有村落，有寨子。寨子像一座座城市，呈现出与汉族地区迥然不同的意趣。

这里，显然，一条条沟都是一道风景，一个个乡村都隐藏了无尽的宝藏。它们都给倦了的人们留下了可依的肩膀。

寻访杂记

信马由缰，走在汶川的街心花园的十字路口，思绪如麻，杂乱无章。

都25年了，人生中有几个25年？翻开25年前的照片，自己穿着西装，打着领带，留着中分，头发一丝不苟。

1998年，达成铁路刚通车，从南充乘坐火车到成都火车北站，再赶公交车到成都西门汽车站。从西门汽车站到汶川，有直达班车。花了11.5元，买了汽车票，到汶川。过了青城大桥，过了玉堂，汽车就拐进了山里。那是什么样的山啊？一眼望不到顶的山，绵延不绝的山，此起彼伏的山，莽莽苍苍的山，峥嵘崔嵬的山。让我这个山里长大的孩子，还是觉得望而生畏。一个山字，太中性，太没有情感，不足以描绘汶川的山。一个山字，又太过包容，能包罗所有山的形态，所有山的容颜。也许，唯有这个中性的"山"，能概括汶川的山。

晃晃悠悠4小时，汽车才紧紧松松、张张弛弛到汶川县城。

恕我无知，来汶川之前，我甚至不知道还有汶川这样一个县，我只在课本里知道有一个叫"羌"的民族的概念。而对羌族本身，也一无所知。来到汶川以后，有了与汶川的亲密接触，也慢慢认识了羌族。

　　只见街上穿对襟衣服，踩着花鞋，背尖底背篓的"羌族"，三三两两，行走在汶川的大街上。原来，羌族不仅仅出现在书本上，他们是现实的活生生的人群。他们住的房子，叫寨子，用泥土夯成，或用石头砌成。房顶，不是盖的瓦片，而是一律铺的泥土。

　　对羌族的直观印象，是从他们穿的衣服和他们住的房子开始的。后来，没有课时，我常常来到汶川图书馆，其中汶川县政协文史委编纂的《汶川县文史资料》，有关于羌族的记录，对他们的婚丧嫁娶、吃穿住行有了一定了解。也读到过《世代忠贞之瓦寺土司》《瓦寺土司始末记》。以前也只是听到过土司制度这样的词语，对土司的认识只停留在基本概念上。

　　学校承担了国家级重点课题《羌族释比经典》研究。同事刘汉文是羌族，他问我，有没有兴趣共同参与。我也是第一次听到释比的概念。我担心，学养和方法，都不足以支撑我的兴趣，怕给课题组拖后腿。《羌族释比经典》研究，基础性的工作是用国际音标记录释比的唱经。羌族专家陈兴龙是课题负责人。羌族学者刘汉文、陈安强、王术德、余永全、柴绍昌、余文发负责记录、对译、直译。羌族的语言，与汉语语序不同，对译是把羌语词汇翻译成汉语词汇，直译是把这些词汇按照汉语语序组成较为通顺的话语。释比的唱经，形式本身多为诗歌，我做的工作，是把直译的语句进行意译，把整篇经典按照汉语的习惯翻译成较为整齐、朗朗上口的"诗歌"。后来，羌族学者杨国庆、张成绪也参与到这个工作中。

　　还在求学时，听说我要到阿坝州汶川县工作，老师告诉我，她有个同学杨国庆在阿坝州，爱好文学，你可以请教他。真正认识杨国庆是在一次文学活动中。学生比较活跃，不知道他们怎么知道杨国庆先生调来汶川文体局工作，主编《羌族文学》杂志，他们邀请杨国庆到江魂文学社来做讲座。我是中文系团总支书记，管理江魂文学社，当然顺理成章，就结识了杨国庆先生。一见如故的感觉。因为我也是文学爱好者。汶川这块土壤，幸好有《羌族文学》杂志，团结了一批羌族作家，培养了一批文学青年。这些青年，从文学出发，很多成长为羌族文化学者、作家。我也是在参与《羌族文学》编辑的过程中，慢慢成长的。有了这些积累，我对羌族的认识，从感性逐渐走向理性。结合自己所在的学科，我对羌族文学的认知也就深了一些。

长期在汶川生活，我也成为地地道道的汶川人。汶川是大禹故里、熊猫家园、康养圣地。有时候是《羌族文学》主编杨国庆邀请我一道，奔赴汶川的山山水水；有时候，我也组织中文系的学生跋山涉水，探访秘境。多数时间，我利用周末、假期到沟谷里感知汶川的乡村。汶川这块地域，具有化石般的意义。她本身有动物活化石熊猫，这里建有卧龙大熊猫保护区。在汶川的三江，有成千上万亩珙桐。水杉、银杏、珙桐被称为植物活化石。汶川曾经有一个乡镇，就以"银杏"命名。三江镇的龙竹园，有两棵十来人才能合抱的银杏树。漩口镇的常乐寺，也有数人才能合抱的银杏树。汶川的民族成分，羌族占1/3，藏族占1/3，汉族占1/3。而羌族，被人们称为民族活化石。民族活化石、动物活化石、植物活化石如此集中地呈现在这片土地，是不是特别神奇？

汶川特大地震，是一个重要的时间节点。我在汶川，经历了汶川特大地震，见证了汶川特大地震。也看见了各路奔忙，各路驰援。那些牵着汶川的手，那些注视汶川的眼神，我们是不是不应忘记？

2009年，羊子带领我、杨虎、鞠莉等到汶川三江，在刘志全老人家住了两个月。刘志全是当地的文化人。我们白天走乡串户，夜晚听刘志全讲故事。有一次，我们在三江的西河里，探寻鱼化石，突遇齐头水。险些把我们几个人冲走。我的鞋被冲走了。好不容易上得岸来，鞠莉哇哇大哭。还没有走多远，几颗碗口大小的石头从山上滚落下来，飞过我们的头顶。汶川大地震后，时不时有余震。大地震后抖松的山体，时不时滚落几颗石头，是习以为常的事情。三江曾是瓦寺土司领地，这里的民族多是藏族。2010年，我们又到水磨镇探访两个月，加上我在水磨生活过一段时间，对水磨的了解自然就多了一些。

因为成了汶川人，心里一直想完成关于汶川的表达。这是汶川的一个孩子，本应报答养育他的父母。只是，一个懒惰愚鲁的人，总愿意给自己找借口，明日复明日地拖着。凡事拖而不决。

四川省县域经济学会李平先生嘱我写一写汶川。我满口应承下来，心想，就是没有他人支持，自己也应该动笔记录汶川这个养育我、接纳我的亲人。我继续孑了独行，踽踽而行，走在汶川的山山水水、村村寨寨。假期中，去龙池，解决心中的疑惑，去娘子岭，去草坡马岭山，去映秀渔子溪，去卧龙耿达桥，去漩口赵公山，去威州布瓦寨，去龙溪巴夺寨，去三江兔儿岗，去绵虒飞沙关。去布瓦寨的阴山上，克枯村耿玉红载着毛倩和我的车辆，遇到暗冰，原地打滑，横冲直撞，不听使唤。外边是悬崖，我的心里也险象环生，久久不能平静。去草坡马岭山的路，凸凸凹凹。十来千米的路程，面包车颠簸了一个多小时。草坡虽多次遭遇地震、泥石流，但并没有一蹶不振。政府把草坡的2000多人全部异地安置在水磨郭家坝，给他们修建了安置房，也正在重修到草坡的公路。异地安置的乡亲们，在水磨没有耕种的土地，留守的老人常常回到80千米之遥的草坡耕种土地，成本自然不低。公路修好以后，他们回去的路，自然不像现在这样崎岖不平了。随着乡村振兴国家战略的逐步落地落实，草坡乡亲们的生活，定会像草坡河一样，逐渐汇入岷江，汇入长江，

286

流向大海。

　　说起乡村振兴，人们也有自己的解读。乡村，乡是家乡，乡是故乡，寄托了人们几多故土情结。毕竟我国是一个农业大国，千百年形成了固土安邦、安土重迁、叶落归根的文化底色。人们对乡村有天然的亲近感。乡村有山水田园，有花鸟虫鱼，像一幅国画。坐在大槐树下，聊着家常，数着星星。鸡鸣狗吠，给静谧的乡村带来了生活气息。炊烟袅绕在屋顶，嬉戏的孩童的身影在小河边，在田野里。黄牛在乡人的吆喝中，挪着不紧不慢的步子，水稻、玉米在田野里精神抖擞，给生机勃勃的世界带来无尽的希望。人们从乡村走出来，看看外边的世界。乡村给他们带来了物质的粮食。但是，曾几何时，乡村并未能带来富足，外边的世界充满了诱惑。人们背井离乡，来到城市，含辛茹苦，只为留守的老人一个安稳的晚年和孩童一个预期的未来。几代农人，在城里挖桩芯，修高楼。透支着他们的身体，也透支着孩子的童年。他们在大城市拼命，在小城市买房。缺少陪伴的孩子，学习丢给了老师，辅导丢给了老师。在幼小的时候，最需要父母陪伴的时候，父母却失位了，给孩子们留下一脸迷茫。孩童的欢乐和自由，往往没有了。他们把时间抛掷在虚拟的网络游戏里，成瘾而不能自拔。父母心想着，没有关系，买了房把孩子带到小城里，他们就可以在城里读书了。随着孩童逐渐进城，农村的学校逐渐荒芜。爷爷奶奶也跟着孩童进城，接送孩子读书。乡村里，也就没有了青壮年劳力，没有了书声琅琅的学校，也没有了医务室诊疗所。乡村没有了活动的主体，田不耕了，地不种了，"田园将芜胡不归"。大家都往城里挤，城里拥挤不堪，不堪重负。花红酒绿的城市并不能提供那么多就业机会。就是就业了，忙忙碌碌工作以后，人们依然寻求精神的寄托。寻来寻去，还是孩提时候无拘无束自由自在的生活，让人们重回精神的原乡。于是回乡的路纷纷建好，老家的房慢慢修成了别墅。只在逢年过节，人们再回到故乡，兄弟相聚，伙伴相逢。节后，又各奔东西。都不需要在城里打拼以后，都回到老家以后，学校重新有了读书声，乡村医院又重新建立起来，乡村又会恢复烟火气，乡村就会有了生气。这，需要时间。大面积普遍的乡村振兴恐还需要假以时日。部分的、有引导的乡村振兴，已经起步，已具雏形。

人们说，没有免费的午餐，在汶川映秀的渔子溪村，已实现70岁的老人在村里的公共食堂"免费的午餐"。在汶川水磨的盘龙溪村、刘塘沟村，有上千亩茶园，村民闲时采茶，平时种地。在汶川漩口镇的赵公村，已实现田园化。而在汶川龙溪阿尔，滑雪场投入使用。在汶川三江、水磨、卧龙、耿达等村村寨寨，夏季来休闲避暑，冬季来滑雪赏景的人们络绎不绝。人们在自家的庭院中，接待游人。而在汶川龙溪、克枯、雁门、草坡、绵虒，人们在自己的田园种植车厘子，种植花椒、苹果、杏子、李子、核桃，他们"足不出户"，就可以获得丰厚的收入。这给汶川的乡村带来活力，这是乡村振兴的汶川模式。

后记

完成《汶川乡村记忆》，笔者如释重负。

从去年7月开始，着手草拟提纲，收集资料，实地调查，写作付梓，迄今一年三月有余。去威州布瓦寨时，同行的毛倩感染了病毒，住院半月。去漩口赵公村时，赵公村支部书记高强不顾感染病毒的危险，带我寻访无忧谷。虽解封以后，还是有不少带有基础病的老者离开了人世。采访水磨老人村抗美援朝老兵姚华舟时，他还神采奕奕。没过几天，就听到了他老人家离世的噩耗。笔者也算是冒着危险，行走在写作汶川的路途。加上学校在迎接教育部本科办学水平评估，对学校来说，是国家对学校办学水平的检阅。学校在赶考。我承担了建设学校校史馆、写作学校宣传片、写作校长报告等任务。校史馆是教育部专家考察的第一站，建设的难度可想而知。我只有起早贪黑，夜以继日，加班加点，以勤补拙。早些时间，家人约定去年暑假去祖国西北行走十天半月，已拟制好行程安排，奈何因为我手中有任务而耽误了他们的行程。

今年暑假，除了去巴中学习，考察王坪烈士陵园，还去了西宁，探索羌族曾经迁徙的路途。其他的时间，都放在调整心绪、写作书稿上。

这一年多的时间里，一般利用周末，多次去汶川的乡村实地调查，为写作汶川做准备。空闲时查阅资料，特别参考了《汶志纪略》《汶川县志》《汶川县文史资料》《汶川家国爱》等书籍，还参考了同仁相关著作。在写作过程中，还受到了谷运龙、吴昊、向武、李建军、赫洛杰、蒋蓝、李平、巴桑、杨国庆、施龙兵、赵勇军、周雪等同志的关怀、鼓励，得到了姚向东、刘志全、张宗福、刘汉文、黄珊、余耀明、张莞、毛倩、王程、杨玉杰、容苑、王华、廖兵、郭爽、高强、姚宏伟、艾胤江、陈燕等同仁的帮助、支持。在此，一并致谢。

由于写作时间较为仓促，加上作者水平有限，书中定会存在不少错讹，期冀读者不吝赐教、批评指正。

作者

2023 年 10 月 25 日